Gillian Hobbs

Ich lüge bis du stirbst

Die Autorin

Gillian Hobbs wurde in Niedersachsen, Deutschland geboren, entdeckte aber schon früh ihre Faszination für regnerische, englische Kleinstädte in Küstennähe. »Ich lüge bis du stirbst« ist ihr Thriller-Debüt. Zuvor hat sie bereits unter ihrem Klarnamen mehrere Romane veröffentlicht.

Gillian Hobbs

Ich lüge bis du stirbst

Rote Rache Band 1

Thriller

Bibliografische Information der Deutschen Nationalbibliothek: Die Deutsche Nationalbibliothek verzeichnet diese Publikation in der Deutschen Nationalbibliografie; detaillierte bibliografische Daten sind im Internet über http://dnb.d-nb.de abrufbar.

Empire-Verlag OG, Lofer 416, 5090 Lofer

Lektorat: Simona Turini
https://www.lektorat-turini.de/

Korrektorat: Peter Wolf

Cover: Chris Gilcher
http://buchcoverdesign.de/

Illustrationen: Adobe Stock ID 20903474, Adobe Stock ID 253781335, Adobe Stock ID 171150851und freepik.com

gesetzt aus der EB Garamond
erstellt mit *SPBuchsatz*

Bestellung und Vertrieb: Nova MD GmbH, Vachendorf

ISBN: 978-3985950614

Narben

Kapitel 1 – Nie wieder!

Z*wölf Jahre zuvor*

Olivia tänzelte über ihre Lieblingswiese. Das Gras war vom Regen der vergangenen Nacht feucht und rutschig. Sie musste aufpassen, nicht den kleinen Abhang hinunterzurutschen und womöglich ihr schönes Kleid zu zerreißen oder sich den Rücken an einem der Bäume zu prellen. Es war ihr neues Lieblingskleid, grün wie das Gras unter ihren Füßen.

Mit ausgebreiteten Armen balancierte sie Richtung Wäldchen, in dem einzig der Gesang der Vögel in den Bäumen und das Rascheln kleiner Tiere, die durch das Dickicht spazierten, zu hören waren. Dort gab es so viel zu entdecken. Letzten Samstag erst hatte Olivia einen alten Kriegsbunker gefunden. Er war unter herabgestürzten Zweigen versteckt gewesen und größtenteils in der Erde verborgen. Sie hatte sich nicht getraut, hineinzugehen, aber vielleicht würde sie es heute wagen. Oder doch erst morgen, wenn es heller war.

»Olive!«

Olivia fuhr zusammen. Sie rutschte aus, konnte jedoch das Gleichgewicht halten.

Leila näherte sich ihr lächelnd. Durch ihr blondes Haar leuchtete orangerot die untergehende Sonne. »Hey, warte, Olive.«

Instinktiv wich Olivia zurück und zog den Kopf ein wenig ein.

»Du bist so schnell vom Schulhof verschwunden, ich konnte gar nicht mehr mit dir reden«, sagte Leila.

»Mit mir?« Sie wagte es nicht, dem anderen Mädchen in die Augen zu sehen, und starrte auf das feuchte Gras.

»Hör zu. Ich weiß, ich war in letzter Zeit nicht nett zu dir. Ich und die anderen waren ganz schön fies. Ich will das nicht mehr, okay?«

Olivia sagte nichts.

»Wir waren mal beste Freundinnen und dann ... na ja, nicht mehr. Irgendwie fehlt mir das, weißt du?«

Olivia blickte auf und suchte in Leilas Gesicht nach etwas, das ihre Worte als Wahrheit oder Lüge entlarvte, fand jedoch nichts. Leila war immer unergründlich gewesen, schon als sie beide sechs Jahre alt und unzertrennlich gewesen waren. Olivia hatte nie verstanden, was geschehen war, wieso Leila sie plötzlich gehasst hatte.

Konnte es sein, dass wieder etwas passiert war? Dass sie wirklich wieder Freundinnen sein konnten?

Leila lächelte. »Was sagst du?«

»I-ich weiß nicht. Ich ...«

Sie zuckte die Achseln. »Pech. Packt sie!«

Hände legten sich um Olivias Arme.

Keuchend versuchte sie, sich aus den Griffen zu befreien.

Sie hätte es wissen müssen! Leila hasste sie und das würde sich nicht ändern. Sie hatte nun ihre tolle Clique. Amelia, Ella und Steve – die beliebten Kids.

»Drückt sie zu Boden«, sagte Leila.

Ehe Olivia sich versah, saugte sich ihr Kleid mit Regenwasser voll und ihr Gesicht wurde ins nasse Gras gepresst. »Bitte«, flehte sie, doch die anderen ließen nicht los.

»Hast du die Kamera?«, hörte sie Steve fragen.

»Klar, gut festhalten, Mädels.«

Amelia und Ella lachten.

»So, Willi«, sagte Leila.

Willi? Willi war auch da? Olivia wehrte sich stärker, aber sie kam nicht gegen die anderen an. Es gelang ihr, einen Arm zu befreien, dann wurde sie jedoch direkt wieder gepackt und ihr Arm nach hinten gezogen. Sie schrie auf.

Leila fuhr fort: »Ich weiß, du willst sie. Das ist deine Chance, Willi.«

Jemand setzte sich auf sie. Wieder schrie Olivia auf. Zum ersten Mal in ihrem Leben sehnte sie sich nach dem Trubel, der auf dem Schulhof herrschte, nach einer überfüllten Fußgängerzone – doch hier kam selten ein Mensch vorbei. Sie hatte es sich so ausgesucht, hierher zog sie sich immer zurück. Wie dumm sie gewesen war!

Willi rutschte nach hinten auf ihre Beine und schob ihr Kleid hoch.

Die Mädchen johlten, pfiffen und lachten. Olivia brach in Tränen aus. Kalte Hände strichen ihre Oberschenkel entlang, wanderten nach oben.

»Zieh ihr den Liebestöter runter, Willi!«, rief Leila.

Er tat es.

Olivia hörte auf, sich zu wehren. Sie lag einfach nur da, wie erstarrt, während sich ihre stummen Tränen mit den Tropfen auf dem Gras vermischten. Die frische Frühlingsluft fegte über ihre nackte Haut und ließ sie zittern. An ihrem Nacken spürte sie Willis Atem. Er ging schnell und stoßweise.

»Jetzt steck ihn schon rein!«, sagte Leila. Sie kreischte regelrecht vor Lachen.

»Leila …«, sagte Ella, sie klang beunruhigt.

»Lass das doch, sie hat Angst genug«, fügte Amelia hinzu.

Für einen Sekundenbruchteil flammte Hoffnung in Olivia auf, dann hörte sie den sich öffnenden Reißverschluss einer Hose. Dieses Geräusch sorgte dafür, dass sie aus ihrer Starre erwachte. Sie wehrte sich mit all ihrer Kraft, versuchte, unter Willi hervorzukriechen, doch der saß eisern auf ihr und hielt eine ihrer Schultern fest.

Olivias Blase entleerte sich. In die kalte Nässe mischte sich unangenehm ihr warmer Urin.

Willi sprang grunzend auf.

Alle lachten.

»Sie hat sich eingenässt!« Leila stand nun direkt hinter Olivia, vermutlich filmte sie sie.

»Hauen wir ab!«, sagte Ella.

»Ja, los, gehen wir!«, fügte Amelia hinzu.

Leila lachte noch immer, dann schrie sie plötzlich: »Finger weg! Wir sind noch nicht fertig! Wenn du ihn nicht reinsteckst, nehme ich halt einen Ast.«

»Leila!« Das war wieder Ella.

»Schnauze! Einen faustgroßen Ast in ihr kleines Arschloch. Was hältst du davon, Bitch?«

»Ich hau ab.«

»Ich auch«, sagte Amelia.

Leila rief: »Ihr seid solche Feiglinge! Scheiße! Okay! Wartet!« Ihre Stimme entfernte sich.

Olivia lag weiterhin da, wieder regungslos, erneut erstarrt. Nie in ihrem Leben hatte sie sich so schmutzig, so ekelhaft gefühlt, wie in diesem Augenblick. Ihre Zähne klapperten vor Kälte.

Sie wusste nicht, wie lange sie im feuchten Gras gelegen hatte, umgeben vom Gestank ihrer eigenen Pisse. Irgendwann setzte sie sich langsam auf, zog die Unterhose hoch und zupfte ihr Kleid zurecht. Es kam ihr nun weniger grün, weniger schön vor. Es war schmutzig, hässlich!

Nie wieder würde sie es tragen.

Die Sonne war mittlerweile untergegangen und färbte den Himmel blutig rot. Olivia machte sich auf den Heimweg. Und während sie langsam einen Fuß vor den anderen setzte, dachte sie immer wieder zwei Worte: Nie. Wieder.

Erster Teil

Neues altes Städtchen

»Kleine Stadt, große Neugier.«

Kapitel 2 – Vergangenheit und Zukunft

Jeder Mensch hat Geheimnisse. Sie sind verborgen hinter einem unschuldigen Lächeln oder freundlichen Worten. Oft unerkannt, stets wohl gehütet. Hin und wieder scheinen sie durch, manches Mal werden sie entdeckt und in die Welt hinausgetragen.

Wer ein Geheimnis verbirgt, muss immer damit rechnen, ertappt zu werden. Man kann es sehen, in den Augen derer, die verzweifelt versuchen, ihres zu bewahren. Ein Flackern, ein Blinzeln, ein ausweichender Blick. Nicht zu jeder Stunde und für jene unsichtbar, die nicht wissen, wonach sie suchen. Geheimnisse sitzen tief und manche werden nie enthüllt.

Doch es kann passieren, dass die Vergangenheit zuschlägt. Sie gräbt und kratzt und zerrt. Wen die Vergangenheit einholt, der kann ihr nicht entfliehen.

Scarlett Dyer lächelte, als sie um die nächste Kurve fuhren und sich das Küstenstädtchen St. Pit vor ihr auftat. Neben ihr schlug der Bristolkanal sanfte Wellen, aus der Ferne näherten sich schwere Wolken.

»Fast da«, sagte Jacob, ergriff ihre Hand und drückte sie. »Unser neues Zuhause.«

Auf den ersten Blick unterschied sich diese Gemeinde kaum von anderen im Vale of Glamorgan: Menschen, die einander zu kennen glaubten. Die sich grüßten oder auf offener Straße einen Plausch hielten. Perfekte Hausfrauen mit ihren perfekten Ehemännern und Musterkindern in ihren perfekten Häusern. Größtenteils fromm und falls nicht gläubig, dann zumindest höflich und wohlerzogen. Aber Scarlett wusste, dass sich unter dieser glatten Oberfläche etwas Schmutziges befand. Etwas Dunkles, Durchtriebenes.

Sie war einst ein Teil davon gewesen, damals, als ihr Gesicht noch ein anderes gewesen wahr, genau wie ihr Name.

Oh, sie kannte diese Menschen. Sie war ihre Vergangenheit, sie war ihre Zukunft. Und sie konnte es kaum erwarten, tiefe Löcher in die makellose Oberfläche zu schlagen.

* * *

Niemand in St. Pit besaß einen gepflegteren Vorgarten als Penny Hitchman. Davon war sie überzeugt, denn niemand in St. Pit hielt sich häufiger in seinem Vorgarten auf als Penny. Wann immer sie nicht in der *St. Bakery* arbeitete oder im Haushalt zu tun hatte – wobei sie zumindest darauf achtete, ein Fenster im Blick zu haben – verbrachte sie ihre Zeit vor dem Haus. Dann jätete sie Unkraut auf dem schmalen Weg zwischen den beiden drei Quadratmeter großen Rasenflächen oder mähte das Gras. Manchmal ging sie einfach nur mit prüfendem Blick auf und ab und gab vor, jeden Grashalm einzeln zu inspizieren, wobei sie die Straße und ihre Nachbarn nie ganz aus den Augen ließ. Einmal hatte Penny es mit Blumen versucht, deren Samen sie fein säuberlich in die Erde eingebettet hatte. Doch nachdem auch die dritte Tulpe eingegangen war, weil sie zu viel Zeit mit dem Beobachten der Cliffords von gegenüber, deren Streitereien neuerdings zugenommen hatten, und zu wenig mit Gießen verbracht hatte, war sie zum herkömmlichen Mähen, Jäten und Auf-und-ab-Gehen zurückgekehrt.

An diesem Morgen kniete Penny mit einem Schälmesser in der Hand auf dem Gehweg vor ihrem Garten und kratzte das Unkraut zwischen den Steinen heraus. Dabei hob sie alle paar Sekunden den Kopf und hielt Ausschau.

Neue Nachbarn. Wann waren das letzte Mal Fremde nach St. Pit gezogen? Das mussten die Jonathans vor drei Jahren gewesen sein. Das schrullige alte Pärchen, das sich einen ruhigen Ort für die Rente gesucht und St. Pit gefunden hatte. Nette Leute, aber uninteressant.

Da war Hank Price schon deutlich faszinierender, der ein Jahr davor hergezogen war und nun etwas mit Moira Arington am Laufen hatte. Reicher Geschäftsmann trifft auf Teenie-Mutter. Penny schnaufte amüsiert. Das hatte was von einer dieser Seifenopern im Fernsehen. Leider benahmen sich die beiden jedoch enttäuschend unauffällig.

Diese neuen Nachbarn aber waren jung, ihrem fahrbaren Untersatz und ihrer adretten Kleidung nach wohlhabend und geheimnisvoll. Penny hatte das Paar nur kurz beobachten können, am Tag der Hausbesichtigung. Sie war gerade auf dem Heimweg von der Arbeit gewesen und hatte die beiden ins

Haus verschwinden sehen. Eine zierliche Blondine und ein hochgewachsener Kerl mit auffälligem Bart und noch auffälligerem Auto. Knallrot war das gewesen, und dem Nummernschild nach waren sie aus London angereist.

Penny war sofort nach Hause gerannt und hatte alle Leute angerufen, die sie kannte, danach war sie zurückgeeilt und hatte gewartet, bis die Neuankömmlinge wieder aus dem Haus gekommen und ins Auto gestiegen waren. Sie hatte ihnen sogar noch zugewunken, als sie vorbeifuhren. Nett hatten sie ausgesehen. Besonders die Frau. Alt genug für Kinder war sie, aber schwanger schien sie nicht zu sein.

Penny hatte sich vorgenommen, die beiden nach ihrem Einzug genauer im Auge zu behalten und abzuwarten, ob die Frau innerhalb eines Jahres schwanger werden würde. Falls nicht, sah sie es als ihre Pflicht, herauszufinden, weshalb dieses attraktive, junge Paar keine Kinder bekam. Hier in St. Pit interessierten sich die Leute außerordentlich dafür, wenn jemand kinderlos war, denn das war bei den wenigsten Paaren der Fall.

Penny selbst hatte ebenfalls keine Kinder, doch sie hatte man nie gefragt, warum das so sei, obwohl sie ihren Nachbarn regelmäßig von ihren Liebschaften erzählte, die allesamt erfunden waren. Manchmal fragte sie sich, wieso. Möglicherweise weil sie ohnehin sehr redselig war und die Leute bei ihr keine Geheimnisse vermuteten. Ja, das musste es sein.

Auch heute Morgen hatte Penny jeden angerufen, den sie kannte. Denn sie hatte gestern Abend von Ben Sullivan vom anderen Ende der Straße – dem Makler des Hauses des jungen Paares – erfahren, dass heute der Einzug anstand. Wie aufregend!

Penny ließ den Blick schweifen. Ihre Nachbarn waren genauso aufgeregt wie sie. Überall entdeckte sie zur Seite geschobene Vorhänge und Silhouetten an Fenstern. Neuankömmlinge waren eben immer eine Sensation, denn in St. Pit kannte jeder jeden. Man wusste, welches Paar häufig stritt, wessen Kinder Raufbolde waren oder wer ein Baby erwartete.

Neuen Tratsch zu finden war keine leichte Aufgabe. Aber es war Pennys Lieblingszeitvertreib. Die Leute kamen zu ihr, wenn sie die Neugier packte, und so konnte sie es auch jetzt kaum erwarten, mit den Neuen ein Schwätzchen zu halten.

Motorengeräusche näherten sich und ein knallroter Wagen bog um die Kurve.

Penny setzte sich auf. Neben sich hörte sie, wie eine Tür geöffnet wurde und wieder zufiel.

Die neuen Nachbarn waren da!

* * *

Harper Harris stieß einen spitzen Schrei aus, als sie im Spiegel ein graues Haar entdeckte, das sich wie ein Spinnfaden über ihren Scheitel zog. Sofort kleidete sie sich an, kniete vor den Unterschrank des Waschbeckens und begann darin zu wühlen. Irgendwo musste sie doch sein! Sie hatte sie sich extra für einen Fall wie diesen besorgt. Harper hoffte nur, dass die Haltbarkeit nicht längst überschritten war. Konnte so etwas überhaupt verderben?

Endlich fand sie, wonach sie suchte: dunkelbraune Haarfarbe. Gekauft vor fünf Jahren, nachdem ihre Mutter ihr verraten hatte, dass sie bereits mit dreißig Jahren die ersten grauen Strähnen bekommen hatte. Nun war Harper fünfunddreißig – ihren Liebhabern erzählte sie, sie sei fünfundzwanzig, denn sie sah erstaunlich jugendlich für ihr Alter aus – und nicht gefasst auf diesen Anblick. Ein graues Haar, das irgendwie über Nacht gewachsen zu sein schien.

Sie erhob sich und legte ihr Handy auf die Waschmaschine. Es konnte schließlich sein, dass in der Zwischenzeit die neuen Nachbarn eintrafen, und Ella und sie wollten einander anklingeln, wenn es so weit war. Je nachdem, wer die Newbies zuerst entdeckte. Harper beugte sich über die Badewanne, um sich die Haare zu färben.

Während sie dabei war, die Farbe einzumassieren, gab ihr Handy den Ton einer Trillerpfeife von sich.

»Himmel, es ist soweit!«, rief sie, tastete nach ihrem Handtuch, schlang es sich um die Schultern und warf den Kopf zurück.

Dann eilte sie nach draußen, um die Ankunft der neuen Nachbarn nicht zu verpassen.

* * *

Ella Jenkins watschelte ihre Einfahrt hinunter. Die Hüfte tat ihr schon wieder weh. Glücklicherweise musste sie nur ein Haus weiter. Dennoch wurde es Zeit, endlich den Rat ihres Arztes zu befolgen und mit der Diät zu beginnen.

Aber nicht heute, heute würde Mum einen aufwendigen Auflauf zaubern. Ella meinte, bereits den köstlichen Duft von überbackenem Käse riechen zu können. Noch war es zwar zu früh fürs Mittagessen, aber rübergehen konnte sie ja schon mal. Während sie ihre Nase verwöhnte, konnten Mum und sie über die neuen Nachbarn spekulieren, die heute einzogen. Von ihren Plänen, ein paar Pfunde zu verlieren, würde sie ihren Eltern ein anderes Mal erzählen.

Ella aß jeden Mittag bei ihnen, Mum würde enttäuscht sein, wenn sie den köstlichen Auflauf nicht anrührte. Es reichte auch noch, nächste Woche mit der Diät zu beginnen. Und dieses Mal würde sie das Programm durchziehen. Sie musste nur einen Weg finden, ihrer Tochter beizubringen, dass es dann kalorienärmeres Abendessen geben würde. Emilie schien alles Fett allein durchs Kauen zu verbrennen. Beneidenswert.

Schräg gegenüber kniete Penny Hitchman auf dem Gehweg und gab vor, Unkraut zu jäten. Ihre Stoffhose spannte an ihrem breiten Hintern. Ella mochte zwar ein paar Pfunde mehr auf den Hüften haben, aber wenigstens passten ihre Proportionen. Penny hatte einen schlanken Oberkörper und einen ausladenden Arsch. Eine Frau geformt wie eine Birne. Und eine geschwätzige Nervensäge! Sicher wartete auch sie auf die neuen Nachbarn.

Penny hob den Kopf und setzte sich ruckartig auf. Ella folgte ihrem Blick.

Ein roter Sportwagen näherte sich.

Das mussten sie sein! Sofort zog Ella ihr Handy aus der Gesäßtasche ihrer Jeans und wählte Harper Harris' Nummer.

* * *

Amelia Richards setzte ihr strahlendstes Lächeln auf. Ihre Haut spannte schmerzhaft. Dieses Lächeln sparte sie sich für die besten Kunden auf. Diejenigen, die die teuersten Parfümsorten und das exklusivste Make-up kauften.

»Ich wünsche Ihnen einen wundervollen Tag. Beehren Sie uns bald wieder«, sagte sie.

Die Kunden, irgendwelche Touristen, nickten und wandten sich ab. Sofort ließ Amelia die Mundwinkel sinken und massierte sich die Wangen. Ihre Haut fühlte sich schon wieder so trocken an. Am besten trug sie gleich neue Feuchtigkeitscreme auf.

Jemand tippte ihr auf die Schulter. Moira stand hinter ihr, das Handy in der Hand.

»Was ist? Musst du schon wieder zum Arzt?« Seit Moira vor einem halben Jahr ihr Baby bekommen hatte, nein, eigentlich seit Beginn ihrer Schwangerschaft, war auf diese Frau kein Verlass mehr.

Moira schüttelte den Kopf. »Hank hat mir geschrieben. Die neuen Nachbarn sind da. Die komplette Nachbarschaft ist wohl auf die Straße gerannt, um sie zu begrüßen.«

Diese Geier.

»Und? Willst du etwa auch hin?«

Endlich löste Moira sich von ihrem Handy. »Nein, ich dachte nur, das würde dich interessieren.«

»Warum sollten mich neue Nachbarn interessieren? Ich bin nicht so sensationsgeil wie der Rest der Stadt. Also …«, sie klatschte in die Hände, »weg mit dem Handy, da hinten stehen Kunden, die bedient werden wollen.«

* * *

Steve Davies bekam die Nachricht über die neuen Nachbarn von Bob Clifford und entschied sich spontan dazu, eine Runde zu joggen. Er schrieb seinem Dad zuvor eine kurze WhatsApp-Nachricht, auch wenn er bereits wusste, dass keine Reaktion zu erwarten war.

* * *

Roger Davies legte sein Handy auf den Beistelltisch neben sich. Der Sessel protestierte unter der Bewegung seines massigen Körpers, als er die Beine ausstreckte, um sie auf dem Schemel abzulegen.

»Neue Nachbarn. Pah! Wen interessiert der Mist?«

Der Junge sollte sich lieber um seine Sportkarriere kümmern. Er, Roger, hätte sich nie dazu herabgelassen, auf die Straße zu gehen und fremde Leute zu begaffen, als wäre die Welt ein gottverdammter Zoo. Er hatte für den Sport gelebt, immer. Der Olympiasieg wäre ihm sicher gewesen, hätte ihm der Unfall nicht alles kaputtgemacht.

Und Steve? Der verschwendete seine Jugend mit Frauen und Basketball. Dabei hätte aus ihm ein zweiter Steve Ovett werden können! Aber er war dieses Namens nicht würdig. Er hätte an Rogers Stelle die Goldmedaille holen sollen, damit der

Vater den Triumph durch seinen Sohn hätte erleben können. Zumindest einen Hauch des Ruhms spüren. Was für eine Enttäuschung. Das ganze Leben war eine Enttäuschung.

Er hatte es versucht, nach seinem Unfall. Hatte versucht, ganz normal weiterzuleben. Aber man ließ ihn nicht. Die Leute gafften ihn an. Sie redeten hinter seinem Rücken über ihn. Manchmal bespitzelten sie ihn sogar.

Roger wollte sie ignorieren. Er wollte das Gefühl der ständigen Beobachtung ausblenden. Er hatte die Aufregung gesucht, den Kick. Die zwielichtigen Geschäfte mit dem nichtsnutzigen Clifford sollten Rogers Leben neuen Schwung geben. Vergebens. Nicht mal dieser lausige Überfall … Roger führte den Gedanken nicht zu Ende. Stattdessen ruhte sein Blick auf seiner Flinte.

Manchmal, dachte er, *glaube ich, es wäre besser, die ganze Welt zum Teufel zu jagen.*

* * *

Joann Lewis hatte den kompletten Vormittag am Küchenfenster verbracht. Als sie den roten Sportwagen entdeckte, rief sie Robert zu: »Schatz, sie sind da! Die ersten gehen schon auf die Straße, um Hallo zu sagen. Komm, beeilen wir uns!«

»Ich sag noch schnell dem alten MacGill Bescheid!«, rief er.

* * *

Zac Arington sprang von seinem Fahrrad und versteckte sich hinter einem Gartenzaun, als er die vielen Leute vor ihren Häusern bemerkte.

Shit! Wenn die ihn sahen, vor allem diese Sprechdurchfall-Tante Penny Hitchman, würden die ihn sofort bei seiner Mutter oder dem Arschloch Hank verpfeifen. Dabei hatte er sich heimlich am Haus vorbei zum Strand schleichen wollen, um zwei oder drei Zigaretten zu rauchen und pünktlich nach Schulschluss nach Hause zu radeln.

Sofern der Schuldirektor nicht zu Hause anrief, hätte niemand was davon mitbekommen. Schließlich schwänzte Zac nicht zum ersten Mal.

Er entdeckte die knallrote Pornokarre, auf die die Leute offensichtlich scharf waren und schnaufte. Das mussten die Neuen sein. Die Farbe vom Auto war zwar scheiße, aber der *Iron-Man*-Aufdruck auf der Kühlerhaube hatte was. Vielleicht zog ja endlich mal jemand hierher, der kein Langweiler war.

Die Blondine neben dem Kerl im Auto sah zumindest heiß aus. Zac entschied, zu warten, bis sich der Trubel gelegt hatte.

* * *

William ›Willi‹ Gibbs schlenderte eine Wiese entlang. In der Hand hielt er eine Blume und rupfte ihr die Blüten aus. »Sie liebt mich. Sie liebt mich nicht.« Er lächelte, stolperte über etwas, ging aber unbeirrt weiter. Schließlich zupfte er das letzte Blütenblatt.

»Sie liebt mich.« Sein Grinsen wurde breiter. »Sie liebt mich, sie liebt mich!«, sang er und spazierte über den schmalen Pfad, den er schon so viele Male entlanggegangen war. Zu ihr.

Kapitel 3 – Der Einzug

»Wie die alle aus ihren Häusern flitzen!«, sagte Jacob und kicherte. Er lenkte den Wagen die schmale Spur entlang. Wegen des Anhängers fuhr er nur dreißig Stundenkilometer statt der erlaubten vierzig.

»Kleine Stadt, große Neugier«, sagte Scarlett.

»Als hätte einer gesehen, dass wir kommen, und die anderen per Morsecode oder Lichtzeichen verständigt. Guck, da gehen nach und nach die Haustüren auf. Eine La-Ola-Welle nur für uns.«

Alte Gaffer, dachte Scarlett. *Manches ändert sich halt nie.*

Sie setzte ein breites Grinsen auf, während sie die erste Schaulustige passierten, die offenbar gerade dabei gewesen war, sich die Haare zu färben. Das Handtuch, das sie sich um die Schultern gelegt hatte, sah aus, als hätte sie es nicht mehr zum Klo geschafft. Ihr braunes Haar war feucht und unfrisiert. Mit prüfendem Blick beäugte sie die Neuankömmlinge, ehe sich ihre Miene aufhellte und sie grüßend die Hand hob.

Scarlett winkte zurück. Zwischen zusammengepressten Zähnen sagte sie zu Jacob: »Ihre Haare sind genauso echt wie ihr Grinsen.«

»Na, na! Das ist bestimmt eine sehr nette Frau. In Kleinstädten sind alle Leute nett. Hier wird Hilfsbereitschaft noch großgeschrieben.«

»Du hast sicher recht, Schatz.« *Und wenn dir in ein paar Nächten einer dieser freundlichen Nachbarn ein Messer ins Auge sticht, weil du dich weigerst, ihm das Geld deines Daddys auszuhändigen, wirst du bestimmt »Wie nett, dass du mir nur das Auge genommen hast« sagen.*

Sie fuhren an weiteren Anwohnern vorbei – jetzt in Schrittgeschwindigkeit – die allesamt grinsten, winkten oder beides taten. Jedes Mal erwiderten sie den Gruß.

»Hach, ich fühl mich jetzt schon wohl«, sagte Jacob. »Endlich raus aus dem Londoner Trubel. Hier erwarten uns Freundlichkeit und Ruhe.«

»Mhm«, sagte Scarlett immer noch zwischen zusammengebissenen Zähnen. »Findest du das hier nicht ein klein wenig gruselig?«

»Iwo! Die Leute interessieren sich eben für uns. Die sehen bestimmt nicht oft fremde Gesichter und ... Okay, es ist gruselig.«

»Sag ich doch.«

»Aber auch toll!«

»Gruselig toll. Das ist ja das reinste Paradies.«

»Du sagst es!« Jacob verkündete das im Brustton der Überzeugung. Schon fast niedlich, wie dämlich er war.

»Ich wette, die reißen uns gleich die Kartons aus den ...« Scarlett verstummte, als sie ein Stück die Straße hinauf ein Paar mittleren Alters entdeckte.

Sie, ein verbrauchtes, frühzeitig gealtertes Skelett. Er, ein aufgedunsener Kuchenteig im Rollstuhl. Kein Zweifel, sie waren es. Älter zwar, aber das waren eindeutig *sie*.

»Hast du einen Geist gesehen, Scary?« Jacob tätschelte ihre Hand.

»So was in der Art«, antwortete Scarlett und bemühte sich, den Blick von den beiden abzuwenden und wieder freundlich dreinzuschauen. Sie entdeckte eine Handvoll weiterer bekannter Gesichter und ihr Grinsen wurde echt.

Oh, wie lange sie auf diesen Moment hingearbeitet hatte. Sie konnte es kaum erwarten, loszulegen.

Jacob drosselte die Geschwindigkeit, blinkte und fuhr eine Einfahrt hinauf, die sich nicht im Geringsten von den anderen Einfahrten der Straße unterschied. Jedes gottverdammte Haus sah wie das andere aus. Wenn sie nicht aufpasste, landete sie womöglich versehentlich mal bei einem der Nachbarn im Wohnzimmer.

Eine große Neunzehn klebte in blauen Ziffern an der weißen Hauswand. Besser, sie überprüfte in Zukunft zunächst die Hausnummer, ehe sie durch die Tür preschte und eine Überraschung erlebte. Sie bezweifelte, dass diese Horde grinsender Spinner jemals abschloss. Nun, sie *würde* abschließen. Auf jeden Fall würde sie das.

Noch ehe Jacob den Motor abgestellt hatte, waren sie schon von ihren neuen Nachbarn umringt, mindestens fünfzehn Personen, fast die ganze Straße. Hätte Scarlett ein Messer dabei gehabt, hätte sie direkt mit dem Augensammeln beginnen können.

Sie schnallte sich ab – Jacob war bereits ausgestiegen und schüttelte Hände – und öffnete die Tür.

»Hallo Nachbarin!« Eine unförmige Frau mit roten Haaren, Cateye-Brille und Kleidung aus Flower-Power-Zeiten sprang wie ein Flummi vor sie.

Scarlett sammelte sich. »Oh, hallo! Wie nett, dass Sie alle gekommen sind, um uns zu begrüßen.«

Die Frau winkte ab. »Das ist doch selbstverständlich. Außerdem sind wir immer alle neugierig, wenn neue Leute eintreffen.« Sie kicherte. »Mein Name ist Penelope Hitchman. Aber alle nennen mich Penny.« Sie reichte Scarlett die Hand.

»Sie haben wirklich schöne Augen, Penny.« Scarlett lächelte und schüttelte die Hand. »Ich bin Scarlett. Scarlett Dyer.«

»O mein Gott! Sie sind mir ja eine, Scarlett, ich werde ja ganz rot! Vielen Dank.«

»Rot ist meine Lieblingsfarbe.«

Sie lachten.

»Das sehe ich! Dieses tolle Auto und ihr wunderbarer weinroter Mantel.«

Scarlett hob die Achseln. »Erwischt!«

Wieder lachten sie.

»Sie sind eine ganz wunderbare Frau, Scarlett, und Ihr Mann ist eine Augenweide. Wir müssen uns unbedingt mal zum Tee verabreden. Oder Kaffee, falls sie zu diesen moderneren Frauen gehören.«

Scarlett musste sich beherrschen, nicht eine Augenbraue anzuheben. »Total unmodern, Tee klingt super.«

»Hervorragend!« Penny zwinkerte. »Bringen Sie Ihren Mann mit.«

Scarlett lächelte und nickte.

»Haben Sie Kinder, Scarlett?«

Wow, direkt zur Sache.

»Nein.«

»Na, das macht nichts. ›Was nicht ist, kann ja noch werden‹ hat meine Mutter immer gesagt. Hier in St. Pit leben viele Kinder. Wir können gar nicht genug von ihnen bekommen.«

Ein Jogger rannte an ihnen vorbei und beäugte den Trubel aus den Augenwinkeln.

Steve. Noch genau so ein eitler Fatzke wie auf der Highschool. Scarlett fragte sich, wie viele der Kinder in St. Pit seine waren.

»Also dann«, rief Penny und klatschte in die Hände, »an die Arbeit!«

Eine Handvoll Nachbarn, glücklicherweise weniger aufdringlich als die gute Schnattertante, versammelte sich um den Anhänger, der Rest verharrte in einigem Abstand und sah stumm zu.

Scarlett kannte jedes einzelne Gesicht.

Jacob hob abwehrend die Hände. »Aber ich bitte Sie! Sie müssen uns doch nicht helfen. Wir schaffen das schon.«

»Unsinn!«, rief Penny. »Chop-chop! Wenn wir uns beeilen, sind wir in nicht mal einer Stunde fertig und Sie können in Ruhe auspacken.«

»Allein?«, fragte Scarlett.

Für einen kurzen Moment schien Penny irritiert, dann lachte sie wieder. »Sie sind mir ein Witzbold!«

Scarlett und Jacob wechselten einen Blick.

Nach und nach schleppten die Anwesenden Kartons an ihnen vorbei ins Haus. Dabei stellte sich jeder kurz vor.

»Oha«, sagte Jacob, als ein uniformierter Polizist mit einem großen Karton in der Hand an ihnen vorbeiging. Der Karton verbarg sein Gesicht vor Scarlett, aber sie brauchte es nicht zu sehen, um zu wissen, wer das war. »Sogar die Polizei schleppt mit?«

MacGill blieb kurz stehen. »Ihr Freund und Helfer!« Er wandte sich Scarlett zu. Sein Blick glitt über ihren Körper, er lächelte: »Schönen Tag, Misses.«

»Nennen Sie mich Scarlett.«

Sein Lächeln wurde breiter. Es war ein charmantes, freundliches Lächeln. »Inspector David MacGill, Ma'am. Aber sie dürfen mich David nennen. Oder MacGill, so wie die meisten hier.« Er nickte zum Abschied und trug den Karton ins Haus.

Scarlett ließ die Mundwinkel fallen, drehte sich Richtung Straße und spürte, wie sich ihr Körper schlagartig verkrampfte. Die dürre Frau und der Teig im Rollstuhl näherten sich ihr. Sie schob ihn so schwerfällig, als würde sie jeden Augenblick zusammenklappen, lächelte jedoch.

»Sie müssen die neuen Nachbarn sein!«

Was war sie doch für eine Blitzmerkerin. »Richtig. Hi.« Es kostete Scarlett erhebliche Mühe, überhaupt mit ihr zu sprechen.

»Es freut mich sehr. Ich bin Joann Lewis – Joann reicht –

und das ist mein Mann Robert. Wir wohnen etwas weiter die Straße hinauf.«

»Wir sind ebenfalls erfreut«, sagte Jacob, der plötzlich neben Scarlett aufgetaucht war.

Eine kurze Pause entstand, dann fragte Joann. »Und Sie sind?«

Jacob kicherte verlegen und streckte erst ihr, dann Robert die Hand hin. »Bitte entschuldigen Sie, ich bin davon ausgegangen, dass meine Frau uns schon vorgestellt hat. Ich bin Jacob.« Er schaute zu Scarlett und als sie nicht reagierte, fügte er hinzu: »Das ist Scarlett.«

Erneut entstand eine unangenehme Pause.

Joann blickte zum Himmel. »Sie haben Glück, dass sich der Schauer in einen Nieselregen verwandelt hat. Hier regnet es leider sehr häufig. Aber daran gewöhnt man sich. Nicht wahr, Liebling?«

»Muss man wohl. Meine Frau zwingt mich, jeden Tag an die frische Luft zu rollen«, sagte Robert gespielt beleidigt.

Die drei lachten.

»Das macht uns nichts aus«, sagte Jacob. »Regen hat durchaus etwas Schönes an sich. Ich verbinde ihn mit lachenden Kindern, die durch Pfützen springen oder ihre Spielzeugboote schwimmen lassen. Das mache ich heute auch noch gern.«

Robert lachte. »Durch Pfützen springen oder mit einem Boot spielen?«

Jacob kratzte sich am Hinterkopf. »Beides, offen gesagt.«

Penny meldete sich zu Wort.

»Jacob, mein Lieber. Wären Sie wohl so freundlich, mir mit diesem Karton zu helfen?«

»Klar!« An die Lewises gerichtet fügte er hinzu »Es hat mich sehr gefreut«, ehe er zu Penny rannte.

Joann wirkte von Scarletts Schweigen und ihrer abweisenden Haltung verunsichert. Sie wusste wohl nicht so recht, wohin mit ihren Händen, also umfasste sie wieder die Haltegriffe des Rollstuhls.

Gut so. Sollte sie sich unwohl fühlen.

Robert dagegen schien mehr Augen für die Nachbarn zu haben, die dabei waren, die Umzugskartons ins Haus zu befördern. Er sah traurig aus, geradezu sehnsüchtig.

»Alles in Ordnung?«, fragte Joann ihn.

Robert zuckte kaum merklich zusammen. Er badete mal wieder im Selbstmitleid. Das hatte er früher schon pausenlos getan.

»Alles bestens«, antwortete er übertrieben fröhlich.

»Du würdest gerne helfen, was?«

Jetzt konnte Scarlett sich nicht mehr beherrschen und verdrehte die Augen. Das war so typisch Joann. Statt es einfach darauf beruhen zu lassen, bohrte sie in der Wunde herum. Man musste über seine Probleme sprechen, wie sie immer so schön betonte. Wer alles in sich hinein fraß, ersticke über kurz oder lang daran.

Bla, bla, bla.

Joann ging um den Rollstuhl herum und richtete Roberts Jackenkragen.

Er ließ es kommentarlos geschehen, obwohl Scarlett ihm

am Gesicht ablesen konnte, dass ihm die übermäßige Fürsorge vor der neuen Nachbarin unangenehm war. Er bemerkte Scarletts Blick und verdrehte gespielt die Augen.

Sie erlaubte sich ein kurzes Schmunzeln.

Joann trat wieder hinter den Rollstuhl. Offenbar überlegte sie sich bereits ein neues belangloses Gesprächsthema.

»Wie dem auch sei«, sagte Scarlett kühl und kam ihr so zuvor. »Nett, Sie kennengelernt zu haben, aber ich muss dann mal weiter. Ich möchte die Gutmütigkeit der Nachbarn ja nicht ausnutzen.« Sie wartete keine Erwiderung ab, sondern drehte sich einfach um. Statt beim Entladen zu helfen – viel gab es ohnehin nicht mehr zu schleppen –, sah sie sich um.

Niemand erkannte sie. Der Glasgower Akzent, den Scarlett sich angeeignet hatte, und die hellere Sprechweise funktionierten wunderbar. Ihr Gesicht hatte ihr mehr Sorgen bereitet. Unbegründet, wie sie nun feststellte. Was eine kleine OP und gefärbte Haare nicht alles schaffen konnten.

Ihre armen, ahnungslosen Nachbarn. Sie würden sich noch wundern.

* * *

Im Türrahmen winkten sie ihren Nachbarn hinterher, die nun endlich wieder in ihre Häuser verschwanden.

Jacob warf einen Blick auf seine Armbanduhr. »Wahnsinn. Nicht mal fünfzig Minuten.«

Sie gingen ins Haus und Scarlett schloss die Tür.

»Wollen wir direkt anfangen, auszupacken? Oder willst du dich erst mal von diesem sozialen Schock erholen?«, fragte er.

»Ich mach uns Kaffee.«

»Uh, gute Idee!«

Das Haus war geräumig und hell. Eingerichtet könnte es tatsächlich ganz hübsch werden. Schade nur, dass Scarlett es eher dunkel mochte.

Sie schritt durchs Wohnzimmer in die Küche, stellte sich ans Fenster und beobachtete Joann und Robert, der von ihr schwerfällig die Straße hochgeschoben wurde.

Jacob beugte sich von hinten über Scarlett und gab ihr einen Kuss auf die Wange. »Es ist perfekt«, hauchte er, ließ sie los und verließ die Küche.

Das Paar verschwand aus ihrem Blickfeld. »Noch nicht. Aber bald.« Sie schob die Gardinen zu, damit niemand in die Küche starren konnte. »Schon sehr bald.«

Kapitel 4 – Tratsch

In den drei Tagen nach dem Einzug passierte bei den Dyers alles hinter verschlossenen Türen. Scarlett hatte nur einmal das Haus verlassen, um einen kleinen Einkauf zu erledigen. Jacob war zweimal für einige Stunden mit dem Auto verschwunden und anschließend mit vollgepackten Taschen zurückgekehrt.

Pennys Neugier machte sie ganz hibbelig. Was trieben die beiden nur? Warum mischte Scarlett sich nicht unters Volk und was um Himmels willen hielt dieser Mann in den Taschen verborgen?

Die Nachbarn wunderten sich sicherlich auch schon, bald würden sie Fragen stellen. Was, wenn sie, Penny, die immer wusste, was vor sich ging, keine Antworten hatte? Das durfte nicht geschehen! Sie hatte lange genug höfliche Distanz gewahrt. Am besten, sie klingelte unter irgendeinem Vorwand bei den Dyers.

Milch! Milch brauchte man immer, ihre könnte ausgegangen sein. Der Supermarkt befand sich schließlich zwei Straßen weiter. »Da habe ich mir gedacht, ich probiere mein Glück bei Ihnen«, sagte sie laut, »und nutze direkt die Gelegenheit, um Sie auf die versprochene Tasse Tee anzusprechen.« Penny rückte mit dem kleinen Finger ihre Brille zurecht. »Ausgefuchst, Miss Hitchman, ausgefuchst.«

Sie war gerade im Begriff, zur Haustür zu gehen, als sie aus dem Augenwinkel eine Bewegung wahrnahm.

Scarlett ging die Straße hinunter. Sie trug wieder ihren weinroten Mantel und das Haar fiel ihr in blonden Wellen über die Schultern. Durch ihren aufrechten Gang und den leicht erhobenen Kopf wirkte sie regelrecht majestätisch. Fast so, als gehörte sie nicht in diese Kleinstadt.

Obwohl es hier viele reiche Menschen gab, schien Scarlett dennoch in einer anderen Liga zu spielen. Sie sprang einem direkt ins Auge, wie ein auffälliges Bauwerk oder ein Porsche in einem Armenviertel.

Irgendetwas an ihr passte nicht. Sie erinnerte an ein Gemälde, das nach Augenmaß schief, laut Wasserwaage jedoch gerade an der Wand hing. Nun, die Dyers waren eben erst eingezogen, Penny würde schon noch dahinter kommen, was mit Scarlett nicht stimmte.

Sie trat vom Fenster weg und eilte zur Haustür. Nur ein bisschen Geduld, dann würde sie ihre Nachbarin abfangen und …

Es läutete.

Penny zuckte zusammen. Beinahe hätte sie schwungvoll die Tür aufgerissen, doch sie zwang sich, Ruhe zu bewahren, und zählte im Geiste langsam bis fünf. Scarlett sollte nicht denken, dass sie hinter der Tür auf sie gewartet hatte – obwohl es stimmte.

Gemächlich öffnete sie die Tür. Scarlett strahlte ihr entgegen. Penny hatte nie ein einnehmenderes Lächeln gesehen. Sie konnte nicht anders, als es zu erwidern. »Scarlett! Was für eine Überraschung!«

»Hallo Penny. Nachdem Sie alle so wundervoll geholfen haben, unsere Sachen ins Haus zu tragen, dachte ich mir, ich gehe auf Ihr Angebot ein, gemeinsam Tee zu trinken. Wann passt es Ihnen?«

»Meine Liebe, Sie erwischen mich im richtigen Moment! Kommen Sie rein!« Penny trat zur Seite. »Rein mit Ihnen. Rein, rein. Ich setze gleich Wasser auf.«

Sie führte Scarlett in ihre Küche.

Nachdem der Tee fertig war und sie ihn eingeschenkt hatte, setzte sie sich ihrem Gast gegenüber. »Ich hoffe, Sie haben sich gut eingelebt? Nehmen Sie sich, was Sie brauchen, Milch, Zucker – ist alles da.«

Scarlett gab einen Würfelzucker in ihre Tasse und rührte um. »Vielen Dank. Ja, St. Pit ist sehr schön. Ich habe noch nicht viel gesehen, der Umzug, Sie wissen schon. Kartons ohne Ende, alles muss aufgebaut, verrückt und eingeräumt werden. Aber jetzt möchte ich endlich die Stadt erkunden und mich unters Volk mischen, wie man so schön sagt.«

»Wundervoll! Aber hätten Sie doch was gesagt, ich hätte Ihnen gerne beim Auspacken geholfen.«

»Ja, das möchte ich wetten.«

Penny stutzte. »Wie bitte?«

»Sie wirken wie ein fleißiges Bienchen, immer zur Stelle, wenn jemand Hilfe braucht.«

»Nun …« Penny rückte mit dem kleinen Finger ihre Brille zurecht und kicherte.

Scarlett trank einen Schluck. »Der Tee schmeckt wirklich gut. Sagen Sie, Penny, wo wir gerade beim Thema Helfen sind, gibt es eine Möglichkeit, in St. Pit ehrenamtlich zu arbeiten? Ich schreibe an einem Roman und brauche einen Ausgleich zum …«

Penny setzte sich ruckartig auf. »Sie sind Autorin?« Das kam wohl ein wenig zu überschwänglich, denn Scarlett war kaum merklich zusammengezuckt. Penny nahm sich vor, sich zu zügeln. »Was schreiben Sie?«

»Oh, das darf ich nicht verraten, es ist geheim.«

»Schade.«

»Aber Sie werden es als Erste erfahren.«

Penny strahlte. »Das ist fantastisch! Deswegen haben Sie so selten das Haus verlassen, nicht wahr?«

»Richtig. Aber mir fehlen die Bewegung und der Kontakt zu anderen Menschen. Immer nur mit imaginären Figuren zu reden macht auf Dauer wahnsinnig.« Sie legte den Kopf schief und sah Penny direkt an. Zwar lächelte sie nicht, doch in ihrem Blick lag ein amüsierter Schimmer.

Penny nickte ernst. »Das glaube ich Ihnen sofort. Lassen Sie mich nachdenken. Es gibt einen Frauenverein. Da bin ich auch Mitglied, aber leider finden die Treffen nur selten und unregelmäßig statt. Die Arbeit, Sie wissen schon.

Heutzutage gibt es kaum noch reine Hausfrauen, wir alle arbeiten und am Wochenende sind wir zu kaputt, um über politische Themen zu schwatzen. Wo wir gerade beim Thema

Arbeit sind – entschuldigen Sie, ich bin immer sehr sprunghaft.«

»Das macht doch nichts.«

»Wenn sie das leckerste Gebäck in St. Pit kaufen möchten, müssen Sie nur die nächste Straße rechts und in Richtung Küste gehen, dort finden Sie die Bäckerei, in der ich arbeite. Wir haben verboten leckere Zimtschnecken. Sie bekommen eine aufs Haus von mir.«

Scarlett lächelte und trank ihren Tee aus.

»Greifen Sie ruhig zu! Es ist genug Tee da. Aber zurück zu Ihrer Frage ...« Nun nahm auch Penny einen Schluck. Der Tee war abgekühlt und sie hatte den Zucker vergessen. Sie verzog das Gesicht, gab ein Stück in die Tasse und nahm erneut einen Schluck. Schon besser. »Falls Sie kein Problem mit Obdachlosen haben, gibt es am oberen Ende der Straße eine Volksküche, in der ehrenamtliche Mitarbeiter kostenlos Suppen und Decken verteilen. Vielleicht käme das infrage?«

»Perfekt! Das ist eine fantastische Idee!«

Erneut rückte Penny ihre Brille zurecht. »Zwei unserer Nachbarinnen engagieren sich dort ebenfalls. Nora Clifford von gegenüber und Irene Walsh. Sie wohnt mit Mann und Kind ein Stück die Straße rauf. Irene kennen Sie noch nicht, sie war nicht da, als wir Ihnen beim Ausladen geholfen haben. Sie ist aber eine ganz Liebe. Ihr Mann ist etwas ... nun, sagen wir, launisch. Er ist streng religiös. Manche behaupten, er übertreibt es ein wenig.«

»Tatsächlich?« Scarlett schien aufrichtig interessiert. Wie erfrischend!

»Ja, er versucht ständig, alle von seinem Glauben zu überzeugen, und manchmal kann man die beiden streiten hören. Das arme Kind muss alles mit anhören. Es ist … ein bisschen anders, wissen Sie.«

Scarlett runzelte die Stirn. »Anders?«

»Wissen Sie, heutzutage verstecken sich die jungen Menschen nicht mehr. Gott ist mein Zeuge, ich habe nichts gegen so ein Verhalten! Die Walshes haben eigentlich eine Tochter, aber das Kind kleidet sich wie ein Junge und möchte nicht Alexandra, sondern Alex genannt werden. Dreizehn Jahre alt ist sie. Ein bisschen früh für eine Identitätskrise, wenn Sie mich fragen, aber wer bin ich, zu urteilen?«

»Sie meinen, das Kind sieht sich vermutlich als nichtbinär oder trans.«

Penny nickte.

»Was hält denn der Vater davon?«

»Sagen wir es so, Abel nennt seine Tochter weiterhin Alexandra und er ist der Einzige, bei dem sie es zulässt.«

»Ist er gewalttätig?«

»Großer Gott, nein! So etwas gibt es hier bei uns nicht. Wir behandeln einander mit Respekt.«

»Ist das so?« Es klang nicht wie eine Frage, Scarlett goss sich eine neue Tasse Tee ein. »Und Nora Clifford? Ist sie auch *eine Liebe?*«

»Und ob! Außerdem ist Nora der organisierteste und ordentlichste Mensch, den ich kenne. In ihrem Haus können Sie praktisch vom Boden essen. Es ist erstaunlich, dass Sie mit Obdachlosen arbeitet. Ich meine, all der Schmutz und der

Gestank. Aber ich denke, wir brauchen alle unsere Herausforderungen und sie muss die Männer und Frauen ja nicht umarmen.« Penny lachte auf. Da Scarlett nicht mit einstimmte, fuhr sie fort: »Außerdem kommt sie so auch mal raus, wo doch zu Hause oft so eine schlechte Stimmung herrscht.

Übrigens besitzt St. Pit eine sehr niedrige Rate an Obdachlosen. Darauf sind wir stolz. Mehr als drei, vier Personen werden Sie bei der Suppenausgabe nicht gleichzeitig sehen.«

Scarlett leerte ihre zweite Tasse Tee. Das Porzellan klirrte, als sie sie abstellte. »Was meinen Sie damit?«

»Hm?«

»Sie sagten, bei Nora herrscht schlechte Stimmung.«

»Oh.«

Penny trank ihren letzten Schluck kalten Tee und goss sich eine neue Tasse voll ein. »Sie und Bob streiten oft. Sie sind grundverschieden, aber schon seit ihrer Jugend ein Paar. Niemand hier hätte gedacht, dass sie so lange verheiratet bleiben, aber bisher ist keine Scheidung im Gespräch.

Ihre Streitereien sind oft schrecklich belanglos. Kleinigkeiten. Wenn Bob vergessen hat, den Müll an die Straße zu stellen. Wenn Nora etwas gekocht hat, das Bob nicht schmeckt. All so was. Unschön.«

»Wow, die müssen ja ganz schön laut schreien, wenn Sie das hören können, Penny.«

»Nein, nein, ich höre nie, was sie sagen. Aber Nora und ich unterhalten uns oft und manches bekommt man so mit. Von den Nachbarn, meine ich. Beim Einkaufen oder wenn man auf der Straße ein Schwätzchen hält.

Zu erzählen gibt es immer was.« Penny räusperte sich. »Ich spioniere nicht, falls Sie das denken.«

»Wie könnte ich?«

Sie lächelte, setzte die Tasse an die Lippen und verbrannte sich die Zunge. »Autsch! Sie werden sehen, Scarlett, Geheimnisse gibt es hier nicht. Wir kümmern uns hier umeinander und sind stets um unsere Mitmenschen bemüht. Natürlich gibt es auch hin und wieder Tratsch.« Sie winkte ab. »Das ist in jeder Stadt so. Vor allem, wenn es eine so kleine Stadt ist wie unsere hier. Aber Sie werden sich wohlfühlen. Sie und Ihr gut aussehender Mann.« Penny kicherte. »Was treibt der eigentlich so, wenn Sie an Ihrem Buch arbeiten?«

»Er ist Spielzeug-Ingenieur, genau wie sein Vater. Studiert hat er in Cardiff. Sein Ziel ist es, der beste Spielzeugbauer der Welt zu werden, ein noch besserer als sein Vater. Dem gehört ein ganzes Unternehmen in London, deswegen kauft Jacob ständig Spielzeug ein und testet es, um zu sehen, was er besser machen kann.

Eines Tages wird er die Firma erben und das Werk seines Vaters fortsetzen. Mein süßer Nerd. Er liebt Spielzeug noch mehr als seine kleinen Kunden.«

Penny beugte sich vor, wobei ihre Brust den Löffel von der Untertasse beförderte – *klirr!* »Ihr Mann muss Kinder wirklich lieben, Scarlett.«

»Ja, das stimmt.«

»Und? Haben Sie vor, in nächster Zeit ...« Sie schlängelte kurz mit dem Oberkörper.

»Nicht in absehbarer Zeit.«

»Ich verstehe. Kinder sind hier …«

»Sehr beliebt, ich weiß.«

Penny grinste. »Vor allem *geliebt!* Aber der arme Steve Davies …«

Wieder wirkte Scarlett ausgesprochen interessiert. Das hatte Penny gehofft. Sie könnte stundenlang so weitermachen.

»Steve ist zwar schon erwachsen, aber sein Vater scheint sich gar nicht mehr für ihn zu interessieren. Steve müsste ungefähr in Ihrem Alter sein, Scarlett.«

»Nenn mich Scary. Oder Sca. Aber ohne R.«

Penny konnte ihre Freude kaum verbergen. »Sca! Gerne! Penny ist ja schon mein Kosename, daher ist es unsinnig, ihn dir vorzustellen.« Wieder kicherte sie. »Roger hat den kleinen Steve ganz alleine großgezogen. Seine nichtsnutzige Frau hat ihn vor etlichen Jahren verlassen. Steve war da noch ein kleiner Bub. Dabei war Roger nur etwas niedergeschlagen, weil es mit seiner Karriere als Athlet nicht geklappt hat. Er hatte einen schweren Unfall, musst du wissen. Ein Autounfall, der ihm das linke Knie zertrümmert hat.

Er hat Steve zu einem Athleten erzogen. Der Junge hat das Zeug zum Olympiasieger, so wie es immer Rogers Traum war. Er ist nur ein bisschen … nun, er ist bei den Damen recht beliebt.«

»Er ist die Stadthure, meinst du.«

Penny stutzte. Die ausdruckslose Miene von Scarlett irritierte sie zunächst, dann brach sie in schallendes Gelächter aus. »Meine Liebe, du bist wirklich ein Witzbold!«

Scarlett lächelte.

»Er ist zumindest häufig in weiblicher Gesellschaft. Sein Vater dagegen … Seit einer Weile tut ihm die alte Verletzung wieder weh, weil er bei einem Spaziergang gestürzt ist. Ich habe ihm damals aufgeholfen und einen Krankenwagen gerufen. Seitdem hat er sich völlig zurückgezogen. Der arme Mann. Man sieht ihn nur noch, wenn er einkaufen geht. Meistens hat er dann Alkohol in seiner Tasche. Und er ist leider ein wenig paranoid geworden. Vermutlich weil er ein paar Pfunde zu viel hat und ihm das unangenehm ist. Er hatte einen so durchtrainierten Körper.«

»Sehr traurig.«

Penny nickte. Ihr Blick huschte zur Uhr. »Du meine Güte! Meine Schicht fängt bald an, heute habe ich mal keine Frühschicht. Furchtbar!«

Scarlett erhob sich. »Entschuldige, ich wollte dich nicht …«

»Aber nein! Es war mir eine Freude! Du bist eine ganz Liebe, Sca, das müssen wir bald mal wiederholen. Sicher habe ich dann mehr zu tratschen.« Sie zwinkerte.

»Ich hoffe doch.«

Sie verabschiedeten sich und Penny blickte Scarlett hinterher. Eine wunderbare Frau. Sie passte ganz hervorragend in diese Stadt. Wie hatte sie nur etwas anderes denken können? Jetzt schien Sca regelrecht mit St. Pit zu verschmelzen.

Zufrieden schloss Penny die Tür.

* * *

Scarlett schlenderte die Straße hoch zurück zum Haus. Der Besuch bei Penny war zwar fast körperlich schmerzhaft gewesen, aber sie hatte eine Menge erfahren. Von den ständig streitenden Cliffords hatte sie bereits gewusst, doch ihr war nicht klar gewesen, dass die beiden wegen jeder Kleinigkeit auf die Barrikaden gingen. Perfekt, den Sauberkeitsfimmel von Nora würde sie wunderbar ausnutzen können.

Und dann die Paranoia von Stevies altem Herrn. Besser konnte es doch gar nicht sein. Schnattertante Penny hatte eindeutig Gefühle für Roger Davies. Das war interessant und sie würde es im Kopf behalten. Wer wusste schon, wozu sie dieses Wissen nutzen konnte. Es war immer gut, etwas in der Hinterhand zu haben.

Scarlett vergrub die Hände in den Taschen ihres Mantels. Es gab einiges zu tun. Gewartet hatte sie lange genug, jetzt begann der Spaß.

Das erste Opfer stand bereits fest und sie würde sofort alles vorbereiten.

Anschließend konnte sie ein bisschen an ihrem Roman arbeiten.

Kapitel 5 – Fotos

Bloß ein einziges Mal hatte Jacob gefragt, woran Scarlett schrieb. Sie hatte gefürchtet, er würde ihr nicht glauben, dass der Inhalt geheim war, schließlich war sie damals gerade erst Scarlett geworden und weniger geübt im Lügen. Es war ihr erstes Date gewesen. Doch er hatte reagiert, wie die meisten Leute nach ihm: Schmollend hatte er es, zumindest vorerst, hingenommen.

Während es alle anderen für gewöhnlich dabei beließen, stellte Jacob in unregelmäßigen Abständen immer wieder neugierige Fragen wie »Kommst du gut voran, Liebling?« oder »Na, wie viele Seiten hast du heute geschafft?«.

Das ließ sich noch schnell und knapp beantworten, doch neuerdings stellte Jacob Fragen über ihren Arbeitsablauf inklusive Fachbegriffe: »Bist du Pantser oder Plotter?«, »Überarbeitest du eigentlich erst ganz am Ende oder schon zwischendurch?«, »Musst du ein Exposé schreiben?«, »Wie steht's um dein WIP?«.

Scarlett hatte gelächelt, gesagt, ihrem *WIP* ginge es wunderbar und den Begriff auf ihrem Handy gegoogelt, nachdem Jacob auf die Toilette verschwunden war.

Er hatte sie so nervös gemacht, dass sie tatsächlich begonnen hatte, einen Roman zu schreiben. Anfangs hatte sie keine Ahnung gehabt, wie so etwas vonstattenging, fand mittlerweile jedoch Gefallen daran. Sie schrieb einen Thriller, in dem eine Frau Rache an den Menschen nahm, die ihr in der Vergangenheit übel mitgespielt hatten.

»Der schlechteste Roman seit der *Twilight Saga!*«, hatte sie Jacob einmal erzählt und beide hatten gelacht, obwohl Scarlett wusste, dass sie damit gar nicht so daneben lag.

Die Geschichte ging ihr leicht von der Hand, schließlich war es ihre, und sie half, ihren Plan noch einmal auf Herz und Nieren zu prüfen. Scarlett hatte nicht vor, das Machwerk jemals jemandem zu zeigen, geschweige denn, es je zu veröffentlichen, doch wer wusste schon, was die Zeit bringen mochte. Vielleicht würde sie eines Tages alle Namen ändern und einen Versuch wagen.

Vorerst verstaute sie ihren Laptop nach getaner Arbeit in einem Safe, für den nur sie die Kombination kannte. Nur um ganz sicherzugehen.

Jetzt holte sie den Computer heraus, legte Kopien der Fotos, die sie eben in den Briefkasten der *St. Pit Post* geworfen hatte, in den Safe und freute sich schon darauf, am nächsten Kapitel zu arbeiten. Das Schreiben schien ihr wie eine Entspannungsübung. Sie kannte die Handlung, kannte die Figuren und genoss es, letztere zu quälen.

»Armer, armer Jack«, sagte sie mit vorgeschobener Unterlippe. »Es geht los. Der Schneeball rollt den Berg hinab …«, sie klappte den Laptop auf und fuhr ihn hoch, »… und wächst.

Und wächst.« Scarlett klickte doppelt auf ihr Textverarbeitungsprogramm mit dem Titel »Rote Rache«, dann hob sie die Hand und ließ die Finger tanzen. »Und ups!« Ihre Handfläche sauste klatschend auf die Tischkante. »Alle plattgewalzt!«

Ein Blick auf die Uhr. Kurz nach Mittag. Zeit genug für die Presse, dem Schneeball einen zusätzlichen Schubser zu geben.

Die Haustür öffnete sich und fiel ins Schloss. »Bin wieder zu Hause!«, rief Jacob. »Ich habe jede Menge Spielzeug dabei!«

»Ich bin oben«, rief Scarlett zurück.

Wenig später kam er die Stufen herauf und klopfte vorsichtig an.

»Komm rein, ich hab noch nicht angefangen.«

Jacob trat ins Büro und gab Scarlett einen Kuss auf den Haaransatz. »Keine Angst, ich schmule nicht, auch wenn ich vor Neugier platze.«

»Braver Junge.«

»Wie war dein Tag? Hast du was Schönes gemacht, während ich unterwegs war?«

»Ich war bei Penny. Wir haben Tee getrunken.«

»Oha, die Sabbeltante? Hast du sie leben lassen?«

Scarlett drehte sich zu ihm um und grinste.

Über Jacobs Gesicht huschte ein besorgter Ausdruck. Sie liebte es, wenn er verunsichert war. Sie hatten sich in dem einen Jahr, in dem sie sich kennengelernt und geheiratet hatten, nicht einmal gestritten und doch brachte sie ihn regelmäßig aus dem Konzept. Es schien, als konnte er manchmal etwas an ihr erkennen, das ihn ängstigte. Er war wie ein Hund, der nicht wusste, ob er getadelt oder gelobt wurde.

Wahrscheinlich hatte sie ihn deswegen ausgesucht. Seine Naivität und Dämlichkeit waren schon fast süß. Beinahe konnte sie ihn gernhaben.

»Wir haben uns nett unterhalten«, sagte sie. »Spannende Dinge über unsere freundlichen Nachbarn.«

»Du meinst, ihr habt gelästert.«

»Penny hat gelästert, ich habe höflich genickt.«

Jacob lachte.

»Und dann habe ich ein bisschen Papierkram erledigt und eingeworfen.«

»Das Exposé, das du wegschicken wolltest? Ist es gut geworden?«

»Super sogar.«

»Also mit Leseprobe?«

Scarlett biss sich kurz auf die Lippen. Sie musste aufpassen. »Ähm, ja, genau.«

»Da wird sich dein Verleger sicher freuen.«

»Oh, mein Schatz«, sie grinste breiter, »er wird aus dem Staunen gar nicht mehr rauskommen.«

* * *

Jack Griffin war ein angesehener Mann. Der angesehenste in ganz St. Pit, wie er vermutete. Als Politiker und reichster Bürger der Stadt sahen die Leute zu ihm auf, baten ihn um Rat – nicht nur in politischen Dingen. St. Pit legte Wert auf seine Meinung.

Am heutigen Morgen jedoch wurde er misstrauisch beäugt, als er wie üblich seinen Morgenspaziergang unternahm. Niemand grüßte ihn. Grüßte er, schauten die Leute weg. Nie zuvor hatte man gewagt, ihn, Jack Griffin, zu ignorieren! Was war nur in diese törichten Menschen gefahren? Vermutlich hatte Penny Hitchman mal wieder irgendwelche Lügen verbreitet. Dieser lächerlichen Person gehörte das Maul gestopft.

Jack war immer vorsichtig gewesen. Niemand wusste von seinem Ausrutscher vor drei Jahren. Außer seine Frau, doch die scherte sich nicht darum, dazu war Beth viel zu gefangen in ihrer Welt aus Teegesellschaften und perfektem Auftreten. Nun, an seiner Seite hatte sie sich zu benehmen und hübsch auszusehen, schließlich mussten sie einen Ruf wahren. Dafür investierte er auch gerne sein Geld in Schmuck und Kleidung.

Jack wechselte die Straßenseite und ging ein Stück geradeaus. Seinen Regenschirm hatte er wohlbedacht mitgenommen, denn am Himmel taten sich schon wieder die ersten Regenwolken auf. Momentan diente er ihm jedoch als Gehstock. Die Zerrung in der Hüfte, die er sich vor ein paar Jahren zugezogen hatte, schmerzte. Lästige Verletzung. Er hätte eben doch damit zum Arzt gehen sollen, wie Beth es ihm geraten hatte. Aber was hätte er dem erzählt? Im Flunkern war er nie gut gewesen, außer es handelte sich um politische Floskeln. Ging es um sein Privatleben, überließ Jack stets seiner Frau das Reden. Sie war gut darin, Dinge zu verschleiern. Und sie hatte den Grund seiner Verletzung mit Würde getragen.

Er bog in die nächste Seitenstraße ein, an deren Ende der Fischmarkt und der kleine Kiosk warteten, an dem er jeden Morgen seine Zeitung kaufte.

Die Affäre war nur von kurzer Dauer gewesen, keine drei Monate. Es hatte sich toll angefühlt, als fünfzigjähriger Mann mit einer Frau in den frühen Zwanzigern zu schlafen. Regelrecht aphrodisisch. Bis Beth die beiden erwischt hatte. Einfach nur dagestanden hatte sie, ohne die Miene zu verziehen. Jack war aus dem Bett gesprungen und hatte sich dabei heftig die Hüfte verdreht.

In den darauffolgenden Tagen hatte er sich eher wie ein Mann in den Siebzigern gefühlt. Beth hatte ihm schweigend zur Seite gestanden, nicht ein Wort hatte sie über seinen Ausrutscher verloren. Sie war eine gute Ehefrau, das war Jack in jener Zeit klar geworden und er hatte die Affäre sofort beendet. Beth war schon immer sehr stark gewesen. Sogar nachdem Leila verschwunden war und sie ihren Brief in Händen gehalten hatte, hatte er sie nur einmal weinen sehen. Eine einzelne Träne, die über ihre Wange gelaufen war. Dann hatte sie sie weggewischt, sich das Haar gerichtet, und ihre Gäste begrüßt.

Auch er hatte nicht eine Träne verschwendet. Sie hatten stets ihr Bestes gegeben, das Kind zu erziehen. Doch es war störrisch gewesen und letztlich davon gerannt. Leila wusste gar nicht, was sie ihren Eltern damit angetan hatte.

Oder doch? Möglicherweise war es ihre Absicht gewesen, dem Ansehen der Familie zu schaden. Über einen Monat lang waren sie das Stadtgespräch gewesen.

Jack spannte den Regenschirm auf. Aus einzelnen Tropfen wurde schlagartig ein Schauer. Der Regen trommelte auf Schirm und Pflastersteine.

Er seufzte. Ständig dieselben Gedanken. Jeden Morgen trauerte er dem jugendlichen Körper von Harper hinterher, erinnerte sich an die Pflicht seiner Frau gegenüber und verfluchte seine undankbare Tochter. Ob dieser Kreislauf je ein Ende nehmen würde?

»Guten Morgen«, sagte er zu Robert und Joann Lewis, die die Nasen in eine frisch gekaufte Zeitung steckten.

Joann, die auf einen Artikel gezeigt hatte, faltete die *St. Pit Post* zusammen. Beide nickten stumm und Joann schob den Rollstuhl ihres Mannes Richtung Markt. Beeilte sie sich etwa, von ihm wegzukommen?

Jack starrte ihnen hinterher, dann wandte er sich dem Kioskbesitzer zu. »Heute scheinen alle den Verstand verloren zu haben.«

»Wie Sie meinen, Sir.«

»Das Übliche, bitte.«

»Sehr wohl, Sir.«

Der Mann reichte Jack eine *St. Pit Post* und einen Kaffee.

Er hatte ein seltsames Gefühl, drückend wie eine dunkle Vorahnung. Normalerweise las er die Zeitung erst nach seinem Spaziergang, doch eine leise Stimme sagte ihm, er solle sofort einen Blick hinein werfen. Er zog das Gummiband von der zusammengerollten Zeitung, entfaltete sie und setzte den Kaffeebecher an die Lippen. Mitten in der Bewegung hielt er inne. Auf der Titelseite prangte ein Foto von ihm und Harper in seinem Ehebett. Das Bild war von seinem Garten aus durchs Fenster aufgenommen worden und zeigte die beiden in sehr eindeutiger Pose. Mit angestrengtem Gesichtsausdruck hatte er den Kopf in den Nacken gelegt. Rotlackierte Fingernägel krallten sich in seine Oberarme. Langes, brünettes Haar breitete sich über das Kopfkissen aus. Harper verzog den Mund zu einem lustvollen Stöhnen – ihr Gesicht war klar erkennbar.

Jack ließ den Kaffeebecher fallen.

* * *

»Ich dachte, die Sache wäre vorbei, Jack!«

Nie zuvor hatte er Beth so außer sich erlebt. Ein paar dunkelbraune, silbrig durchzogene Strähnen hatten sich aus ihrer sonst stets perfekten Hochsteckfrisur gelöst und fielen ihr ins Gesicht, was ihr einen wilden, beinahe wahnsinnigen Ausdruck verlieh.

»Es ist vorbei! Seit drei Jahren schon! Ich weiß nicht, wo dieses Foto herkommt oder wer es geschossen haben könnte.«

»Du verdammter Lügner!«

»Ich lüge nicht. Beth, du musst mir glauben. Irgendjemand erlaubt sich einen Streich.«

Beth schnaubte. »Einen Streich, ja? Gerade erst haben die Frauen aufgehört, mich ständig nach Leila zu fragen. Endlich fühlen sich meine Gesellschaften wieder wie früher an, als wir noch nicht die Rabeneltern des Jahrtausends waren. Endlich musste ich mal nicht um unser Ansehen kämpfen. Und dann kommst du und vögelst diese Schlampe!«

Jack fuhr bei der Wut in ihrer Stimme zusammen. »Ich habe keine Affäre mit ihr!«

Jetzt lächelte sie, was Jack noch mehr beunruhigte. »Natürlich«, sagte Beth. »Ich hätte mich von dir scheiden lassen sollen, wie meine Mutter es mir auf dem Sterbebett geraten hat. Nein, warte, ich hätte dich gar nicht erst heiraten sollen.«

»Aber Beth, das kannst du nicht tun! Was werden die Leute sagen?«

Sie lachte auf. »Das ist alles, woran du denkst, nicht wahr? Dein ach so guter Ruf. Ich verrate dir was, mein Schatz. Seit Leila weg ist, tuscheln die Leute über uns. Seit sie weg ist, bist du kein angesehener Mann mehr.«

»Das ist nicht wahr!« Am liebsten hätte er ihr eine Ohrfeige verpasst, doch seine gute Erziehung erlaubte so etwas nicht.

»Du bist so verblendet.« Sie wandte sich ab.

»Wo willst du hin! Du bleibst hier, hast du verstanden? Wage es nicht, mir den Rücken zu kehren. Ich bin dein *Mann!*«

Beth blieb stehen und drehte sich zu ihm um. »Ein toller Mann bist du.« Erneut wandte sie sich ab und schritt zur Haustür.

Jack folgte ihr. »Beth! Elizabeth! Du verlässt nicht dieses Haus! Jemand hat sich vor drei Jahren in unseren Garten geschlichen, um uns jetzt zu schaden. Wir müssen herausfinden, warum dieser jemand so lange gewartet hat. Beth!«

»Ja, schrei nur weiter. Das hilft uns sicherlich.« Sie öffnete die Haustür.

Jack biss sich auf die Lippen. Draußen lief ein altes Ehepaar Hand in Hand an der Einfahrt vorbei und schielte verstohlen zu ihnen.

Beth grüßte freundlich. Leise sagte sie: »Wieder einmal soll ich alles ausbaden, was? Die Zeiten sind vorbei, Jack. Ich habe es satt, immer so zu tun, als sei unsere Ehe, als sei unser Leben, perfekt. Denn das ist es nicht. Das ist es ganz und gar nicht.«

Jacks Ärger verwandelte sich in Sorge. »Was hast du vor?«

Ohne zu antworten, trat Beth einen Schritt vor und knallte ihm die Tür vor der Nase zu. Einen Moment lang überlegte er, ihr nachzulaufen. Doch das würde nur für noch mehr Aufsehen sorgen, außerdem hatte der Schmerz in seiner Hüfte zugenommen.

Auf dem Boden lag die *St. Pit Post.*

Er hob sie auf und zerknüllte sie. Die Journalisten konnten sich auf eine deftige Klage freuen. Dieses Schundblatt würde seine Pforten schließen, wenn er erst mal mit ihnen fertig war.

* * *

»Woah!«, sagte Jacob hinter der Zeitung. Seine Hand kam zum Vorschein. Er tastete nach seinem Becher Kaffee, fand ihn und ließ ihn hinter der Zeitung verschwinden.

Scarlett schnitt ein Stück von ihrem Spiegelei auf Toast ab und steckte es sich in den Mund. Sie lächelte.

»Hast du das Foto von diesem Griffin gesehen? ›Reichster

Mann der Stadt mit seiner Geliebten im Bett erwischt‹ Na, die Überschrift springt ins Auge.« Er klappte eine Ecke der Zeitung runter, um Scarlett ansehen zu können. »Die lokale Presse bringt wohl gern fiese Schlagzeilen über die Bewohner. Hast du gesehen, wie groß das Foto ist? Ist ja wie in einem Pornoheft!«

Scarlett nickte. »Schlimm.« Dann nippte sie an ihrem Kaffee. Dabei konnte sie nur schwerlich ihre gute Laune verbergen.

»Ja! Nun, er hat es nicht anders verdient, aber das ist schon heftig. Politiker ist der Typ wohl, ob er das bleibt, ist fraglich.« Jacob klappte die Zeitung wieder hoch. »Die Frau kommt mir bekannt vor. Hat sie uns nicht beim Einzug geholfen?«

»Hat sie«, sagte Scarlett mit vollem Mund. Heute schmeckte ihr Toast mit Ei besonders gut. »Das war die mit der frischen Farbe im Haar und dem Handtuch um die Schultern.«

»Stimmt!«

Aus dem Augenwinkel nahm sie am Fenster eine Bewegung wahr. Beth Griffin stapfte am Haus vorbei. »Ich glaube, es gibt gleich was zu sehen.«

Erneut ließ Jacob die Zeitung sinken. Fragend hob er die Augenbrauen.

Scarlett deutete mit dem Kinn zum Fenster. »Ist das nicht Jack Griffins Frau?« Sie stand auf und stellte sich hinter ihn.

Jacob warf ebenfalls einen Blick auf die Zeitung. Unter dem großen Paparazzo-Bild war auch ein kleines von ihm und Beth abgedruckt, dann schaute er zum Fenster, aber Mrs. Griffin war schon nicht mehr zu sehen.

Scarlett kümmerte sich nicht weiter um ihn. Sie ging zur Haustür.

»Du willst doch nicht etwa zusehen?«, rief Jacob ihr hinterher.

»Ich bin besorgt. Was, wenn etwas passiert?«

Das sorgte dafür, dass auch Jacob auf die Einfahrt hinaustrat. Er stand nun direkt hinter Scarlett und legte die Arme um sie. »Ich glaube, du hast recht, das könnte Mrs. Griffin sein. Die Frisur passt, wenn man von den wilden Strähnen absieht.«

Scarlett ergriff seine Hände und verflocht ihre Finger in seine. »Hoffentlich gehen sie nicht aufeinander los.« Und hoffentlich sah niemand, wie sehr sie kämpfte, nicht Cruella de Vils berühmte teuflische Lache zu imitieren.

Zu Scarletts Entzücken kam Harper Beth schon entgegen. Sie sah durch den angespannten Oberkörper und die geballten Fäuste mindestens genauso wütend aus. Was für eine Show! Fehlten nur noch Popcorn und ein Fernglas.

Ihre anfängliche Sorge, von dem Streitgespräch nichts hören zu können, verflüchtigte sich, als Beth und Harper schon mit dem Keifen begannen, ehe sie einander erreicht hatten. Der Wind trug jedes Wort herüber. Heute musste Scarletts Glückstag sein, ihr war nach Tanzen zumute.

Zuerst kreischten die beiden Frauen wild durcheinander, Wörter wie »Flittchen« und »Miststück« fanden ihren Weg aus dieser herrlichen Melodie. Dann gab Beth Griffin Harper Harris einen Stoß. Harper taumelte, sogar auf die Entfernung konnte Scarlett die Überraschung in ihrem Gesicht sehen.

Mittlerweile hatten sich auch andere Nachbarn vor die Tür gewagt.

In den meisten Kleinstädten – zumindest wenn man dem Fernsehen und Büchern trauen durfte – versuchten die Bewohner, nicht *zu* interessiert zu wirken. Sie lugten hinter Gardinen verborgen aus Fenstern und tratschten mit gedämpften Stimmen hinter den Rücken ihrer Freunde. St. Pit war anders. Niemand bemühte sich hier, unauffällig zu sein. Das war schon früher so gewesen. Ein Städtchen voller Schaulustiger, die an einer Unfallstelle zu filmen begannen, statt einen Notruf abzusetzen. Ein Städtchen, das nach außen so makellos erschien, so perfekt und lebhaft, war in Wahrheit voller Leichen im Keller. Stinkend und verrottend warteten sie nur darauf, entdeckt zu werden.

Oh, das würden sie. Und zwar bald. Eine war bereits geborgen worden.

»Du widerliche Hure!«, sagte Beth. »Glaubst du allen Ernstes, auch nur ein Mensch nimmt dir ab, dass du Mitte zwanzig bist? Jämmerlich bist du! Und ein Flittchen!«

»Ich, ein Flittchen? Nur weil sich dein Mann bei mir geholt hat, was er von einer vertrockneten Schachtel wie dir nicht bekommt?«

Die beiden Frauen bäumten sich voreinander auf.

»Wie kannst du es wagen!«

Die Ohrfeige war bis ans andere Ende der Straße zu hören, schätzte Scarlett.

Dieses Mal wehrte Harper sich, sie packte Beth bei den Schultern und gab ihr einen Schubs.

»Hast wohl auf den passenden Moment gewartet, hm, du Mumie? Jetzt, wo ich gerade einen neuen Job angefangen habe? Alles kaputtgemacht hast du!«

»Ich?«, kreischte Beth. »Ich habe alles kaputtgemacht? Du hast meine Ehe zerstört! Mein Ansehen!«

Harper lachte über diese Bemerkung, ihr Körper wippte auf und ab und ihr Mund war zu einem Lächeln verzogen. Jetzt sagte sie etwas, das zu leise war, um es zu verstehen, aber es hinterließ bei Beth offenbar einen bleibenden Eindruck, denn plötzlich gingen die beiden Frauen aufeinander los. Es war wie in einer dieser amerikanischen Realityshows. Abgehalfterte Weiber, die sich gegenseitig an den Haaren zogen, kreischten, sich zu Boden rissen und über den Asphalt rollten.

Zu köstlich!

Die Lewises näherten sich und bemerkten das Spektakel.

Mist, dachte Scarlett. Die Show würde schneller vorbei sein als erhofft. Aber sie diente ohnehin nur als Vorspiel. Leila war tot, ihr konnte sie nicht mehr schaden, also hatte sie nur deren snobistischen Eltern einen kleinen Dämpfer verpassen können. Besser als nichts – und der Spaß fing gerade erst an.

»Die sind ja wie die Furien!«, hörte sie Jacob hinter sich sagen. »Sollen wir nicht lieber die Polizei rufen?«

Scarlett schüttelte den Kopf. »Nicht nötig. Die beiden da hinten machen das schon.«

»Bist du sicher?«

»Schau sie dir an. Die sehen wie rechtschaffene Bürger aus.« *Wenn sie nicht gerade ihre Tochter verleugnen oder sie in eine Anstalt abschieben.*

Wie aufs Stichwort zückte Joann ihr Handy und begann zu telefonieren.

»Ein Glück«, sagte Jacob. »Die beiden kratzen sich noch die Augen aus. Hoffentlich lässt die Polizei nicht zu lange auf sich warten. Ich gehe am besten dazwischen.«

Ehe Scarlett etwas erwidern konnte, rannte Jacob bereits auf die beiden Streithähne zu.

Sie zuckte die Achseln. Kein Sinn für Humor diese drei. Sie ließ den Blick schweifen. Niemand sonst machte Anstalten, zu helfen. Alle verharrten in ihren Haustüren oder auf den Gehwegen und gafften. Ein paar Häuser die Straße hinauf standen Ella und ihre Eltern.

»Eine tolle Freundin bist du, Ella«, flüsterte Scarlett. »Aber wart's nur ab.«

Jacob bemühte sich, die beiden sich auf dem Boden wälzenden Frauen auseinanderzuziehen. Harper blutete an der Augenbraue. Sie wollte Beth einen Kinnhaken verpassen, traf jedoch Jacob an der Schulter. Der gab einen Laut von sich, der Scarlett nicht erreichte. Auf den blauen Fleck freute sie sich schon, sie würde ihn heute Nacht küssen, bis Jacob vor Erregung den Verstand verlor.

Endlich gelang es ihm, die Frauen zu entwirren. Er stellte sich mit ausgebreiteten Armen zwischen sie. Einmal versuchten beide, erneut aufeinander loszugehen, aber Jacob hielt sie auf. Hinter ihnen stand Joann mit vor dem Mund gepressten Händen. Robert hatte eine Hand auf ihren Rücken gelegt.

Dieses falsche Mitleid. Scarlett wollte am liebsten Kotzen. Aber sie durfte keine Aufmerksamkeit auf sich ziehen, also setzte sie ebenfalls eine überraschte Miene auf. Dezent, um es nicht übertrieben wirken zu lassen und womöglich wie Penny auszusehen, die auf dem Gehweg vor ihrem Haus stand und sich immer wieder mit weit geöffnetem Mund und aufgerissenen Augen zu allen Seiten umdrehte.

»Hör auf zu gaffen und ruf doch selbst die Polizei«, nuschelte Scarlett. Penny würde sich wahrscheinlich genauso hysterisch aufführen, wenn Beth Harper tatsächlich die Augen ausgekratzt hätte. Oder ihr den Bauch aufschnitt.

Hm, schade eigentlich. Sie hätte einer der beiden ein Messer unterjubeln sollen. Nun, der Plan war eben erst ins Rollen gekommen. *Was nicht ist, kann ja noch werden.* Scarletts Mundwinkel zuckten.

Ein Streifenwagen näherte sich. Er kam mit quietschenden Reifen vor Jacob zum Stehen.

Die folgende Unterhaltung blieb Scarletts Ohren verborgen, aber sie interessierte sich ohnehin nicht dafür. Den interessanten Teil hatte sie gesehen. MacGill führte Beth zum Rücksitz seines Wagens und Jacob tat das Gleiche mit Harper. Erneut war wildes Gekeife zu hören, dann wurden die Autotüren zugeschlagen.

Scarlett wandte sich ab und ging ins Haus.

Kapitel 6 – Enttarnt

Es war ein angenehmer Nachmittag. Die Frühlingssonne wärmte Willi die Haut unter seinen Lumpen. Seine Jacke, die ihm gleichzeitig als Decke diente, hatte er in seiner Behausung vergessen, aber das machte nichts. Er fror lange nicht mehr wie in den ersten Nächten, nachdem seine Eltern ihn zurückgelassen hatten. Und den Winter hatte er überstanden. Nun aber knurrte ihm der Magen. Auch *sie* war hungrig und es war nie gut, sie warten zu lassen. Sie machte ihm Angst, wenn sie zu lange auf etwas warten musste, deswegen brachte er ihr stets eine eigene Portion mit.

Die Damen, die die Suppen verteilten, hatten nichts dagegen. Sie gaben Willi sogar einen extra Zuschlag, weil sie ihn mochten. Vielleicht auch, weil er ihnen leidtat. Zumindest hatte ein Junge letzteres einmal behauptet und ihm einen Kieselstein an den Kopf geworfen.

Willi mochte Kinder nicht. Kinder waren grausam. Noch grausamer als die meisten Erwachsenen. Es war besser, nicht wahrgenommen zu werden. Da zu sein und doch wieder nicht. Die Leute sahen einfach durch ihn hindurch, so als wäre er unsichtbar. Manche warfen ihm im Vorbeigehen Kleingeld zu, wenn er auf dem Boden hockte, ohne ihn eines Blickes zu würdigen. Als wäre er ein Automat, dem man etwas Geld geben musste, damit man weitergehen konnte. Ein notwendiges Übel wie eine Schranke in einem Parkhaus.

Nur die Gemeinen sahen ihn. Kinder, die ihm schlimme Dinge hinterherriefen. Geschäftsleute, die fürchteten, er würde ihren Laden betreten und die Kunden vergraulen. Jugendliche, die zu viel Alkohol getrunken hatten.

Einmal, als Willi einen ganzen Tag lang den Gesprächen in der Stadt gelauscht hatte, hatte er sich vor ein Schaufenster gestellt, um zu sehen, ob er tatsächlich unsichtbar geworden war. War er nicht. Er hatte sein Spiegelbild sehen können, und den Tritt in den Hintern, den er fürs Starren in einen Klamottenladen erhalten hatte, hatte er noch zwei Tage später gespürt.

Sicherheitshalber hatte er anschließend die Suppenküche betreten, ohne die Damen hinter dem Tresen zu begrüßen, nur um abzuwarten, ob sie ihn bemerkten. Das taten sie. Sie waren immer nett zu ihm. Er war nicht plötzlich unsichtbar geworden. Die Leute *wollten* ihn bloß nicht sehen. Auch diese netten Damen nicht, wenn sie ihm außerhalb der Küche begegneten.

Vielleicht weil er so still war. Weil er immer schlich und leicht geduckt ging. Oder weil er allen egal war.

Willi fühlte sich nicht einsam, denn er hatte ja *sie.* Und er hatte die netten Damen – zumindest dann, wenn sie ihm Essen gaben. Aber manchmal ... ja, manchmal, da wünschte er sich, gesehen zu werden. Nicht von den gemeinen Kindern, die Steine nach ihm warfen. Nicht von den Verkäufern, die ihn von ihren Läden wegscheuchten. Von netten Leuten. Von Leuten, die seine Freunde werden konnten.

Wie es sich anfühlte, Freunde zu haben, hatte Willi nach seinem Unfall vergessen. Wie so vieles andere auch. Wie das Denken zum Beispiel, das ihm früher so viel leichter gefallen war. Damals hatten seine Eltern und Lehrer ihn clever genannt. Heute wusste er nicht einmal mehr, was dieses Wort bedeutete.

Penny Hitchman stand wie üblich in ihrem Vorgarten und schaute konzentriert drein. Sie hatte ebenfalls keine Freunde, auch wenn sie glaubte, dass das anders war. Und womöglich stimmte das ja sogar. Vielleicht waren ihre Freunde so unsichtbar, wie er sich oft fühlte.

Manchmal stellte Willi sich vor, dass sie sich mit kleinen Menschen unterhielt, die im Gras lebten. Sie krabbelten ihre Hosenbeine hinauf, weiter und weiter, bis zu ihrem Kopf. Dort setzten sie sich in Pennys Ohren und sprachen mit ihr. Was sie ihr wohl zu erzählen hatten? Es mussten spannende Dinge sein, so oft wie Penny Zeit in ihrem Vorgarten verbrachte. Vermutlich stand Penny aber nur so viel in ihrem Garten, um gesehen zu werden. Ob auch sie sich manchmal unsichtbar fühlte? Dass *er* sie sah, wusste sie nicht. Willi sah sehr viel und er hörte viel.

Wie jeder, den niemand beachtete.

Willi wechselte die Straßenseite und schlenderte weiter. Dabei hielt er den Blick gen Boden gerichtet, denn es konnte ja sein, dass sich ein paar von Pennys kleinen Männchen auf diese Seite verirrt hatten. Er wollte sie nicht versehentlich platttreten.

Schon vor dem Gebäude der Suppenküche roch es herrlich würzig. Erneut knurrte Willi der Magen. Auf dem Fischmarkt heute Morgen hatte er kein Glück gehabt, niemand hatte ihm etwas zu essen oder Kleingeld gegeben. Das bisschen Brot, das er noch hatte, hatte er *ihr* überlassen. Zwar war er es gewohnt, wenig zu essen, doch manche Tage waren härter als andere. Und heute war so einer.

Willi betrat die Suppenküche. Ein weiterer Mann war da und holte sich gerade eine Portion Eintopf ab. Eintopf! Willi lief das Wasser im Mund zusammen. Eintopf war sogar noch besser als Suppe, er hielt länger satt. Oft gab es Brot dazu, das er einsteckte und aufbewahrte, um es am nächsten Morgen zu frühstücken.

Die Dame am Tresen bemerkte Willi und hob grüßend die Hand. Schüchtern erwiderte er den Gruß.

Der Duft, der vom Eintopf ausging, war göttlich. Schon wieder knurrte ihm der Magen und Willi legte eine Hand an seinen Bauch.

Der Mann vor ihm drehte sich zu ihm um, nickte stumm und setzte sich dann an einen der freien Tische. Willi hatte ihn schon oft hier gesehen. Der Mann hielt sich immer in Küstennähe auf und bettelte dort um Kleingeld. Er hatte ungepflegtes, schulterlanges Haar, das vollständig ergraut war. Sein schmutziges Gesicht war größtenteils von einem Vollbart bedeckt und wenn der Mann lächelte, entblößte er einen Mund mit ein paar schwarzen Stummeln.

Willi war froh, dass der Mann dieses Mal nur genickt hatte. Der Anblick seines Mundes jagte ihm kleine Schauer über den Rücken. Manchmal suchte er Willi nachts heim und ließ ihn aus seinem Schlaf hochschrecken. Bislang hatte er Glück gehabt, was seine Zähne anging, sie waren zwar nicht strahlend weiß, aber zumindest noch da. Es musste ein schreckliches Gefühl sein, mit der Zunge über das Zahnfleisch zu fahren und nur ein paar abgestorbene Stummel zu spüren.

Willi trat vor.

Eine zweite Frau kam hinter einem Vorhang hervor. Sie hatte blondes Haar wie aus einer Shampoowerbung und war klein, erinnerte aber an eine Königin, was ihr irgendwie Größe verlieh. Außerdem war sie wunderschön. Und aus irgendwelchen Gründen kam sie Willi schrecklich bekannt vor.

Waren es ihre Bewegungen? Erinnerten sie ihn an jemanden, den er kannte? Oder mal gekannt hatte? Oder waren es ihre Augen? Grün und ... Das Wort ›clever‹ kam ihm in den Sinn. Ihre Augen. Sie wirkten so vertraut.

»Hallo, Willi«, begrüßte ihn Irene Walsh. Sie lächelte.

Willi mochte es, wenn Irene ihm sein Essen gab. Nora Clifford war nett, aber Irene wirkte wärmer und ihr Lächeln war durch und durch echt. Das von Nora kam ihm oft falsch vor und sie schien immer ein wenig distanziert zu sein. Jetzt fiel es ihm allerdings schwer, Irene Beachtung zu schenken. Sein Blick huschte dauernd zu der neuen Dame, die sich nun neben sie gestellt hatte. Auch sie lächelte. Hatte er dieses Lächeln nicht schon einmal gesehen?

»Das ist Scarlett«, sagte Irene. »Sie ist neu hier, du wirst sie künftig häufiger sehen. Sie unterstützt uns von jetzt an. Nicht wahr, Scarlett? Das hier ist Willi, er ist einer unserer Stammkunden.«

»Hi, Willi, alles fit?«

Fast war er enttäuscht. Er hatte einen lokalen Akzent erwartet – warum nur? – aber stattdessen schien sie Schottin zu sein. Scarlett sprach so ähnlich wie seine Mutter, die aus Glasgow stammte. Aber der Akzent stimmte nicht ganz. Es waren nur Nuancen, die nicht passten und dennoch …

Willi bemerkte, dass er sie anstarrte. Es schien sie nicht zu stören, sie lächelte leicht. Ihre Augen, er kannte ihre Augen. Schnell wandte er den Blick ab. »H-hallo«, sagte er.

»Scarlett, sei doch so gut und gib du Willi heute sein Essen, damit ihr euch aneinander gewöhnt«, sagte Irene. »Der Gute ist ein wenig schüchtern, aber er ist ein lieber Kerl. Ich werde hinten schon mal das Menü für den Rest der Woche zusammenstellen.«

»Na klar«, sagte Scarlett.

Eine Pause entstand. Willi hob den Blick, Scarlett lächelte dasselbe geheimnisvolle Lächeln.

»Möchtest du etwas Eintopf, Willi?«

Hatte sie gerade den Akzent gewechselt? Und hatte sie nicht ein wenig tiefer gesprochen?

»Es gibt leckeres Hackfleisch mit Kartoffeln und Gemüse.«

Nein, das war der Akzent seiner Mutter. Zumindest fast. Er nickte.

Während Scarlett den Suppenlöffel in den Eintopf tauchte, beobachtete er sie verstohlen. Sie hatte etwas Unheimliches an sich. Etwas … Willi suchte nach dem passenden Wort, da wurde ihm bereits ein Teller gereicht.

Er nahm ihn, ihre Blicke trafen sich – und jetzt erkannte er sie. Fast wäre ihm der Eintopf aus den Händen gerutscht.

»Oh!« Irene steckte den Kopf durch den Vorhang. »Bevor ich es vergesse. Willi bekommt immer eine doppelte Portion und er nimmt sein Essen gerne mit.« Schon war ihr Kopf wieder verschwunden.

»Ist das so?« Ein lokaler Akzent, eine tiefere Stimme.

Willi öffnete den Mund und klappte ihn wieder zu. Langsam wich er zurück.

Scarlett, nein, *Olivia* trat hinter dem Tresen hervor und stelle sich direkt vor ihn. Sie war zwar einen Kopf kleiner als er, aber er hatte dennoch das Gefühl, als müsste er zu ihr aufsehen und nicht umgekehrt. Hastig sah er zu dem Mann am Tisch. Der war jedoch so auf sein Essen fixiert, dass er nichts mitbekam.

»Na, Willi, wie geht's, wie steht's?«, sagte Olivia. »Ganz schön unhöflich, dich so lange nicht zu melden.«

Er wusste nichts zu sagen. Wie war es nur möglich, dass sie so anders aussah? War sie ein Dämon? Ein Geist im Körper einer anderen? Suchte sie ihn heim aus Rache, weil er ihr keine Briefe mehr geschrieben hat?

Olivia streckte die Arme aus und nahm ihm den Teller ab. Er fuhr zusammen, als fürchtete er, dass die bloße Berührung einen tödlichen Elektroschock durch seinen Körper jagen würde. Stattdessen nahm sie nur den Teller an sich. »Ich pack dir das besser ein, bevor du dich noch vollkleckerst, Süßer.«

Während Olivia zurück zum Tresen ging, eine zweite Portion vorbereitete und beides verpackte, stand er wie angewurzelt da. Schon kam sie erneut zu ihm, reichte ihm das Essen in einer Tüte, lehnte sich vor und flüsterte in sein Ohr: »Triff mich heute Abend an den Klippen. Du weißt, wo.« Dann lehnte sie sich wieder zurück. »Nicht wahr?«

Willi nickte.

»Super! Besuch uns bald wieder und lass es dir schmecken.« Sie hatte erneut mühelos den Akzent gewechselt und ihre Stimme klang deutlich höher.

Wieder nickte er. Dann wandte er sich ruckartig ab und eilte auf steifen Beinen aus der Suppenküche.

* * *

Nach ihrem Dienst schlenderte Scarlett die Küste entlang. Die Klippen vom Vale of Glamorgan rechts von ihr, der blaugraue Bristolkanal links von ihr und der dunkelgraue Himmel über ihr, übten eine beruhigende Wirkung auf sie aus. Sanfte Wellen schwappten auf den mit Kieselsteinen und Muscheln bedeckten Strand. Obwohl es regnete und die Tropfen wie Gewehrfeuer auf ihren Regenschirm trommelten, war es nahezu windstill.

Ein tückisches Wetter, vor allem für Seefahrer. In einem Moment ist die See ruhig, im nächsten zieht ein Sturm auf, bildet eine Riesenwelle und begräbt unter sich, was es gewagt hatte, ihr Reich zu betreten. Die Vorstellung brachte Scarlett zum Lächeln. Sie blieb stehen und wackelte mit den

deutete kurz mit dem Zeigefinger geradeaus. »Ich
mal.«
türlich.« MacGill tippte sich mit Zeige- und Mit-
die Schläfe. »Bis bald, Scarlett.«
weiter und wandte sich noch einmal zu ihm um.
hr hinterher.
ein glücklicher Zufall, ihn hier anzutreffen.

* * *

kurzen Abstecher nach Hause fand Scarlett Jacob,
tten eines Berges aus Spielzeugeinzelteilen saß. Er
rtieft in seine Arbeit, dass er nicht einmal auf ihre
sie wolle einen zweiten Spaziergang machen, um
on zu sammeln, reagierte. Achselzuckend ging sie
nd kehrte zum Strand zurück.
Mal spazierte sie in die entgegengesetzte Richtung.
zielle Klippe war ihr Ziel. Eine, die sie unter Tausen-
dererkannt hätte. Sie unterschied sich äußerlich nicht
anderen und doch erschien sie Scarlett wie ein dunk-
auf einem weißen Gemälde. Beinahe ehrfürchtig sah
r auf und ließ den Blick dann zu der Stelle schweifen,
Villi gefunden worden war. Hätte er sich damals nicht
ergangen, wäre vielleicht alles anders gekommen.
brachte allein der Gedanke, sich gleich mit ihm zu tref-
en Körper vor Wut zum Beben. Es hätte eine gewisse
gehabt, sich oben auf der Klippe zu verabreden, doch
äre es zu auffällig gewesen. St. Pit hatte seine Augen

Zehen. Ihre Schuhe hatte sie an das U-förmige Ende des Regenschirmgriffs gehängt und ihre Socken hineingestopft. Die Kälte kümmerte sie nicht, im Gegenteil, der Sand unter ihren Füßen ließ sie sich lebendig fühlen. Früher hatte das nur knöchelhohes Gras vermocht, aber seit dem Zwischenfall vor zwölf Jahren zog Scarlett sich nicht mehr in Wälder zurück. Jetzt spazierte sie lieber barfuß den Strand entlang. Hier, nah bei den Klippen, gab es kaum Kieselsteine und Muscheln, die ihr die Fußsohlen aufschneiden konnten. Der vom Regen aufgeweichte Sand besaß eine interessante Konsistenz. Weich und hart zugleich, außerdem ein bisschen schleimig.

Erneut wackelte Scarlett mit den Zehen, dann stieß sie sich ab und sprang dreimal in die Luft, ehe sie die Arme ausbreitete, einige Sekunden lang das Gefühl genoss, wie der Regen auf sie einprasselte und los spurtete. Rennen auf feuchtem Sand erwies sich als schwierig, aber es fühlte sich wunderbar an. Nach einigen Metern verlangsamte Scarlett ihr Tempo, hielt den Regenschirm über sich und begann zu tanzen. Sie drehte sich im Kreis, machte einen Ausfallschritt, wechselte zu einem Walzer, vollführte noch eine Drehung.

Mit Blick auf das Meer blieb sie stehen. Es tanzte für sie. Nun vergrub sie ihre freie Hand in ihrer Manteltasche und schlenderte wie zuvor weiter.

Der Regen ließ langsam nach, das Gewehrfeuer verwandelte sich in sanftes Pochen.

Jemand näherte sich. Die Person war hinter einer Klippe hervorgetreten, vermutlich eine der Stellen, an der Treppen Richtung Stadt führten. Sie hielt ebenfalls einen Regenschirm in der Hand, mit dem sie ihr Gesicht verdeckte. Es war gar nicht nötig, es zu sehen, die Uniform und der o-beinige Gang verrieten ihn.

»Wo wir gerade bei schleimig sind«, sagte Scarlett und setzte vorsorglich schon einmal ihr freundlichstes Lächeln auf.

Manche Dinge änderten sich nie. MacGill hatte schon früher hier um dieselbe Zeit seine Runden gedreht. Ulkig, dass er diese Routine nach all den Jahren beibehalten hatte. Eine glückliche Fügung des Schicksals, immerhin sparte Scarlett sich so einen Weg. Seinen Aussagen nach, patrouillierte MacGill hier, um Landstreicher im Auge zu behalten, die ihre Griffel nicht von badenden Frauen lassen konnten. Nun, das mochte teilweise stimmen, wenn es auch wenig Obdachlose in St. Pit gab. Dennoch ließ sich nicht bestreiten, dass sich bei schönstem Wetter gerade um diese Zeit besonders viele Badegäste am Strand tummelten. In Wahrheit war er derjenige, vor dem sich die Frauen hüten mussten. Vor allem wenn sie blondes Haar hatten. David MacGill hatte schon immer eine Schwäche für Blondinen gehabt. Blondinen jeden Alters.

Der Polizist lugte unter dem Schirm hervor.

Scarlett, immer noch lächelnd, hob grüßend die Hand. »Inspector MacGill! Wie schön, Sie zu sehen.«

Er blieb stehen und musterte sie auf die gleiche Weise wie bei ihrem Einzug. Seine Augen wanderten ihren Körper hinunter und wieder hinauf. Er tat dies gekonnt, langsam genug, um aufzufallen, schnell genug, um nicht als Gaffen zu gelten.

Jetzt lächelte auch er. C
er wohl daran gearbeitet
»Oh! Sie haben sich m
mädchenhaft.
»Wie könnte ich jeman
Scarlett konnte gerade
Erneut kicherte sie.
Das schien MacGill zu g
breiter. Offenbar fiel ihm e
ausgezogen hatte. Er deut
»Ist es nicht etwas frisch, b
Und ... na ja, zu feucht?«
Noch ein Kichern. Dieses
her, um möglichst kindlich z
ich konnte einfach nicht wi
den Strand und ich liebe das
nen Zehen. Am liebsten würd
reißen und mich hineinlegen
war es das.
»Sagen Sie mir wann und i
fern.« MacGill lachte.
Scarletts Augenbraue zuckte
Lachen einzustimmen. »Das w
Er starrte sie an, dieses Mal ü
Unangenehmen.
Perfekt.
Es war immer gut, einen Polizis
Noch dazu, wenn er glaubte, es b

Scarlett
sollte dan
»Oh,
telfinger a
Sie gin
Er starrte
Was fü

Bei ihre
der inm
war so v
Ausrede
Inspirat
wieder
Diese
Eine sp
den wie
von der
ler Flec
sie zu i
an der
an ihr
Jetz
fen, ih
Ironie
dort

und Ohren überall. Es hätte Scarlett nicht einmal gewundert, wenn in einiger Entfernung Penny gestanden hätte, einen Strauch vorm Gesicht, in der Hoffnung, nicht entdeckt zu werden. Der Gedanke brachte sie zum Lachen. Sie würde der Schnattertante noch genug Stoff geben, um zu tratschen. Früher oder später.

Willi war schon da. Er stand mit hinter dem Rücken verschränkten Armen an die Klippe gelehnt und ließ den Kopf hängen, was ihm ein seltsam kindliches Aussehen verlieh.

Als Scarlett Willi heute Morgen gesehen hatte, hatte sie sich beherrschen müssen, ihm den verdammten Eintopf nicht ins Gesicht zu schütten. Seine Schreie, während das heiße Zeug ihm die schmutzige Haut verbrannte, wären Musik in ihren Ohren gewesen.

Was tat man nicht alles, um ein Ziel zu erreichen. Man traf sich sogar heimlich mit seinem Vergewaltiger. Was für eine Welt.

Scarlett trat vor Willi, der nun endlich aufsah. Er wich ihrem Blick aus wie ein kleiner Junge, der sein Zimmer nicht aufgeräumt hatte, obwohl es ihm aufgetragen worden war. Er machte sie rasend.

»Hi, Willi«, sagte sie mit süßester Stimme.

»Hallo, O-Olivia.«

Scarlett machte einen Satz auf ihn zu, sodass sie nur wenige Zentimeter voneinander trennten. Willi presste sich gegen die kalte Steinmauer und starrte mit weit aufgerissenen Augen auf sie herab. »Mein Name ist Scarlett. Olivia ist tot, hast du verstanden?«

Willi nickte.

»Sag es! Sag meinen Namen.«

»S-Scarlett.«

Sie lächelte. »Nenn mich Scary.« Damit trat sie einen Schritt zurück. »Wie geht es dir, Willilein?«

Sie wechselte nicht in ihren alten Akzent. Der neue fühlte sich mittlerweile richtig an. Er war ihr in Fleisch und Blut übergegangen. Seit sie Jacob um den Finger gewickelt hatte und ihr Plan begonnen hatte, fühlte sie sich tatsächlich wie Scarlett Dyer. Olivia gab es schon lange nicht mehr.

»Was hat mich verraten?«, fragte sie. »Ich wollte es eigentlich durchziehen, ohne mich zu erkennen zu geben, aber dann habe ich bemerkt, wie du mich angestarrt hast. Du hast mich erkannt. Wie?«

»Augen.«

»Meine Augen?« Mist! Vielleicht hätte sie sich doch Kontaktlinsen zulegen sollen.

Willi nickte. »Und der Akzent.«

Scarlett zog die Augenbrauen zusammen. »Was ist damit?«

»Nicht richtig.«

»Wie bitte?« Sie fasste sich theatralisch ans Herz und schob die Lippe vor. »Ich habe mir dir zu Ehren einen Glasgow-Akzent zugelegt. Einen, wie deine Mutter ihn hatte. Bisher hat niemand behauptet, er klänge falsch.«

»Ganz leicht. Nur ganz leicht.«

Scarlett überlegte. »Du meinst, meine Aussprache unterscheidet sich von der deiner Mutter?«

Wieder nickte er.

»Aber nur leicht, ja? Es sollte also sonst niemandem auffallen?«

Willi blickte nervös um sich.

Scarlett lachte auf. »Willi, Willi, du bist ein Fuchs. Vollbringst, was sonst keinem gelingt. Echt stark! Sogar in Glasgow glauben die Leute, dass ich von dort stamme. Du bist mir ein krasser Typ. Trotz deines jämmerlichen IQs.«

Er wurde immer nervöser.

»Hey, hey!«, sagte Scarlett und schaute ihn mitleidig an. »Ganz ruhig. Shh! Alles wird gut. Shh!« Sie trat erneut auf ihn zu und legte sanft eine Hand an seinen Oberarm. Am liebsten hätte sie mit aller Kraft zugedrückt. »Ich will dir nichts tun, Kumpel.«

Unsicher sah er auf.

»Wir sind doch alte Freunde, weißt du noch? Du hast mir oft geholfen. Und ich war im Grunde immer nett zu dir. Gut, wenn man von dem einen Mal absieht, als du von der Klippe gestürzt bist. Ups, ich Dummerchen, das war ja hier! Wie unangenehm.«

»Entschuldigung.«

Scarlett hielt inne. »Wofür?«

»Dass Willi nicht mehr geschrieben hat.«

»Ach, schon gut. Deine wirren Briefchen. Ein bisschen gefehlt haben sie mir ja schon. Die Fotos auch. Aber davon abgesehen, bin ich sicher, du hattest deine Gründe und ich freue mich darauf, wenn du sie mir erklärst. Ich kann es ehrlich kaum erwarten.« Sie nahm ihre Hand von seinem Arm.

»Willi hatte Angst.«

»Wovor?«

»V-vor dir.«

Scarlett kicherte. »Willi, du sagst die süßesten Dinge! Ich weiß, ich kann manchmal ganz schön ... exzentrisch sein. Weißt, du was das bedeutet, exzentrisch?«

Willi schüttelte den Kopf.

»Das Gleiche, was du auch bist, mein Schatz. Extrasupermegacool. Aber vor allem missverstanden. Die Leute begreifen nicht, wie toll wir sind. Sie halten uns für sonderbar und ein kliiitzekleines bisschen verrückt.« Sie hielt Daumen und Zeigefinger mit leichtem Abstand zueinander hoch. »Aber in Wahrheit sind wir die Stars. Kapiert?« Sie wartete keine Antwort ab. »Prima. Hör zu, Willilein, ich möchte, dass wir wieder ein Team sind. So wie früher. Du und ich gegen den Rest der Welt, was hältst du davon?«

Sein Gesicht hellte sich auf. Was für ein Idiot.

»Erinnerst du dich noch an unseren supermegacoolen Plan? Nicht an jedes Detail, natürlich. Das wäre dann doch zu viel für dein armes, gemartertes Erbsenhirn.«

Jetzt strahlte Willi, nickte wild und sah aus wie ein Hund, dem seine Leine vor die Nase gehalten wurde.

»Siehst du? Ich sag doch, du bist exzentrisch. Das wird ein Mordsspaß! Und die Betonung liegt hier auf Mord.« Scarlett lachte auf. »Ich möchte, dass du was für mich erledigst. Denn damit unser Plan funktioniert, brauche ich Hilfe. Ich kann nicht alles alleine machen, verstehst du? Du musst meine Augen und Ohren sein und ab und an auch mehr als das.«

Jetzt schaute er wieder verunsichert drein.

»Das machst du mit links, Willi Vanilli! Ich vertraue dir vollkommen.« Das half, ihn zu beruhigen. Scarlett lehnte sich verschwörerisch vor. »Du weißt noch, wer bestraft werden muss, oder?«

»Ja.«

»Wunderbar! Aber wir dürfen es nicht überstürzen und du weißt ja: Lass andere die Drecksarbeit erledigen. Du darfst dir niemals selbst die Finger schmutzig machen. Andernfalls?«

»Werden wir eingesperrt.«

»Nun, drücken wir es weniger drastisch aus: könnten. Nein, halt, könntest *du* eingesperrt werden. An einem finsteren, finsteren Ort mit vielen bösen Menschen. Das wollen wir nicht, richtig?«

»Nein.« Er nestelte an seinem zerrissenen Pullover herum.

»Denn, seien wir ehrlich, die Leute hier hassen dich, Willibär. Geht der Plan schief, was glaubst du wohl, wer ihr Sündenbock wird? Ich sicher nicht. *Dich* werden sie wegsperren, Willi. An diesen finsteren, finsteren Ort. Also, gib dir Mühe.«

»Das wird Willi!«

Scarlett lächelte. »Ich weiß, dass du das tun wirst, daran habe ich keine Zweifel. Nun denn!« Sie klatschte in die Hände. »Ich werde morgen Frühfrüh zur Schule aufbrechen, um mir Steves und Ellas Sprösslinge anzusehen. Und auch gleich das Kind von diesem vermutlich gewalttätigen Gottesfanatiker.«

»Wer?«

»Ach, nicht so wichtig. Ich sag dir Bescheid, wenn etwas Spannendes passiert.

Für dich, mein Schatz, habe ich einen ganz besonderen

Auftrag. Du sollst für mich meine nichtsnutzigen Eltern ausspionieren. Das Skelett und den Hefeteig.«

Wieder nestelte Willi an seinen Lumpen herum. »Die sind nett, nette Menschen.«

»Sind sie das?« Sie legte den Kopf schief.

»Mhm.«

»Was tun sie denn so Nettes für dich? Reden sie mit dir? Geben sie dir warme Kleidung und einen Unterschlupf?«

»Nein, aber sie beschimpfen Willi nie.«

»Wow, deine Definition von nett bringt mich fast zum Weinen. Ach, komm. Ich habe dich ja nicht gebeten, ihnen Gift ins Essen zu mischen, oder? Du sollst sie nur beobachten. Schauen, was es so Neues gibt. Was sie zu verbergen haben.« Sie machte wieder einen Schritt auf ihn zu, diesmal darauf bedacht, ihn nicht zu berühren. Er stank nach ungewaschener Haut und Pisse. »Würdest du das für mich tun? Der alten Zeiten wegen?«

Willi wich erneut ihrem Blick aus und nickte.

»Sehr schön! Ich sag doch, wir sind ein Team. Du und ich, total auf einer Ebene. Ich gebe die Befehle und du gehorchst. Wie werden so viel Spaß haben! Mordsspaß!« Scarlett wandte sich ab.

Zu Hause würde sie sich ein entspannendes Bad gönnen und anschließend ein paar Zeilen zu Papier bringen.

Nach drei Schritten drehte sie sich noch einmal zu Willi um. Der sah ihr hinterher, jedoch nicht auf die Weise, wie MacGill sie angesehen hatte. Der kleine Kerl wirkte zutiefst verstört. Wo war eine Kamera, wenn man sie brauchte?

»Ach, Willi?«, sagte Scarlett in ihrer lieblichsten Art. »Was kannst du mir über Ella Jenkins' Tochter erzählen?«

Kapitel 7 – Nachhilfe

Die St. Pit Memorial School erinnerte von außen eher an ein Kloster. Es war ein lang gezogenes Gebäude mit einem Turm, auf dessen Spitze bloß noch ein Kreuz fehlte, um das Bild perfekt zu machen. Die Bewohner von St. Pit waren nie sonderlich religiös gewesen – mit einigen Ausnahmen natürlich – daher wirkte diese Bauweise wie eine Karikatur. Oder wie ein verzweifelter Versuch, den verdorbenen St. Pitern Glauben einzuprügeln. Zum Totlachen!

Scarlett betrat wie selbstverständlich den Schulhof. Vermutlich würde sie unter all den Schülern gar nicht auffallen – der Vorteil, wenn man klein war. Doch für den Fall, dass jemand der Lehrkräfte sie bemerkte, hatte sie sich bereits die ideale Ausrede überlegt.

»Aber nein, natürlich ist es Ihre Pflicht, zu fragen, was eine fremde Frau auf dem Schulhof verloren hat, auf dem all diese unschuldigen Kinderchen spielen«, würde sie sagen. »Eine gute Freundin ist ganz in die Nähe gezogen und ihr Sprössling muss jetzt die Schule wechseln. Ihre hat einen so fantastischen Ruf!« An dieser Stelle würde sie glockenklar auflachen. »Ich habe mir einfach ein Bild machen wollen. Meine Freundin arbeitet sehr viel, wissen Sie. Sie bat mich darum. Bitte entschuldigen Sie, sollte ich für Unbehagen gesorgt haben. Ihre Schule ist ganz wunderbar. Ich kann es kaum erwarten, den kleinen Schatz hier herumtollen zu sehen.«

Vermutlich würden die Lehrkräfte sie anschließend sogar herumführen. Sich einzuschleimen war Scarletts Spezialität und mit ihrem schottischen Akzent kauften die Leute ihr alles ab. Nun, sie wusste nicht, ob das tatsächlich am Akzent lag, aber seit sie ihn benutzte, lagen die Leute ihr regelrecht zu Füßen.

Als sie die Mitte des Schulhofs erreicht hatte, blieb Scarlett stehen und sah sich um. Es dauerte nicht lange, bis sie ihr Zielobjekt ausgemacht hatte. Emilie Jenkins, das beliebteste Mädchen ihrer Klasse und nach Eintreten der Pubertät wohl bald auch der gesamten Schule, saß von anderen Gören umringt auf einer Bank. Sie war Ella wie aus dem Gesicht geschnitten. Der jungen Ella, nicht der Schwimmpolster-Ella, zu der sie mittlerweile angeschwollen war.

Das Mädchen war sieben Jahre alt, sah aber trotz des kleinen Körpers eher aus wie elf oder zwölf. Ihre Aufmachung sorgte dafür. Das lange brünette Haar fiel in perfekt frisierten Locken über ihre Schultern. Ihre Lippen und Augenlider glitzerten in der Sonne. Ella erlaubte ihr offenbar, sich zu schminken, auch wenn es sich beim Lippenstift wohl eher um Lipgloss handelte. Emilie trug ein blassgelbes Kleid und weiße Schuhe. Sie wirkte inmitten ihrer unscheinbaren Klassenkameradinnen wie eine Prinzessin. Ekelhaft.

An dieser Schule herrschte keine Schuluniform-Pflicht,

dabei war das schon zu Scarletts Zeiten im Gespräch gewesen. Offenbar hatte man sich nicht gegen die Schüler durchsetzen können, die ihrer Individualität frönten. Damals war Scarlett *für* eine Uniform gewesen. Wer eine Uniform trug, konnte nicht wegen seiner Kleidung gehänselt werden.

Sie ging auf die Mädchen zu.

Als die sie bemerkten, wirkten sie verunsichert und irritiert. Emilie zog die Augenbrauen zusammen. »Ja, was wollen Sie?«

Sie sieht nicht nur wie eine Prinzessin aus, sie spricht auch, als wäre sie der Mittelpunkt der Welt und alle anderen ihre Diener.

Scarlett zwang sich zu einem Lächeln. »Ich würde mich gerne kurz mit dir unterhalten.«

»Warum?«

Scarlett ließ den Blick über die anderen schweifen, dann sagte sie: »Husch!«

Die Mädchen sprangen auf und stoben auseinander.

»Wie die Fliegen. Das ist ja süß.«

Emilie starrte sie noch immer an, jetzt nicht mehr irritiert, sondern verärgert.

»Entschuldige, wenn ich deine Teeparty unterbrochen habe, Alice.«

»Ich heiße Emilie.«

»Das weiß ich doch, Süße, das war eine … Ach, lassen wir das. Ich heiße Scarlett Dyer. Deine Lehrerin hat mir erzählt, dass du ein paar Probleme im Englischunterricht hast?«

Emilies ärgerlicher Ausdruck verwandelte sich in Scham. Ihre Wangen färbten sich rot.

»Aber das macht doch nichts!«

»Meine Mum sieht das anders.«

Wie erfrischend ehrlich die Kleine war. »Nun, ich glaube, dabei kann ich dir helfen.«

»Wirklich? Wie?«

»Weißt du, ich bin Autorin und wahnsinnig gut in Englisch. Ich könnte dir Nachhilfe geben, wenn du magst. Natürlich müsstest du erst einmal deine Mum um Erlaubnis bitten. Und ich verspreche dir, du wirst einen Mordsspaß haben. Trockene Theorie gibt es bei mir nicht.«

»Autorin? Sind sie berühmt oder so was?«

»Eher *oder so was*. Mein Angebot steht, aber zögere nicht zu lange, hier gibt es noch viiiele andere junge Dinger, die meine Hilfe nötig haben. Ich bin sehr gefragt.«

»Aber Sie sind doch zu *mir* gekommen.«

»Ja, weil du was Besonderes bist, Süße. Natürlich frage ich zuerst dich, und das, obwohl die Kinder Schlange stehen.«

»Ja?«

»Und wie!«

Emilie zögerte.

»Bist du unsicher, weil ich für dich eine Fremde bin?«

Kleinlaut sagte das Mädchen. »Ich darf eigentlich nicht mit Fremden reden.«

»Richtig so!

Aber du hast doch sicher gehört, dass mein Mann und ich vor Kurzem hierher gezogen sind, stimmt's? Das war schließlich in aller Munde.«

»Denke schon.«

»Denkst du oder weißt du? Das ist nämlich ein großer Unterschied.«

Emilie schaute unsicher auf. »Mum war superaufgeregt wegen der neuen Nachbarn. Sie hat ganz viel am Fenster gestanden und überlegt, wie sie … also wie ihr wohl seid.«

»Na, siehst du! Hier kennt jeder jeden. Das ist in ganz St. Pit bekannt. Demnach kennen wir einander auch. Hab ich recht?«

Emilie überlegte. »Glaub schon.« Hastig korrigierte sie. »Ja! Ja, auf jeden Fall.«

»Prima. Dann wäre das ja geklärt. Also soll ich dir bei deinen Problemen helfen?« Mit verschwörerischer Stimme fügte sie hinzu: »Deine Mum würde sich bestimmt ganz doll freuen, wenn du gute Englischnoten nach Hause bringst.«

Jetzt strahlte das Kind. »Ich möchte Sie gerne als meine Nachhilfelehrerin haben! Die anderen fänden es sicher obercool, wenn ich ihnen erzähle, dass Sie eine Autorin sind.«

»Das kann ich dir versichern. Aber, wie gesagt, deine Mum muss einverstanden sein. Und nach unserem Unterricht wirst du ein Englisch-Ass sein.«

»Wow! Das ist klasse, ich gehe sofort los und frage sie. Sie sind echt cool, Mrs. Dyer.«

»Oh, nenne mich Scary, meine Süße. Oder Sca, wenn dir das lieber ist.«

»Scary?«

»Namen spiegeln die Persönlichkeit eines Menschen wieder.«

Emilie zögerte. »Ist das Ihr Ernst?«

»Ich bin nie ernst.«

Eine Weile starrte das Mädchen sie mit offenem Mund an, dann lachte sie. »Cool! Sie sind echt cool! Ich melde mich, ja? Haben Sie ein Handy?«

»Hast du eins?« Unfassbar, wie früh die Jugend von heute schon mit Smartphones herumhantierte.

»Aber klar! Lassen Sie uns Nummern tauschen.«

Das taten sie, dann sprang Emilie auf, um zu ihren Freundinnen zu rennen. »Cool! Bis dann!«, rief sie ihr über die Schulter zu.

»Cool!«, rief Scarlett und winkte, ohne Emilie zu beachten. Eine Horde Jungs hatte ihre Aufmerksamkeit erregt.

Sie hatten sich im Halbkreis vor eine Mauer des Schulgebäudes gestellt, die normalerweise zum Klettern genutzt wurde. Haltegriffe ragten aus der Wand. Scarlett ließ die Hand sinken und bewegte sich langsam auf die Jungen zu.

* * *

Alexandra Jenkins hasste ihren Vornamen. Er fühlte sich nicht richtig an. Rief man sie so, war es, als wäre nicht sie gemeint. Sie wusste nicht, wieso das so war, nur dass sie es genoss, *Alex* gerufen zu werden.

Dieser Vorname passte. Er fühlte sich *richtig* an, wie *ihr* Name. Viele der Schüler und Lehrer hatten sich daran gewöhnt, doch es gab einige, die sich einen Spaß daraus machten, sie Alexandra zu rufen. Diesen fünf Typen hier gefiel es besonders, sie zu quälen.

Hin und wieder gelang es Alex, ihnen aus dem Weg zu gehen. Doch manchmal, wenn sie unachtsam war, lauerten sie ihr auf. Häufig auf dem Schulhof, dann wieder auf dem Weg nach Hause. Dann schubsten sie sie oder wollten ›ihre Titten fühlen‹.

Wenn Alex eins mehr hasste als ihren Vornamen, dann waren es diese fünf. Und ganz besonders ihren Anführer – Zac Arington.

»Hey, Alexandra«, sagte Zac, »bist du ein Mädchen oder ein Junge?«

Er lachte, Brian, John, Aidan und Oliver stimmten mit ein.

Am liebsten hätte Alex ihm sein dreckiges Grinsen aus dem Gesicht geschlagen, doch als sie es das letzte Mal versucht hatte, war sie zum Direktor gerufen worden. Zac nicht. Er war schließlich kein Freak, so wie sie. Dass sie einer war, wurde ihr oft genug gezeigt.

Eine blonde Frau tauchte hinter Brian Foster auf. Sie war zwei Köpfe kleiner als Zac, der mit seinen fast eins achtzig deutlich größer war als andere Jungen seines Alters. Ihrer Statur nach hätte die Frau ebenfalls vierzehn Jahre alt sein können, aber ihr Gesicht verriet, dass sie definitiv eine Erwachsene war.

Alex hatte sie nie zuvor gesehen. Ob sie eine neue Lehrerin war? Oder die Mutter eines Schülers? Die Frau zwinkerte ihr zu. »Hallo, Jungs.«

Ihre Stimme war hell und klar und sie sprach mit schottischem Akzent. Obwohl sie so klein war und ihre Begrüßung freundlich klang, hatte Alex ein seltsames Gefühl. Irgendwie beklemmend. Die Frau war unheimlich.

Die Bande wandte sich zu ihr um, sodass Alex endlich wieder durchatmen konnte. Sie war froh über das Auftauchen der Frau, obwohl sie so gruselig wirkte.

Zac straffte den Körper, die anderen Jungs blickten verunsichert drein. Sie wollten offenbar Ärger mit einer Erwachsenen vermeiden, aber Zac war anders, Zac war verrückt. Der legte sich sogar mit dem Direktor an und bestimmt auch mit der Polizei.

»Was is'?«, fragte er.

»Ach, nicht viel«, sagte die Frau in demselben freundlichen Ton. »Ich dachte, ich schau mal vorbei und sage euch, dass ihr die Finger von der Kleinen lassen sollt.«

»Und wenn nicht?«

Brian sagte: »Kommt, wir hauen ab!« Er und die anderen rannten wie Feiglinge davon. Das wäre Alex' Chance gewesen, ebenfalls zu verschwinden, doch sie war viel zu fasziniert.

»Tolle Freunde hast du, Zac.«

Zac zuckte kaum merklich zusammen. »Woher kennen Sie meinen Namen?«

»Oh, ich kenne dich, Zac. Ich weiß so einiges über dich. Über dich und deine Mum. Deinen Dad.«

»Ich habe keinen Dad!«

»Ach nein? Komisch. Ich dachte, ich hätte ihn neulich erst gesehen. Beim Joggen.« Die Frau kicherte. »Manchmal bin ich ein kleiner Schussel und bringe Sachen durcheinander.« Mit ernster Stimme fuhr sie fort. »Er und deine Mum standen sich früher einmal recht nahe. Na ja, nicht wirklich. Offen gesagt springt dein Dad mit allem ins Bett, das Brüste hat und keinen Schwanz. Deine Mum war eine von vielen. Welch ein Jammer.« Nun kicherte sie wieder. »Aber, ich Dummerchen, ich irre mich ja. Ihr seht euch nur so ähnlich, dein Dad und du.«

Plötzlich wirkte Zac gar nicht mehr so riesig. Obwohl die Frau noch immer zu ihm aufsehen musste, schienen die beiden gleich groß zu sein.

»Wer sind Sie?«, fragte er.

»Scarlett. Bin neu hier.«

»Woher wollen Sie dann meine Eltern kennen?«

Scarlett lächelte geheimnisvoll. Es jagte Alex einen kalten Schauder über den Rücken.

»Sie lügen«, sagte Zac.

»Ich hab doch gar nichts gesagt. Hab ich was gesagt, Kleine?« Sie schaute zu Alex, die den Kopf schüttelte.

»Wohl einmal zu oft auf den Kopf gefallen, was Zaci? Deine Mum war schon immer ein Schussel und sicherlich warst du ihr als Baby ein bisschen zu schwer. Schließlich war sie selbst noch ein Kind. Vermutlich hat sie dich nicht nur einmal fallen lassen.«

Zac wich zurück. »Was sagen Sie da? Woher wissen Sie das mit meiner Mutter?«

»Was? Plappere ich schon wieder? Entschuldigung, manchmal kann ich mich einfach nicht beherrschen. Dann rede ich drauflos und weiß eigentlich gar nicht, was ich von mir gebe. Wirklich nervtötend. Steve war auch so einer.«

»Wer ist Steve?«

»Hm?«

»Wer ist Steve, verdammt noch mal?«

»Dein Dad, mein Junge.« Sie sagte es so, als müsse sie einem Beschränkten zum wiederholten Male erklären, wie man sich einen Pullover über den Kopf zog.

Alex hatte Zac noch nie so erlebt. Er wirkte geschrumpft, verunsichert, ein kleiner Junge, der sich im Einkaufszentrum verlaufen hatte und verzweifelt seine Mutter suchte. Voller Bewunderung sah sie zu Scarlett, die mitleidig die Unterlippe vorgeschoben hatte.

»Mein Junge, geht es dir nicht gut? Du siehst so blass aus. Soll ich einen Lehrer rufen?«

»Lassen Sie mich in Ruhe! Sie sind ja völlig durchgeknallt!«

»Du sagst die nettesten Dinge, Zac.«

Alex presste die Lippen aufeinander, um nicht in Gelächter auszubrechen. Sie hatte nie etwas Eindrucksvolleres gesehen. Scarlett war eine Wucht.

Zac – noch verunsicherter als zuvor – zog sich in die Masse der Schüler zurück.

Alex trat vor. »Das war der Wahnsinn!«

Scarlett machte eine wegwerfende Handbewegung. »Ach, was.«

»Nein, ganz ehrlich! Sie sind meine Heldin! Wow!«

»Du bist Alex, richtig? Ich arbeite mit deiner Mutter in der Suppenküche.«

Eine wohlige Wärme breitete sich in Alex aus. Scarlett war nicht nur obercool, sie respektierte auch ihren Wunsch, nicht Alexandra genannt zu werden. »Ja!«

»Hast du Lust, dass ich dir Nachhilfe in Englisch gebe?«

»Ähm, ich bin eigentlich ganz gut in dem Fach.«

»Das hab ich mir fast gedacht, du siehst aus wie ein cleverer kleiner Teufel. Teufel im positiven Sinne.«

Sie kicherten.

»Hör zu«, sagte Scarlett, »ich habe einem Mädchen Nachhilfe angeboten, obwohl ich eigentlich nicht qualifiziert dafür bin. Es war eine Art ... Notlüge, verstehst du?«

Und ob. Sie log ihren Vater ständig an, wenn er sie fragte, wie es in der Schule lief und ob sie viele Freundinnen hatte. Tatsächlich hatte sie nur einen Freund, Harry. Einen kränklichen Jungen, der selten mal zur Schule kam. Wüsste ihr Vater davon, würde er sie windelweich prügeln. Alex nickte.

»Es würde mir wahnsinnig viel bedeuten, wenn du mir hilfst.«

»Ich weiß nicht ... Andere Kinder finden mich meistens ... komisch.«

»Das passt hervorragend! Mich auch!«

»Wirklich?«

»Na klar, was meinst du, warum ich dir geholfen habe. Ich habe mich in dir erkannt. Leute wie wir müssen zusammenhalten, findest du nicht?«

»Ja!«

»Es geht um Emilie Jenkins. Hilfst du mir?«

»Emilie? Die hasst mich!«

»Das Mädchen hasst jeden. Sie hat keine Manieren und ist verwöhnt. Das können wir beide ändern.« Da war es wieder, dieses geheimnisvolle Lächeln.

Dieses Mal jagte es Alex keine Angst ein, im Gegenteil, es

ließ ihre Haut vor Aufregung kribbeln. Scarlett war nicht böse, sonst hätte sie ihr nicht geholfen. Scarlett war wie sie. Anders. Es fühlte sich toll an, sich mit jemandem zu unterhalten, der ihr ähnlich war.

»Hilfst du mir?«, fragte Scarlett.

Alex zögerte. »Okay«, sagte sie dann.

»Hurra! Du bist toll, Alex.«

Sie spürte, wie ihr Hitze in die Wangen stieg.

»Gib mir deine Handynummer. Ich gebe dir Bescheid, sobald wir loslegen.«

* * *

Jacob war wieder einmal in seine Modellzeichnungen vertieft. Vor ihm lagen kleine Spielzeugautos, einen roten Wagen hielt er in der Hand.

»Na, wie läuft's?«, fragte Scarlett, die eben erst nach Hause gekommen war. Sie warf einen schnellen Blick auf die Uhr ihres Handys – gerade einmal halb zehn am Vormittag, wunderbar. Genügend Zeit, um gute Nachbarin zu spielen und anschließend ein wenig Schabernack zu treiben.

»Hm?«, brummte Jacob, ohne aufzusehen.

Sie ging zu ihm, kniete sich auf den Boden, beugte sich über die Zeichnungen und gab ihm einen Kuss. »Mein kleines Arbeitstier«, sagte sie und lehnte sich zurück.

»Womit hab ich den verdient?«

»Die Alternative wäre gewesen, dass ich dich schlage.

Brüllen und nackt durchs Büro tanzen, haben keine Wirkung gezeigt.«

»Nackt durchs … O nein, das hab ich verpasst?«

Jetzt hatte sie seine volle Aufmerksamkeit. »Es würde dich doch nicht stören, wenn mich hin und wieder zwei junge Damen besuchen, oder? Ich habe den beiden Nachhilfe in Englisch angeboten.«

»Natürlich nicht. Das ist ja großartig! So hast du mehr Abwechslung zum Schreiballtag. Die paar Stunden in der Suppenküche pro Woche sind ja kein richtiger Ausgleich. Ich finde das toll. Freut mich sehr, dass du dich engagierst. Da habe ich ja schon fast ein schlechtes Gewissen, weil ich ständig im Büro hocke und nur neues Spielzeug anschleppe, mit dem ich Unordnung schaffe.«

»Wer ein großer Spielzeughersteller werden möchte, baucht nun mal Spielzeug. Dass es hier herumfliegt, stört mich nicht.«

»Du bist die beste Ehefrau der Welt, weißt du das?«

»Durchaus! Hör zu, Schatz, ich habe mir gedacht, wir könnten heute mal einen kleinen Rundgang durch die Nachbarschaft machen. Hallo sagen.«

Jacobs Miene verfinsterte sich. »Meinst du wirklich?«

»Jacob, die Leute haben uns beim Einzug geholfen. Wenn wir uns nicht noch einmal von ihnen begaffen und ausquetschen lassen, werden sie uns hassen. Und Gott weiß, was sie dann mit uns anstellen. Vermutlich landen wir auf dem Scheiterhaufen.«

Er lachte. »Also gut. Klappern wir die Nachbarschaft ab. Sollten wir nicht einen Kuchen oder so was mitbringen?«

»Erwartest du von mir, dass ich einen backe?«

Er kratzte sich an der Schläfe. »Wir könnten einen kaufen.« Es klang mehr wie eine Frage.

»Okay, nicht der Scheiterhaufen. Wir werden gesteinigt – mit Fertigkuchen.«

»Schon gut, schon gut, wir gehen ohne.«

Scarlett beugte sich erneut vor und gab Jacob einen weiteren Kuss. »Wir machen es auch kurz, versprochen.«

Kapitel 8 – Zorn

Es gelang den beiden tatsächlich, die Unterhaltungen knapp zu halten. Im Grunde liefen sie immer gleich ab: Begrüßung, Dank für die Hilfe beim Umzug, kurzer Small-Talk, Verabschiedung. Fast jeder fragte, ob sie sich schon eingelebt hätten und wie St. Pit ihnen gefiele, dann lobten Scarlett und Jacob die Stadt und ihre Bewohner. Meistens konnten sie sogar eine Einladung ins Haus umgehen.

Ihre Eltern waren nicht da, sodass Scarlett ein weiteres unangenehmes Gespräch mit ihnen glücklicherweise erspart blieb.

»Das läuft ja hervorragend«, sagte Jacob. »Die Nachbarn sind wirklich nett, findest du nicht?«

Sie näherten sich dem Haus von Ella Jenkins.

»Richtige Heilige.« Scarlett hätte gerne auch die Häuser von Steve und Amelia abgeklappert, sie wohnten jedoch nun einmal nicht in ihrer Straße, Jacob hätte Fragen gestellt. Er mochte einfältig sein, aber nur bestimmte Personen zu besuchen, wäre doch zu auffällig gewesen. Nicht nur für ihn.

Das machte nichts, Scarlett wusste genau, wie sie an die beiden herankam.

Sie drückte die Klingel. Nach einem kurzen Moment bewegte sich hinter dem Strukturglas der Haustür eine Gestalt schwerfällig auf sie zu. Ella öffnete ihnen. »Ja?«

»Hi, Ella! Ich bin Scarlett und das ist mein Mann Jacob. Wir sind vor ein paar Tagen einige Häuser weiter eingezogen und haben uns gedacht, nachdem Sie alle so wunderbar beim Einzug geholfen haben, sagen wir persönlich Danke.«

Ella musterte sie kurz und für einen grässlichen Augenblick fürchtete Scarlett, sie würde sie erkennen, doch dann hellte sich ihre Miene auf. »Scarlett, natürlich! Meine Tochter ist ganz begeistert von Ihnen. Sie hat mich vorhin angerufen und von Ihrem tollen Angebot erzählt.«

»Oh! Das mache ich gerne. Ein so liebes Kind. Ich freue mich schon darauf.«

»Ja, meine Emilie ist wunderbar. Kommen Sie doch rein. Ich habe zwar nicht viel Zeit, weil ich später noch zu meinen Eltern rüber wollte, sie kochen heute ausnahmsweise für mich, aber ich würde Ihnen gerne Tee anbieten. Oder Kaffee?«

Jacob hob abwehrend die Hand, Scarlett kam ihm zuvor. »Sehr gerne.«

Ella führte die beiden ins Wohnzimmer. Scarlett hatte erwartet, an den Wänden das ein oder andere Foto von Emilie zu entdecken, aber was sie sah, glich einem Schrein. Auf dem Kamin standen mindestens zehn Bilder in silbernen Rahmen: Emilie als Baby im Kinderwagen, mit von der Pampers ausgebeulter Hose im Garten stehend oder beim Basteln am Tisch.

Die meisten Bilder zeigten das Mädchen in ihrem jetzigen Alter. Auf jedem lächelte sie in die Kamera, posierte regelrecht.

Über dem Kamin hing ein vierzig Zentimeter hohes Porträt des Kindes. Sie trug das blassgelbe Kleid, das Scarlett heute erst in natura gesehen hatte, und saß leicht seitlich auf einem Stuhl vor einem braunschwarzen Hintergrund. Den Kopf hatte Emilie zur Kamera gedreht. Sie lächelte und entblößte dabei eine Mischung aus Milch- und bleibenden Zähnen, inklusive kleiner Zahnlücke. Umrahmt wurde das Bild von je zwei weiteren Fotos, auf denen Mutter und Tochter in die Kamera grinsten. Scarlett musste sich beherrschen, nicht angewidert das Gesicht zu verziehen.

Lächelnd wandte sie sich zu Ella um. »Wunderschöne Bilder haben Sie da. Und das Porträt erst!«

Ella betrachtete die Wand ergriffen. »Ja, sie ist wunderschön, nicht wahr? Meine kleine Emilie. Sie ist mein Ein und Alles.« Jetzt an Scarlett gerichtet: »Sie ist das beliebteste Mädchen der Schule, ist das zu fassen?«

»Das überrascht mich gar nicht.«

Hinter Ella stand Jacob und starrte ebenfalls auf die vielen Bilder. Ihm gelang es nicht, seine Mimik zu kontrollieren. Mit erhobener Augenbraue und leicht geöffnetem Mund ließ er den Blick schweifen. Scarlett räusperte sich und er fuhr zusammen.

Ella drehte sich zu ihm um. »Gefallen Ihnen die Bilder auch, Jacob?«

»O ja. Sehr hübsch.«

Jetzt wandte sie sich erneut Scarlett zu, sie strahlte. »Mein kleines Mädchen, sie kommt ganz nach mir. Ich war früher auch sehr beliebt, wissen Sie?«

»Tatsächlich?« Scarlett bemühte sich, so interessiert wie möglich zu klingen.

»Allerdings. Ich war das beliebteste Mädchen der Schule und wunderschön noch dazu. Wir waren eine Clique, unzertrennlich und von allen geliebt – ich, Leila, Amelia und Steve.«

Jacob deutetet mit dem Kinn zur Tür. *Lass uns verschwinden, die ist ja irre,* sagte sein Blick.

Scarlett beachtete ihn nicht.

Ella fuhr fort. Sie schien völlig in ihrer Vergangenheit versunken zu sein. »Das war eine wundervolle Zeit. Die anderen haben zu uns aufgesehen, sie wollten sein wie wir. Und dann ist etwas geschehen, das …« Sie schüttelte den Kopf, kehrte in die Gegenwart zurück. »Lassen wir das. Nun, leider bin ich krank geworden. Ich muss Medikamente nehmen, die mich … nun, ein wenig übergewichtig gemacht haben.«

Verlogenes Biest. Welche Krankheit sollte das sein? Ichessegerneritis? »So? Das tut mir sehr leid, Ella, was für eine Krankheit haben Sie denn?«

Ellas Augen weiteten sich. Mit der Frage hatte sie offensichtlich nicht gerechnet.

»Sca!« Das war Jacob.

»Ich bitte vielmals um Entschuldigung. So eine Frage stellt man nicht. Seien Sie mir nicht böse, Ella, ja?«

»Aber nein, alles gut.«

»Ich bin mir sicher, Ihre Tochter wird immer und auf allen künftigen Schulen und Arbeitsstätten die Beliebteste sein.«

»Glauben Sie?«

»Auf jeden Fall!«

»Sie liebt mich sehr, wissen Sie? Emilie sieht zu mir auf. Sie möchte sein wie ich, in ihren Augen bin ich immer noch das beliebte, hübsche Mädchen von damals.«

Scarlett und Jacob wechselten einen Blick. Sie gab ihm zu verstehen, dass sie langsam aufbrechen würden.

»Es wäre sicherlich das Schlimmste auf der Welt für Sie, wenn Sie sich mit Ihrer Tochter zerstreiten würden, nicht wahr?«, fragte Scarlett und ging zu Jacob.

»Du meine Güte, es würde mich umbringen!«

»Ist das so? Wie gut, dass es sicher nie passieren wird, meine Teure. Nun müssen wir aber los.«

»Schon? Aber Ihr Tee! Oder Kaffee?«

»Machen Sie sich unseretwegen keine Umstände, wir haben noch ein paar Häuser vor uns. Danke, dass Sie uns diese wundervollen Bilder gezeigt haben. Und das Porträt, herrje, ich bin ganz verliebt.«

Ella strahlte wieder.

Scarlett und Jacob verließen das Haus und gingen den Bürgersteig entlang, um zu Ellas Eltern zu gelangen. Sie bemerkte, dass er sie verstohlen von der Seite anstarrte. »Was?«

»›Herrje, ich bin ganz verliebt‹?«

Sie zuckte die Achseln.

»Die Frau hat gewaltig einen an der Klatsche. Musstest du ihren Wahn echt noch unterstützen?«

»Hätte ich es nicht getan, hätte sie uns vielleicht nie mehr gehen lassen.

Wir wären dazu verdammt gewesen, bis in alle Ewigkeit

die Fotos ihrer Tochter anzugaffen und uns Geschichten von Ellas toller Vergangenheit als beliebtes Mädchen anzuhören. Wäre dir das lieber gewesen?«

Jacob antwortete nicht direkt. »Weißt du eigentlich, dass du selbst ein bisschen verrückt bist, Schatz?«

»Aber Jacob! Ich habe dich doch schon geheiratet, du musst mich nicht mehr mit Komplimenten überhäufen.«

Er kicherte. »Vollkommen verrückt bist du. Ich liebe dich.« Er gab ihr einen Kuss auf den Haaransatz.

»Weiß ich doch.«

Sie erreichten das Haus der Cliffords. Von drinnen drang gedämpftes Geschrei an ihre Ohren.

»Ähm«, begann Jacob, »vielleicht sollten wir ein anderes Mal …«

Scarlett drückte die Klingel. »Unsinn. Sicher unterhalten sie sich immer so laut.«

Die Stimmen verstummten abrupt. Kurz darauf öffnete sich die Tür und Nora stand mit hochrotem Kopf vor ihnen. Im ersten Moment war ihr Gesicht vor Zorn verzerrt, dann hellte sich ihre Miene auf. »Scarlett! Wie schön, dich zu sehen.«

»Nora, was für eine Freude! Das ist mein Mann, Jacob.« Er hob grüßend die Hand. »Wir klappern gerade alle Nachbarn ab, um uns noch einmal ordentlich vorzustellen. Für eine gesunde Nachbarschaft.«

»Das ist wundervoll.«

Eine kurze Pause trat ein. Jacob und Nora war sie sichtlich unangenehm, Scarlett grinste breit. Nora hatte nicht vor, sie reinzulassen, aber das machte nichts. Scarlett hatte eine Menge Geduld. So etwas trainierte man sich an, wenn man jahrelang weggesperrt war.

»Wer ist da?« Das war Bob. Er kam nun ebenfalls zur Tür und tauchte hinter Nora auf. »Oh, die neuen Nachbarn! Hi. Können wir was für Sie tun?«

»Wir haben uns nur noch einmal vernünftig vorstellen wollen«, sagte Scarlett.

»Kommen Sie doch rein.«

Nora schien das Angebot gar nicht zu passen.

»Wie überaus aufmerksam von Ihnen«, sagte Scarlett, »vielen Dank.«

Sie und Jacob traten ein und wurden durch einen langen Flur geführt. Scarlett ging als Letzte der Reihe, auf einem Beistelltisch entdeckte sie einen DIN-A5-Schreibblock mit dem Logo einer Vauxhall-Autowerkstatt. Mit einer flinken Handbewegung riss sie sich ein Blatt ab und steckte es ungefaltet in ihre Manteltasche. Es war nicht von Bedeutung, ob es ordentlich aussah oder nicht.

Erneut wurden sie in ein Wohnzimmer geführt. Es sah dem von Ella erstaunlich ähnlich. Die gleichen rustikalen Möbel, nur der Schrein fehlte. Die Cliffords hatten lediglich ein Foto an der Wand, auf dem Tochter und Enkelin fröhlich in die Kamera grinsten. Es war eines der Bilder, die Ella neben dem übertriebenen Porträt hängen hatte.

»Es duftet ganz köstlich«, sagte Scarlett. »Stören wir Sie etwa beim Kochen?«

»Danke sehr!«, sagte Nora. »Nein, nein, ich habe das Essen

bereits vorbereitet. Unsere Tochter kommt jeden Mittag rüber und isst bei uns. Es ist ganz normal, dass ich koche. Das ist nichts Besonderes.«

»Aber Liebling, stell dein Licht doch nicht so unter den Scheffel«, sagte Bob und wandte sich nun an Scarlett und Jacob. »Sie war früher einmal Chefköchin. Nach der Geburt von Ella hat sie sich zur Ruhe gesetzt und kocht jetzt nur noch für uns.«

»Was machen Sie, Bob?«, fragte Jacob.

»Ich arbeite in einer Autowerkstatt. Momentan habe ich Urlaub.«

»Nun denn«, sagte Scarlett im freundlichsten Ton. »Sie haben es ganz wundervoll hier. So sauber und ordentlich! Was ist Ihr Geheimnis?«

Nora öffnete den Mund, doch Bob antwortete für Sie: »Meine Frau hat es gerne sauber. Hier können Sie vom Boden essen, das können Sie mir glauben.«

Bob und Jacob lachten, aber Scarlett entging nicht der kurze Seitenblick, den Nora Bob zuwarf. Wenn Blicke töten könnten.

»Das stimmt«, sagte Nora. »Meine Eltern waren ebenfalls sehr reinlich. Sie haben mich dazu erzogen, das Heim immer so sauber zu halten, als würde man Besuch erwarten. Schließlich weiß man nie, wann tatsächlich welcher vor der Tür steht.« Sie deutete mit nach oben gerichteten Handflächen auf Scarlett und Jacob.

»Sie haben es wirklich schön hier«, sagte Jacob.

Nora bedankte sich nochmals und Bob bot ihnen an, sich

zu setzen. Also ließen sich alle bis auf Nora aufs Sofa sinken. »Ich mache uns schnell Tee.«

»Das ist nicht nötig, Nora«, sagte Scarlett. »Wir bleiben nicht lange. Wir wollen Ihnen die Zeit mit Ihrer Tochter nicht verderben.«

Nora zögerte, dann setzte sie sich zu Bob, Scarlett und Jacob gegenüber.

»Also, Bob«, sagte Scarlett, »es muss toll sein, eine Frau wie Nora zu haben. Sie kommen von der Arbeit nach Hause und alles ist blitzblank.«

Nora schnaufte. Bis auf Scarlett schien es niemand zu bemerken.

»Ja. Das stimmt.«

»Und legen Sie denn genauso viel Wert auf Sauberkeit?«

»Na ja, ich stamme aus einer Familie von Handwerkern. Bei uns war es normal, Dreck unter den Nägeln zu haben oder sich ein ölverschmiertes Handtuch über die Schulter zu werfen. Ich teile den Putzfimmel meiner Frau also nicht so richtig. Hausarbeit ist nicht so meins. Ich muss anpacken.«

Scarlett nickte verständnisvoll. »Aber einen Besen oder Wischmopp packt man doch auch an, nicht?«

Bob wirkte einen Augenblick überrumpelt. »Ich meinte, ich schraube lieber.«

»Ich mach nur Spaß, mein Lieber. Gegensätze ziehen sich ja bekanntlich an. Ihre Frau legt Wert auf Sauberkeit und Sie bringen schmutzige Fußabdrücke und ölverschmierte Handtücher mit, damit sie etwas hat, das sie sauber machen kann. Das ergänzt sich doch fantastisch!«

Die Cliffords lächelten gequält.

Nora ballte die Hände zu Fäusten. In den beiden gab es eine Menge aufgestaute Wut. Scarlett konnte sich regelrecht vorstellen, wie eine Kleinigkeit – Teller, die nicht in die Spülmaschine geräumt wurden, eine Hose, die über den Stuhl statt in den Schrank gehängt wurde – zur Explosion führte. Der Kerl trieb die arme Nora offensichtlich in den Wahnsinn.

Und wenn Nora Bob ständig auf jeden kleinen Fehler, den er in ihren Augen beging, hinwies, stellte er sich sicherlich nicht selten vor, ihr die Kehle zuzudrücken, damit sie endlich die Klappe hielt.

»Alles in Ordnung mit Ihnen?«

Scarlett bemerkte, wie Nora und Bob sie anstarrten. Oje, hatte sie etwa gegrinst? »Bestens! Mir fiel nur gerade etwas ein, das ich in meinem Roman verwenden kann.«

»Scarlett ist Autorin«, sagte Nora zu Bob.

»Ja, das habe ich mir nach der Aussage gedacht, Liebling.«

»Wir sollten dann mal weiter!« Scarlett erhob sich und Jacob tat es ihr gleich. An der Tür sagte sie: »Mir sind die vielen Mülltonnen an der Straße aufgefallen, aber eure fehlt. Nur für den Fall, dass ihr vergessen haben solltet, sie rauszustellen.«

Nora presste ein Danke hervor, dann schlug sie die Tür zu.

Gedämpft drang ihre Stimme hindurch: »Eine Sache, Bob, ich habe dich um eine verdammte Sache gebeten! Warum versuche ich es überhaupt noch? Lass, ich stell die blöde Tonne selbst an die Straße.«

Bob erwiderte etwas, doch Scarlett verstand es nicht.

Wieder blickte Jacob sie von der Seite an, während sie die Einfahrt hinuntergingen. »Manchmal habe ich den Eindruck, du hast Spaß daran, unsere Nachbarn zu ärgern.«

Ärgern. Wie süß. »Wie kommst du denn auf so was? Den Müll nicht an die Straße zu stellen, ist schlecht. Denk an den möglichen Madenbefall. Ich habe nur drauf hingewiesen.« Nach kurzem Schweigen fügte sie hinzu: »Lass uns kurz nach Hause gehen, ich muss mal zur Toilette, danach geht es weiter, ja? Wir haben es ja fast geschafft.«

Auf der Toilette holte Scarlett den Zettel aus ihrer Manteltasche und zückte einen Kugelschreiber. Kichernd kritzelte sie zunächst über das Logo der Werkstatt – gerade genug, dass es mit etwas Mühe noch erkennbar war – und schrieb danach einen Satz auf das Blatt.

Sie betätigte die Spülung, wusch sich die Hände und zwinkerte ihrem Spiegelbild zu. Jacob stand mit in den Hosentaschen verschränkten Händen im Wohnzimmer.

»Weiter geht's!«

* * *

»Hi, Penny.«

Penny fuhr zusammen. Scarlett stand hinter ihr. »Oh, hast du mich erschreckt.« Unfassbar, wie leise die Frau sich bewegen konnte. Fast wie eine Katze.

»Wen beobachten wir?«

»Beobachten? Niemanden, ich habe lediglich meinen Vorgarten bewässert.«

Scarletts Mundwinkel hoben sich zu einem Mona-Lisa-Lächeln.

»Schatz?«, rief Jacob, der bereits vorgegangen war.

»Ich komme sofort«, rief sie zurück, dann an Penny gerichtet: »Wir sollten unser Teekränzchen bald mal wiederholen, findest du nicht?«

»Absolut!«

Es kostete sie größte Anstrengung, nicht einfach ihre Neugier zu befriedigen. Scarlett schien es ihr von der Nasenspitze abzulesen. »Wir besuchen heute alle Nachbarn. All die lieben Menschen hier. Eben erst waren wir bei den Cliffords.«

Penny richtete sich auf. »Ich habe euch herauskommen sehen.«

Scarlett verzog traurig das Gesicht. »Ich musste mich wirklich zusammenreißen, Nora nichts zu erzählen.«

»Erzählen? Was erzählen?«

»Nun, heute Morgen erst habe ich über mehrere Ecken von den Lästereien erfahren.«

Penny schwitzte. Es machte sie verrückt, nicht zu wissen, wovon Scarlett sprach. Aber sie gab natürlich vor, bestens informiert zu sein. »Ja, die Geschichte. Furchtbar!«

»Genau. Und die arme Nora weiß nichts davon, dass ihr Mann sich ständig über ihre Sauberkeit lustig macht. Das würde ihr sicher das Herz brechen.«

»Das würde es!«

»Mhm. Und das, obwohl Mr. Davies doch eigentlich immer so still ist. Ich weiß nicht, was die beiden Männer sich dabei denken.«

Penny klappte die Kinnlade herunter.

»Vermutlich liegt das in den Genen. Davies' Sohn erzählt schließlich auch überall rum, dass Irenes Tochter sich die Brüste wegoperieren lassen möchte, sobald sie alt genug ist. Stell dir vor, ihr Vater wüsste davon. Nicht auszudenken!« Scarlett legte den Finger an die Lippen. »Das hast du nicht von mir, okay?« Jetzt kicherte sie. »Ach, was rede ich, du wusstest natürlich schon Bescheid. Du weißt doch immer sofort Bescheid, dafür lieben dich die Leute hier. Wozu eine Zeitung und Nachrichten, wenn man Penny Hitchman hat, nicht wahr?«

Penny strahlte. »Das ist richtig. Ich wusste es natürlich schon und ich verrate niemandem, dass auch du davon weißt. Meine Lippen sind versiegelt.« Sie tat so, als würde sie ihren Mund zuschließen und den Schlüssel wegwerfen.

»Das ist lieb von dir, Penny. Ich muss dann weiter, mein Mann wird ungeduldig.«

* * *

Diese Penny. Die hellste Leuchte war sie nicht. Und dann diese lächerliche Geste mit dem Zuschließen der Lippen.

Scarlett hätte nicht gedacht, dass das heute überhaupt noch jemand tat.

Sie ging weiter. In ihrer Manteltasche tastete sie nach dem Zettel und beobachtete mit Genugtuung, wie Penny immer wieder zu den Cliffords hinübersah. Es würde nicht mehr lange dauern, bis sie Nora alles erzählte.

* * *

Roger Davies bekam nicht gern Besuch. Glücklicherweise war es ihm gelungen, die neuen Nachbarn schnell abzuwimmeln. Jetzt winkten sie ihm zum Abschied zu, er hob kurz die Hand und wartete darauf, dass sie endlich von seinem Grundstück verschwanden. Alles, was er wollte, war, alte Olympiaaufzeichnungen zu schauen und später beim Pferderennen auf seinen Favoriten zu setzen.

Da draußen gab es zu viele Leute, die nur zu gerne über ihn tuschelten. »Guck, der alte Davies. Was ist nur aus ihm geworden?«

Ja, was war aus ihm geworden? Diese verdammte Knieverletzung.

Endlich hatten die Nachbarn den Gehweg erreicht und machten sich auf zum nächsten Haus. Er ließ den Blick schweifen. In ihrem Vorgarten stand diese lästige Penny Hitchman und hob grüßend die Hand. Roger tat, als hätte er das nicht bemerkt und wandte sich seinem Briefkasten zu. Bis auf Werbung und die Zeitung bekam er nie Post, dieses Mal fand er jedoch einen Zettel darin. Er war ordentlich gefaltet, aber etwas zerknittert. Roger stutzte.

Erneut blickte er auf. Beobachtete ihn jemand? Er konnte niemanden ausmachen, außer Penny, doch die Spitzel lauerten überall. Rückwärts trat Roger in sein Haus und machte die Tür zu. Er schaltete das Flurlicht ein und faltete vorsichtig den Zettel auseinander. Darauf standen in krakeligen Buchstaben fünf Wörter: »Ich weiß, was du tust.«

Roger erstarrte. Er presste das Blatt Papier an seine Brust und schaute sich hektisch um. Hätte jemand Wanzen oder eine Kamera angebracht, wüsste er davon. Er verließ so gut wie nie das Haus, außer zum Einkaufen oder wenn er zur Pferderennbahn ging.

Gut, ab und an verlor er die Zeit aus den Augen, wenn er ein Casino besuchte, aber – nein, in dieser Stadt besaß niemand die Dreistigkeit, bei ihm einzubrechen. Er hatte immerhin eine Schrotflinte! Das wagten sie nicht. Nicht einmal dieser Mistkerl von einem Cop MacGill.

Roger hielt die Nachricht vor sich ins Licht. Vielleicht gab es Hinweise auf den Verfasser. Erst jetzt bemerkte er, dass etwas durchgekritzelt worden war. Ein Logo? Er kniff die Augen zusammen. Kein Zweifel. Das war das Logo der Werkstatt von diesem hinterhältigen Clifford.

Als Roger noch ein Auto besessen und es ihm einmal in die Werkstatt gebracht hatte, hatte der Wagen danach noch mehr gestockt. In dieser Stadt wimmelte es von Verbrechern!

Clifford glaubte offenbar, er, Roger Davies, sei zu dumm, um zu erkennen, dass die Nachricht von ihm stammte. Dabei erkannte er nun sogar die Schrift. Es war dieselbe wie damals auf der Rechnung nach der Autoreparatur, davon war er überzeugt. So ein verfluchter Bastard!

Noch einmal las Roger, was auf dem Zettel stand: »Ich weiß, was du tust.«

Wusste dieser elendige Clifford etwa von Rogers Schulden? Oder gar von dem Einbruch letzten Monat in den Schmuckladen drei Straßen weiter? Was, wenn Clifford ihn ans Messer lieferte? »Das schaffst du nicht, du Dreckschwein!«, rief er in den leeren Raum. »Ich weiß nämlich, was *du* schon *seit Jahren* tust!« Er knüllte die Nachricht in seiner Faust zusammen. »Ich werde dir das Hirn aus dem Schädel blasen.«

* * *

»Danke, dass du mir davon erzählt hast, Penny«, sagte Nora. Sie verdrehte ein Küchentuch und stellte sich vor, es wäre der Hals von Bob.

»Ich habe es als meine Pflicht angesehen, Nora. Lästern hinter dem Rücken anderer, nein, das kann ich nicht gutheißen. Wusstest du schon, was der junge Davies rumerzählt?«

»Nein, was?«

Während Penny ihr von Alex' Plänen berichtete, starrte Nora aus dem Fenster. Bob und Roger unterhielten sich gedämpft und gestikulierten wild. Jetzt lachte Bob auch noch. Nora drehte das Handtuch fester.

* * *

»Ich habe keine Ahnung, wovon du überhaupt sprichst«, sagte Bob so leise, wie seine Wut es zuließ.

»Du hältst mich wohl für total beschränkt, du elender Mistkerl! Glaubst du etwa, ich wüsste nicht, dass du schon seit Jahren illegale Reparaturen vornimmst, die eigentlich in der Werkstatt passieren sollten? Ich hab dir mal geholfen, erinnerst du dich?

Wie viel Geld steckst du davon noch mal schwarz ein? Ach ja: alles!«

»Sei still, verdammt noch mal! Was soll das jetzt? Du hast doch damals deinen Anteil bekommen!« Verflucht, warum hatte er diesem Idioten überhaupt vertraut? Das hatte er nun davon.

»Du glaubst, du kannst mir drohen?«

Bob lachte auf. »Ich habe dir nicht gedroht! Aber wo wir schon dabei sind, meinst du etwa, wir alle wüssten nicht, dass du dein ganzes Geld beim Wetten verloren hast?«

Roger erwiderte nichts. Er sah aus, als würde er jeden Moment auf ihn losgehen.

»Es reicht. Ich werde das nicht auf offener Straße diskutieren. Ich gehe jetzt wieder rein.« Er wandte sich ab, drehte sich dann aber doch noch einmal zu Roger um und hielt ihm den Zeigefinger direkt unter die Nase. »Die ganze Stadt weiß Bescheid, Freundchen. Und wenn du nicht die Klappe hältst, erzähle ich allen, was damals wirklich mit deiner Frau passiert ist.«

Bob ließ Roger stehen.

* * *

Roger hatte das Gefühl, jeden Moment zusammenzuklappen. Clifford konnte unmöglich wissen, was damals geschehen war. Niemand wusste davon. Niemand!

Er schlurfte in sein Haus zurück und verharrte eine Weile im Flur. Dann holte er seine Schrotflinte.

* * *

»Du glaubst es nicht«, sagte Bob und knallte die Tür hinter sich zu, »aber der alte Davies hat jetzt vollkommen den Verstand verloren. Keift der mich doch einfach auf offener Straße an. Ist das zu fassen?«

Bob trat in die Küche.

Nora stand mit dem Rücken zu ihm. Sie murmelte etwas, das klang wie »Es tut mir leid«.

»Was sagst du?«, fragte er.

»Hast du den Müll an die Straße gestellt?«, sagte sie, ohne sich zu ihm umzudrehen.

»Ich dachte, das wolltest du tun?«

Nora wirbelte herum. In ihren Augen lag ein irrer Schimmer. In der Hand hielt sie ein Küchenmesser. »Eine Sache, Bob. Nur eine einzige Sache.«

»Nora? Leg das Messer weg, Schatz.«

Das tat sie nicht. Sie bewegte sich langsam auf ihn zu.

* * *

Nora hatte es satt. So satt. Immer wieder, immer wieder musste sie Bob auf jede Kleinigkeit hinweisen. Ständig machte er unordentlich, was sie eben erst aufgeräumt hatte. Ständig brachte er Dreck ins Haus. Nie tat er, worum sie ihn bat. Nie. Ihre Mutter hätte so ein Verhalten niemals geduldet. War einer ihrer Brüder mit dreckigen Schuhen ins Haus gekommen, hatte Mutter seinen Kopf so lange auf den Boden gedrückt und verlangt, den Dreck mit der Zunge aufzulecken, bis er heulte wie ein kleines Mädchen. Mutter war streng gewesen, doch wenn man ihre Regeln befolgte, hatte sie auch ihre liebevollen und gutherzigen Seiten gezeigt.

Noras Blick wanderte zu Bobs Schuhen. Schwarze Dreckklumpen fielen von ihnen ab. Und mit einem Mal war ihr, als würde etwas in ihrem Inneren reißen. Sie wollte nicht bloß, dass Bob den Dreck aufleckte, sie wollte ihm wehtun. Richtig wehtun.

Am Rande bemerkte sie, dass sie ein Messer in der Hand hielt. Bob wich vor ihr zurück. Da entdeckte sie Roger Davies, der hinter Bob im Türrahmen auftauchte. Davies hatte eine Flinte bei sich und ehe sie sich versah, erfüllte ein ohrenbetäubender Knall den Raum. Nora schrie auf.

Der Knall schmerzte in ihren Ohren und sie kniff die Augen zusammen. Etwas Feuchtes, Warmes spritzte ihr ins Gesicht, gefolgt von einem Rumpeln. Blind taumelte Nora zurück. Die Wand bremste sie und sie sackte zu Boden.

Bob lag mit dem Gesicht nach unten auf dem Teppich. Blut vermischt mit roten und grauen Bröckchen breitete sich unter ihm aus. In seinem Hinterkopf klaffte ein Loch. Benommen schaute Nora an sich hinab. Ihre Kleidung war voller Blut. Sie wischte sich durchs Gesicht, betrachtete ihre Hand, ebenfalls voller Blut. Etwas, das wie ein kleiner Knochen aussah, klebte darin.

Wimmernd schaute sie zu Roger auf. Der zeigte keine Regung, sondern starrte nur auf den leblosen Körper. Langsam hob er die Flinte, führte sie an seinen Kopf.

Nora versuchte, zurückzuweichen – vergebens.
Roger steckte die Flinte in den Mund und drückte ab.
Jetzt erst schrie Nora.

Zweiter Teil

Gute Nachbarn

»Früher habe ich fast nur Grün getragen. Grün strahlt Ruhe aus, Hoffnung, das Leben. Heute trage ich Rot. Rot ist wild und leidenschaftlich. Rot ist das Feuer, das Blut. Rot ist die Rache.«

Kapitel 9 – Ein Geschenk

Scarlett fand Willi völlig durchnässt an der Klippe, mit angezogenen Knien an der kalten Mauer hockend. Kurz flammte in ihr eine Emotion auf, die sie nicht benennen konnte. Ihr war, als wäre ihr Herz plötzlich schwerer. Sie dachte an jenen Tag, als Willi hier unten gefunden worden war, aus beiden Ohren und der Nase blutend, regungslos, scheinbar tot. Vielleicht wäre der Tod die bessere Option gewesen.

Scarlett streckte den Arm aus und hielt ihm den Schirm über den Kopf. Sofort wurde sie von Regentropfen beschossen, die sich durch ihre Kleider fraßen und dafür sorgten, dass sich auf ihren Armen und Beinen eine Gänsehaut bildete.

Willi hob den Kopf. In seinem Blick lag so viel Dankbarkeit, dass Scarlett es kaum ertrug, ihn anzusehen.

Er hat versucht, mich zu vergewaltigen, erinnerte sie sich.

»Danke«, sagte Willi, erhob sich und stellte sich so vor Scarlett, dass sie beide unter den Schirm passten. Der Wind trug seinen Gestank glücklicherweise in die andere Richtung davon. Bei der Nähe zu ihm empfand sie dennoch Widerwillen. Er zitterte vor Kälte. Heute wollte sie mal nicht so sein. Sie würde ihn dafür ein anderes Mal zu Boden stoßen und ihm ins Gesicht spucken. Heute erlaubte sie ihm, hier mit ihr unter dem Schirm zu verweilen.

Zumindest sofern er Neuigkeiten hatte, die ihren Unmut in Schadenfreude verwandeln konnten.

»Und?«, fragte sie. »Was für peinlichen, durchtriebenen oder herrlich boshaften Dinge hast du erfahren, Willi-Schatz?«

Meine Güte, dieser scheinheilige Ausdruck auf seinem Gesicht machte sie ganz krank. Wie konnte man nur so grauenhaft gut, so ekelhaft nett sein?

»Willi hat nichts erfahren.«

Sie reckte das Kinn und öffnete fragend den Mund.

»Olivias Eltern sind nette Leute.«

Scarlett verpasste ihm einen Schlag mit der flachen Hand gegen den Oberarm. »Wie hast du mich genannt?«

Willi rieb sich mit schmerzverzerrtem Gesicht die betroffene Stelle. »Scarlett.«

»Gut. Was soll das heißen, meine Eltern sind nett? Du musst doch was herausgefunden haben? Irgendein Geheimnis. Irgendeine schmutzige Angewohnheit. Und wenn es nur Nasenbohren ist, zum Teufel!«

Willi wich zurück, instinktiv trat Scarlett vor, damit er nicht wieder nass wurde, und zuckte bei dieser Geste der Gutherzigkeit zusammen. Vielleicht sollte sie den scheinheiligen Kerl doch ein wenig mit Dreck bewerfen, bevor sie noch mehr Güte zeigte.

»Nein«, sagte er. »Willi hat nichts gehört und nichts gesehen. Das sind liebe Menschen. Ehrliche Menschen.«

»Ehrlich, sagst du?« Scarlett bohrte sich die Nägel der

freien Hand so tief in die Haut, dass es schmerzte. Mit der anderen umklammerte sie mit aller Kraft den Schirm. In ihrem Kopf herrschte plötzlich nur ein einziger Gedanke, ein Wort. *Ehrlich*. In ihren Ohren hörte sie, wie ihr Blut durch die Venen rauschte. »Meine Eltern sind nicht *ehrlich*«, presste sie zwischen zusammengebissenen Zähnen hervor.

Wieder wich Willi zurück, dieses Mal folgte Scarlett ihm nicht. »Meine Eltern sind das Letzte, hast du kapiert? Sie sind das Letzte! Sie haben mich als Lügnerin hingestellt. Haben mich in die Klapsmühle abgeschoben. Zehn verdammte Jahre habe ich in diesem Loch verbracht. Zehn Jahre! Und du wagst es, zu behaupten, meine Eltern seien nett? Sie seien *ehrlich?* Verleugnet haben sie mich! Ihre einzige Tochter! Es ist ihre Schuld, dass ich all das hier tue. Mit ihnen hat alles angefangen! Und du ...« Scarlett hob die Faust und holte aus. »Du bist auch schuld.«

Willi vergrub sein Gesicht in den Händen. Er schluchzte.

Scarlett hielt inne. Endlich gelang es ihr, wieder klar zu denken. Sie durfte sich nicht von ihrer Wut leiten lassen. Noch brauchte sie Willi. Seine Strafe würde er früh genug erhalten.

Wimmernd sank er zu Boden.

Wenn er sie nicht längst erhalten hatte.

»Hey«, sagte sie. »Steh auf, Willi.«

Langsam ließ er die Hände sinken.

»Ich bin wütend geworden. Entschuldige. Wenn es um meine Eltern geht, bin ich ein klein wenig empfindlich. Deswegen musst du es weiter versuchen, ja? Spionier sie aus und gib mir Bescheid, sobald du etwas Interessantes herausfindest.

Denn glaub mir, die beiden sind *keine* Heiligen, auch wenn sie so tun. Sie sind es nicht.«

Willi nickte und erhob sich.

»Alles wieder gut?«, fragte sie mit glockenklarer Stimme und strich ihm das nasse Haar aus den Augen.

Jetzt guckte er wieder wie ein Welpe, der gerade aus dem Tierheim geholt worden war. Scarlett wollte schon gehen, als er sie zurückhielt.

»Willi hat ein Geschenk.«

»Für mich?«

»Willi hat es für dich aufgehoben. Komm mit, Willi zeigt es dir.«

Ob das eine gute Idee war? Vermutlich nicht. Und doch konnte Scarlett nicht leugnen, dass ihre Neugier geweckt war. Sie folgte ihm ein Stück den Strand entlang und eine Treppe hoch. Mit jedem Schritt sträubte sich etwas in ihr mehr und mehr. Willi führte sie an den Ort, an dem alles seinen Anfang genommen hatte.

Sie versuchte nicht länger, ihren Schirm mit ihm zu teilen. Das unangenehme Gefühl, das dieser Ort in ihr auslöste, gefiel ihr nicht. Ganz und gar nicht.

Was, wenn er erneut über sie herfallen wollte?

Scarlett betrat das vom Regen durchtränkte Gras. Mit jedem Schritt sank sie ein Stück in die Erde ein. Hier war es geschehen. Hier hatte er auf ihr gesessen.

Willi bemerkte, dass sie zurückgefallen war. »Komm mit!«, rief er. »Ein Geschenk.«

»Ich werde dir gleich Schmerzen in der Lendengegend

schenken, wenn du mich auch nur anrührst«, flüsterte sie, folgte ihm aber weiter.

Der Regen hatte ein wenig nachgelassen, dennoch war die Wiese rutschig. Das konnte Vor- und Nachteile haben. Scarlett war sich sicher, dass sie Willi überlisten konnte, wenn er versuchte, nachzuspielen, was vor zwölf Jahren geschehen war. Und trotzdem. Sie war es nicht mehr gewohnt, so etwas wie Angst zu verspüren.

Angst konnte hilfreich sein, sie konnte einen Schutzreflex aktivieren, sie um sich schlagen oder wegrennen lassen. Gleichzeitig war sie jedoch auch tückisch. Angst konnte lähmen.

»Was wird das, Willi?«

Willi reagierte nicht, er ging einfach weiter. Weiter über die Wiese, vorbei an der Stelle, deren bloßer Anblick einen Blitz durch Scarlett fahren ließ.

Er ging in das Waldstück, in dem sie als Kind immer gespielt hatte.

»Hm«, machte sie und beschleunigte ihren Schritt ein wenig.

Eine Weile ließ Scarlett sich von Willi durch den Wald führen. Hier sah alles gleich aus, doch er schien sich auszukennen. Er bewegte sich mit der Sicherheit einer Raubkatze durch das Unterholz. Dadurch wirkte er wie der alte William Gibbs, dem eine große Zukunft bevorgestanden hatte. Der William Gibbs, der clever gewesen war, beinahe hochbegabt. Wieder spürte Scarlett diese seltsame Schwere in ihrer Brust. Sie ignorierte sie. Willi blieb vor einem Haufen aus langen Ästen stehen, der an einen Scheiterhaufen erinnerte.

Ein Moment der Stille legte sich über sie.

»Oh, wow. Ein tolles Geschenk, Willi. Vielen Dank. Jetzt werden mir nie die Rückenkratzer ausgehen«, sagte Scarlett.

Willi drehte sich irritiert zu ihr um, dann begann er, die Äste zur Seite zu räumen. Zum Vorschein kam ein Tiefbunker, der größtenteils im Boden verschwand. Ein Bunker, an den Scarlett sich nur allzu gut erinnerte.

Durch die Äste und den Moosbefall hatte er lediglich wie ein kleiner Vorsprung ausgesehen. Scarlett hatte ganz vergessen, dass er sich hier verbarg. Dieser verdammte Wald sah einfach überall gleich aus. *Er will doch nicht … ? Will er mir etwa ihre Leiche zeigen?*

Eine Mischung aus Vorfreude und Abscheu breitete sich in ihr aus. Sie trat vor und half Willi, die restlichen Äste zur Seite zu räumen.

»Willi wohnt hier«, sagte er nicht ohne Stolz.

Scarlett antwortete nicht. Sie sah ihn nur kurz an und richtete ihre Aufmerksamkeit sofort wieder auf den Bunker.

Er schritt voran. Sie folgte ihm.

Die Tür war nicht verschlossen, dafür quietschte und ächzte sie lautstark, als Willi sie aufschob. Das Geräusch ließ eine Erinnerung durch Scarletts Geist zucken. Sie sah sich als vierzehnjähriges Mädchen, wie sie die Tür mit dem Rücken aufdrückte und einen Körper in den Bunker hineinzog.

Tiefe Dunkelheit starrte ihr entgegen. Sie hatte früher viel Zeit hier verbracht. Weil es still war. Weil es niemanden gab, der sie beleidigen oder auslachen konnte.

Willi musste es heute ebenso ergehen. Er hatte aus dem

Tiefbunker sogar sein Zuhause gemacht. Trotz dessen, was sich dort unten befand.

Willi drückte den Lichtschalter. Neonröhren erwachten flackernd und beleuchteten eine weitere Treppe, die tiefer in den Bunker führte. Er schritt voran und sie folgte ihm. Ein modriger Geruch stieg Scarlett in die Nase. Kaum vorstellbar, dass jemand hier lebte.

Die Treppe war steil und porös. Stufen und Wände klebten vor Grünspan und Schimmel. In den Ecken hingen teils eiszapfenförmige Spinnenfäden, teils große, bewohnte Netze.

Sie kamen in einen langen, geraden Flur, an dessen Decke die Neonröhren angebracht worden waren. Hier war der Gestank sogar noch schlimmer. Dem Flur folgte eine Art Gemeinschaftsraum mit langen Bänken und mindestens dreißig Liegen. Auf welcher davon Willi wohl schief?

Wieder überkam Scarlett dieses schwere Gefühl in der Brust und sie wäre am liebsten umgedreht. Doch etwas ließ sie nicht. War es Neugier? Oder wollte sie sich vergewissern, dass *ihre* Leiche noch immer hier unten war?

Willi trat zu einer weiteren Tür. Scarlett dachte daran, wie sie diese Tür mit dreizehn Jahren zum ersten Mal entdeckt hatte. Sie sah sich, wie sie die Hand danach ausstreckte. Eine glattere Hand mit unlackierten, teilweise abgekauten Nägeln.

Die Klinke ließ sich leicht drücken, die Tür selbst dagegen war schwerfällig und schabte über den Boden. Sie musste beide Hände benutzen, um sie aufzuziehen.

Dahinter befand sich ein weiterer Raum mit einer Zelle, wie sie es in Filmen, vor allem in den Western, die ihr Vater so gerne schaute, gesehen hatte. Olivia hatte nicht gedacht, dass es so etwas in Wahrheit gab. Sollten Bunker nicht als Unterschlupf dienen? Sollten sie den Leuten im Krieg nicht Sicherheit schenken? Wieso also baute man Zellen ein?

Für den Fall, dass jemand wahnsinnig wurde, weil er die Enge nicht ertrug? Für den Fall, dass jemand hinaus- und damit in den sicheren Tod rannte, sobald die Bomben einschlugen? Oder sogar die anderen Menschen hier angriff?

Olivia überlegte, ihren Vater danach zu fragen, doch der würde ihr nicht glauben, dass sie den Bunker überhaupt betreten hatte. Das hier musste ihr Geheimnis bleiben.

Die mysteriöse Zelle übte eine gewaltige Faszination auf sie aus. Dabei handelte es sich bloß um Eisenstäbe, die aus Decke und Boden ragten, mit einem Schloss davor. Der Schlüssel steckte sogar. Gebannt starrte sie darauf. Niemand außer ihr betrat je diesen Bunker, soweit sie wusste. Wer in dieser Zelle landete, würde nie gefunden werden.

Alles um Olivia herum verblasste, dafür schien das Schloss mit dem darin steckenden Schlüssel regelrecht zu strahlen. Und mit einem Ruck kehrte Scarlett in die Gegenwart zurück.

Die Zelle war noch da und darin kauerte eine Gestalt in der Ecke. Von ihr durften eigentlich kaum mehr Knochen übrig sein. Doch da hob sie den Kopf.

Scarlett wich zurück.

Die Gestalt erhob sich. Sie war sehr mager, aber nicht tot. Das schmutzige Haar, früher einmal strahlend blond, verdeckte ihr Gesicht. Sie näherte sich den Stäben und umfasste sie mit unglaublicher Kraft. War der restliche Körper dem

Hungertod nahe, so strotzten ihre Arme vor Muskelmasse. Am Bizeps traten die Adern sichtbar hervor. Sie sah erschreckend unproportional aus. So etwas hatte Scarlett zuvor nur bei Turnern gesehen und viel weniger drastisch.

Die Gestalt presste ihr Gesicht gegen die Gitterstäbe.

Scarlett lächelte. »Ja, ist denn heute schon Weihnachten?«

* * *

Leila Griffin war zu Anstand erzogen worden. Ihre Eltern waren die angesehensten Leute in ganz St. Pit und Umgebung, entsprechende Erwartungen hatten sie an ihre Tochter gestellt.

Leila hätte nie gedacht, dass sie einmal an einem Ort wie diesem landen würde. Als Kind und Jugendliche hatte sie stets die angesagteste Kleidung getragen, nun trug sie seit Jahren dieselbe Jeans, denselben körperbetonten Pullover, bei dem sie die Ärmel abgerissen hatte, dieselben abgelatschten Sneaker. Allesamt voller Löcher, mindestens zwei Nummern zu klein und stehend vor Dreck. Ihre Unterwäsche hatte sie schon vor Jahren entsorgt, sie konnte sich nicht einmal mehr daran erinnern, wie sie ausgesehen hatte.

Früher war Leila beliebt gewesen, gar gefürchtet. Heute besuchte sie nur eine Person regelmäßig und die besaß den Intellekt einer Fliege. Dennoch war es ihr in all den Jahren nicht gelungen, den Debilen dazu zu bewegen, sie freizulassen.

Oft genug versucht hatte sie es. Mit Verführungskunst, mit Nettigkeit, mit Drohungen, mit Manipulation. Es hatte nichts genutzt. Willi hielt sie weiterhin gefangen, brachte ihr Essen und sprach mit ihr, aber er ließ sie nicht gehen.

Wieder und wieder hatte Leila in den Jahren gedanklich Szenarien durchgespielt, die zu ihrer Freiheit führten. Was nur war falsch an ihren Berechnungen? Warum gelang es ihr nicht, Willi zu überlisten, obwohl er so dämlich war? Wieso? Wieso? Wieso?

Sie schlug mit den Fäusten dreimal auf den Boden ein, dann schlang sie die Arme wieder um ihre Oberschenkel. Den Kopf hatte sie auf die Knie gestützt.

»Eines Tages«, flüsterte sie, »komme ich hier raus. Und du und meine Eltern werden zuerst dran glauben.«

Und anschließend würde sie *sie* aufspüren und ihr dasselbe antun, oder gar Schlimmeres.

Leila lächelte bei der Vorstellung daran, *sie* in einen Sarg zu sperren und lebendig zu begraben. Sie in eine Kiste zu stecken und ins Meer zu werfen. Eng sollte es sein. Eng und ausweglos.

Vor zwölf Jahren hatte Leila einen Fehler gemacht. Sie hatte sich überlisten lassen. *Ihr* nicht zugetraut, dass sie ihr tatsächlich den Ast über den Schädel ziehen würde. Wegen dieser Fehleinschätzung war sie in dieser Zelle aufgewacht. Ein Gefängnis, in dem sie sie zum Sterben zurückgelassen hatte.

Auch das hätte sie ihr nicht zugetraut. Anfangs hatte Leila geglaubt, sie würde sie einen Tag lang einsperren, zur Strafe für das Video. Doch die Zeit verstrich mit quälender Langsamkeit. Aus einem Tag wurden Tage. *Sie* hatte nicht einmal den Anstand besessen, ihr beim Sterben zuzusehen, nein, sie war einfach nie wieder gekommen. Leila wusste nicht, wie viele

Tage vergangen waren. Irgendwann gab sie die Hoffnung, dass ihre Eltern sie retteten, auf. Und, nachdem sie nicht einmal mehr die Kraft besaß, sich aufzusetzen, und ihre Kehle vor Durst brannte, letztlich auch die, dass die Polizei sie fand.

Und gerade, als sie sich damit abgefunden hatte, sterben zu müssen, war Willi aufgetaucht. Damals hatte sie vor Erleichterung geweint, doch als ihr dann klar geworden war, dass Willi sie nicht befreien würde, hatte sich ihre Verzweiflung in Wut verwandelt. Neue Kraft, die sie bis zum heutigen Tag durchströmte, Kraft mit nur einem einzigen Ziel: Vergeltung. Allein deshalb hatte sie all die Jahre durchgehalten, allein deshalb hatte sie überlebt.

Sie würde hier rauskommen und sie würde ihre Rache bekommen. Geduld war erlernbar. Das Durchspielen der Szenarien hielt ihren Verstand aktiv, trainierte ihn sogar. In Freiheit hatte Leila sich nie so klar gefühlt. Ihr fehlte nur noch eine Variable, um zu entkommen. Eine Variable, die sie bislang nicht gefunden hatte. Aber das würde sie noch.

Schritte näherten sich. Leila lauschte, ohne den Kopf zu heben. Willi war nicht allein.

Die Tür öffnete sich mit dem vertrauten schleifenden Geräusch und Willis angestrengtem Ächzen. Zwei Personen betraten ihr Gefängnis.

Leila hob den Kopf.

Eine Frau.

Was hatte eine Frau hier unten zu suchen? Hatte Willi ihr eine Spielgefährtin mitgebracht? Aber wer kam schon freiwillig hierher?

Leila stand auf. Diese Frau … was stimmte nicht mit ihr? Wie sie starrte. Das war nicht die Reaktion eines Menschen, der soeben erfahren hatte, dass jemand in einem Bunker festgehalten wurde. In diesem Blick lag Überraschung, doch kein Entsetzen. Keine Furcht. Leila trat an die Gitterstäbe, umfasste sie und lehnte ihr Gesicht daran.

Das brachte die Frau zum Lächeln. »Ja, ist denn heute schon Weihnachten?«

Und mit einem Mal traf Leila die Erkenntnis. Sie drückte die Stäbe mit aller Kraft, schob ihren Kopf weiter vor, sodass sie Striemen in ihr Gesicht malten.

Auch sie lächelte nun. »Hallo, Olive.«

Kapitel 10 – Alte Freundschaften und Familienbande

Scarlett schaute zu Willi, der vor Glückseligkeit regelrecht strahlte.

Leila fuhr fort: »Er hat mir nicht erzählt, dass du mich besuchst. Muss ein ganz schöner Schock sein, was? Keine Sorge, ich bin kein Zombie.«

»Du hast mich erkannt.«

»Olivia, Olivia, wie lange kennen wir beide uns jetzt? Wir waren schon beste Freundinnen, bevor wir reden konnten.«

»Bis du beschlossen hast, zu cool für mich zu sein.«

Leila zuckte die Achseln. »Irgendwann muss jeder seine Seite wählen.«

Scarlett erwiderte nichts darauf. Die Jahre in Gefangenschaft hatten an Leilas geistiger Gesundheit sicherlich tiefe Spuren hinterlassen. Sie versuchte, sie zu provozieren. Und zwar erstaunlich methodisch. Ohne wirres Gebrabbel, ohne Anzeichen von geistigem Zerfall.

Leila wirkte verschlagener als je zuvor. Wie war das nur möglich?

»Deine Chirurgen haben gute Arbeit geleistet«, sagte Leila. »Du siehst aus wie eine völlig andere Frau. Und dann dieser lächerliche Akzent. Aber na ja, mir hast du noch nie etwas vormachen können, ist es nicht so, Olive?«

Scarlett schluckte ihre aufkeimende Wut hinunter. »Du warst schon immer besessen von mir, meine Liebe«, sagte sie mit übertriebener Sanftheit. »Immerzu hast du mich angegafft, schon bevor du angefangen hast, mich zu schikanieren.«

Leila lachte auf. »*Schikanieren*. So förmlich, Olive?«

Scarlett ging nicht darauf ein. »Du glaubst, ich hätte nicht bemerkt, was wirklich los war, stimmt's?«

»Und was soll das gewesen sein? Heimliche Liebe?« Mit verführerischer Stimme fügte sie hinzu: »Glaubst du, ich wollte dich, Olive?«

Dieses Mal war es Scarlett, die auflachte. »Sei nicht albern. Liebe ist was für Idioten. Aber ich will ehrlich sein. Es hat mich tatsächlich lange beschäftigt, was zwischen uns geschehen ist. Es hat mich eine lange Zeit richtig fertiggemacht, wieso meine beste Freundin sich plötzlich in ein Monster verwandelt hat.«

»Und statt mich zu fragen, hast du dich entschieden, mich k. o. zu schlagen und hier einzukerkern?« Leila ließ von den Gitterstäben ab und fuhr sich durch das schmutzige Haar. Rote Druckstellen zeichneten sich auf ihrem Gesicht ab, das so blass war wie das einer Toten. Sie verschränkte die Hände hinter dem Rücken und ging auf und ab.

Erneut staunte Scarlett über ihren unproportionalen Körperbau. Würden diese Arme sie erwischen, wäre es schnell vorbei. »Du warst neidisch.«

Leila blieb stehen, schaute Scarlett jedoch nicht an.

»Neidisch auf mich und meine Eltern, die mir so viel Freiraum gegeben haben. Ich durfte spielen, mit wem ich wollte, ich durfte machen, was ich wollte. Ich war frei. Du dagegen wurdest von deinen Eltern ständig an der kurzen Leine gehalten. Tu dies nicht, tu das nicht, zeig Anstand, kleine Leila. Benimm dich wie eine Dame, Leila. War ein Freund oder eine Freundin nicht gut genug für die beiden, durftest du sie nicht mehr sehen.«

Leila schnaufte. »Und du warst gut genug?«

»Nein. Ich wurde nur toleriert, weil wir als Babys im Sandkasten aufeinander zu gekrabbelt sind und uns nicht mehr loslassen wollten.«

»Ah, die alte Geschichte. Jämmerlich, wie oft deine Eltern jedem, der es nicht hören wollte, davon erzählt haben.«

»Allerdings.«

Leila wandte sich ihr zu, Überraschung huschte über ihr Gesicht. »Was sagen die beiden dazu, dass du jetzt so anders aussiehst, Olive?«

»Ich werde es ihnen erzählen, wenn ich ihnen beim Sterben zusehe.«

Wieder war Leila überrascht, dieses Mal hielt der Ausdruck länger an. »Du hast dich verändert«, sagte sie nachdenklich.

»Wir werden alle älter.«

Leila war wie das Meer an einem windstillen Tag. Sie strahlte eine seltsame Ruhe aus, was beunruhigend war, schließlich hatte sie seit Jahren weder Sonnenlicht noch andere Menschen gesehen. Sie hätte ein psychisches Wrack sein müssen, sabbernd und kaum ansprechbar, stattdessen benahm sie sich wie ein weiblicher Hannibal Lecter. Was sich wohl Abscheuliches unter dieser ruhigen Oberfläche verbarg? Dort unten in der Tiefe ihres Meeres? Trotz der Gitterstäbe sträubte sich etwas in Scarlett, auch nur einen Schritt näher zu kommen, dabei befand Leila sich mehr als eine Armlänge von ihr entfernt. Wie hatte aus einem Püppchen nur eine so furchteinflößende Person werden können?

»Stimmt etwas nicht, Olive?«

»Oh, alles ist wunderbar, Liebes. Ich freue mich wahnsinnig, dass du lebst, ganz im Ernst. Ich kann mein Glück kaum fassen, denn jetzt bekomme ich meine Rache an dir. Das ist sozusagen die Kirsche auf der Torte.«

»Deswegen also diese Veränderung. Es geht um das Video, nicht wahr?«

»Es geht um alles, was ihr mir angetan habt!« Mist. Sie war ins Straucheln geraten, hatte ihre Wut für einen Moment durchscheinen lassen. Das durfte nicht noch einmal passieren, andernfalls würde Leila diese Runde gewinnen.

»Und was jetzt? Willst du meine alte Clique foltern und töten? Oder willst du sie einsperren, so wie mich damals?«

»Was mit dir passiert ist, geschah im Affekt. Das war eine Kurzschlusshandlung, könnte man sagen. Ich habe bloß mit dir reden wollen, aber du hast mich wütend gemacht und nun schau, was dir das gebracht hat. Ein Jammer.« Mitleidig fügte sie hinzu: »Dabei warst du mal so beliebt.« Traurig schüttelte Scarlett den Kopf, dann lächelte sie. »Für die anderen habe ich mir etwas ganz Besonderes überlegt.«

Willi war aus seiner Trance erwacht und hüpfte aufgeregt

von einem Bein aufs andere. »Willi hat Scarlett ein Geschenk gemacht.«

»Scarlett«, sagte Leila. »So nennst du dich jetzt also?«

Scarlett breitete die Arme aus. »Ist dir meine Kleidung aufgefallen? Früher habe ich fast nur Grün getragen. Grün strahlt Ruhe aus, Hoffnung, das Leben. Heute trage ich Rot. Rot ist wild und leidenschaftlich. Rot ist das Feuer, das Blut. Rot ist die Rache.«

Leila lachte.

Willi interpretierte diese Reaktion offensichtlich falsch, denn er wurde noch aufgeregter: »Ein Geschenk, Willi hat ein Geschenk gemacht. Jetzt können Scarlett und Leila wieder Freunde sein.«

»Wie bitte?«, fragte Scarlett, aber er hörte sie nicht. Er tanzte wie das Rumpelstilzchen durch den Raum, von einem Bein auf das andere, die Arme in die Luft erhoben.

»Ist er nicht eine Zuckerperle?«, fragte Leila. »Hast du eigentlich vergessen, dass auch Willi dir etwas angetan hat? Willst du mir etwa erzählen, das sei dir egal, *Scarlett?*« Leila sprach ihren Namen gedehnt. »Hey, Willi, du solltest dich vor unserem roten Rächer lieber in Acht nehmen.«

Er verharrte und begann, an seinem Oberteil herumzuzupfen. »Willi musste sichergehen. Sonst hätte Willi Scarlett schon früher zu Leila gebracht.«

»Was soll das heißen?«, fragte Scarlett.

»Willi musste sichergehen, dass du es bist.«

Sie stutzte. »Wer sollte ich sonst sein? Scarlett Johansson?«

Willi trat zu ihr, mit gedämpfter Stimme sagte er: »Ein

Dämon.« Leila brach in hysterisches Gelächter aus, das Willis Nervosität nur weiter verstärkte.

Scarlett kratzte sich am Kinn. »Willi, mein Schatz. Du bringst mich in Verlegenheit vor der irren Schreckschraube.«

»Scarlett hat sich verwandelt. Wie eine Prinzessin. Jetzt ist alles neu. Scarlett und Leila können wieder Freunde sein und Spaß haben, genau wie früher, weil beide neu sind.«

Scarlett lächelte. »Wir werden Spaß haben«, versprach sie. Dann wandte sie sich an Leila. »Eine Menge Spaß.«

Sie hakte Willi unter und führte ihn zur Treppe nach draußen, dann klopfte sie ihm auf den Rücken. »Willi, mein Guter, das war ein fantastisches Geschenk.«

Seine Augen leuchteten. »Willi hat das gut gemacht?«

»Und wie! Und zur Belohnung darfst du was für mich tun.«

* * *

Moira Arington seufzte schwer, als sie die Tür hinter sich zustieß. »Bin wieder da.«

Mit Amelia Richards zusammenzuarbeiten, fiel ihr von Tag zu Tag schwerer. Ganz besonders seit sie des Babys wegen nur noch Teilzeit arbeitete.

Moira konnte es kaum erwarten, endlich Hank zu heiraten. Danach würde sie niemals wieder diese verhasste Parfümerie betreten. Hank besaß Geld genug, sodass sie nicht mehr gezwungen sein würde, zu arbeiten. Würde er nicht unter der

über seinen Erzeuger zu sprechen. Wahrscheinlich weil der auch ein totaler Loser war. Schließlich hatte er den Schwanz eingezogen statt seinen Mann zu stehen und ein Vater zu sein.

Zac hasste sie alle drei.

Dass die Alte nicht reden wollte, tat nichts zur Sache. Zac hatte bereits herausgefunden, wer Steve war. In der Stadt lebten nur zwei Steves und einer davon war uralt. Wenn die Alte also nicht mit einem Grufti ins Bett gehüpft war, dann kam nur dieser eine Typ infrage. Es war nicht besonders schwer gewesen, ihn ausfindig zu machen. Steve Davies war schon beinahe ein VIP. Der St.-Pit-Facebook-Gruppe nach war der Typ ein Sportler und noch dazu ein verdammt guter. Es gab immer mal wieder Weiber, die Fotos oder Artikel über ihn posteten. Zac war der Kerl irgendwie bekannt vorgekommen und nun wusste er auch, wieso – sie sahen sich ähnlich.

Jetzt schlenderte Zac wie so oft den Strand entlang. In einer so erbärmlichen Kleinstadt wie St. Pit gab es nur einen Ort, der halbwegs aufregend sein konnte, und das war der Strand. Es regnete mal wieder, aber das kümmerte ihn nicht. Für einen Schirm war er zu cool, eine Kapuze war etwas für Hopper-Idioten. Als ganzer Kerl ließ Zac den Regen über sich ergehen, mit geöffneter Lederjacke und in den Taschen vergrabenen Händen. Das Gel in seinen Haaren war wasserfest.

Aidan hatte während seiner Facebook-Recherche neben ihm gestanden und einen mit geschmolzener Schokolade vollgesauten Finger auf den Bildschirm von Zacs Smartphone gedrückt. »Ey, den kenn ich doch! Der joggt ständig quer durch die Stadt.«

Angeblich auch quer über den Strand. Also musste Zac nichts weiter tun, als auf Steve zu warten. Und als wäre es vorherbestimmt gewesen, sah er ihn tatsächlich an einer der Treppen auftauchen und runterjoggen.

Kurz war Zac wie erstarrt. Dann erinnerte er sich selbst daran, dass er zu tough dafür war, nervös zu sein. Er kramte einen Kaugummi aus seiner Jackentasche, steckte ihn in den Mund und kaute betont auffällig darauf herum. Anschließend schlenderte er weiter, während Steve – mittlerweile rannte er über den feuchten Sand – ihm entgegenkam.

Kurz bevor er Zac erreichte, hielt er an, um sich zu dehnen. Zac nutzte seine Chance, ging lässig auf ihn zu und sagte: »Hey.«

Steve fuhr unbeirrt fort, er hob den Fuß auf Höhe des Hinterns, umfasste ihn und streckte das Bein. »Hey.« Eine kurze Pause entstand. Steve sah ungeduldig auf. »Kann ich dir helfen, Junge?«

Zac schnaufte amüsiert. »Klar. Kennst du diesen uralten Film? *Star Wars – das Imperium schlägt zurück?*«

Steve sah ihn nur weiter mit demselben ungeduldigen Ausdruck an.

»Daraus stammt das berühmte Zitat …«

»Ich kenn das verdammte Zitat«, unterbrach er ihn. »Führt das hier zu irgendwas oder darf ich in Ruhe weitermachen?«

»Du bist mein Vater, Steve«, sagte Zac mit Darth-Vader-Stimme.

Erneut entstand eine kurze Pause.

»Verarschst du mich?«, fragte Steve.

Zac zuckte die Achseln und spuckte den Kaugummi in den Sand. »Nö. Ist echt so. Moira Arington ist meine Mum und du hast sie gevögelt, als sie dreizehn war. Das ist jetzt vierzehn Jahre her, wie du vielleicht noch weißt. Rate mal, wie alt ich bin.«

Schon wieder entstand eine Pause.

Auf einmal setzte Steve sich in Bewegung. »Ich weiß nicht, wovon du sprichst.«

»Was soll der Scheiß!«, rief Zac ihm hinterher, aber der Feigling legte einen Zahn zu, er ließ sozusagen den Sportler raus und verschwand blitzschnell hinter der nächsten Klippe. Zac versuchte gar nicht erst, ihm zu folgen.

»Beschissener Wichser.«

»Hallo«, erklang eine leise Stimme.

Zac wandte sich um, sah aber niemanden.

»Hallo«, wiederholte die Person.

Aus einer Spalte zwischen den Klippen trat eine Gestalt in zerlumpter Kleidung. Das war Willi, der Penner, der ständig überall herumschlich. Er stand leicht gebeugt da und hatte die Finger auf Bauchhöhe ineinander verschränkt. Was für ein widerlicher Kerl. Er jagte ihm eine Gänsehaut über den Körper, aber Zac ließ sich nichts anmerken. »Was willst du, du Spinner?«

»Ich will reden«, sagte Willi mit erstaunlich fester Stimme.

Zac konnte sich nicht erinnern, ihn jemals sprechen gehört zu haben. Meistens hatte er Willi schon verjagt, bevor die stinkende Missgeburt überhaupt den Mund hatte öffnen können.

»Ich glaube eher, du willst eins über die Rübe!« Zac wandte sich ab. Wenn sich der Spinner als Serienkiller entpuppte, machte er besser die Fliege.

»Du kennst Amelia Richards, oder?«, sagte Willi hastig.

Zac hielt inne und drehte sich um, bereit, wegzurennen, sollte der Penner Anstalten machen, ihn packen zu wollen. »Klar kenn ich die. Voll der Drachen, die Alte.«

Das war die Untertreibung des Jahrhunderts. Immer wenn Zac die Parfümerie betrat, in der seine Mutter arbeitete, nutzte Amelia den Moment, um mindestens einen abschätzigen Kommentar abzugeben. Meistens so etwas wie: »Na, bist du noch nicht im Gefängnis gelandet? Dauert sicher nicht mehr lange.« Und manchmal zog sie sogar seine Alte mit rein: »Kein Wunder bei deiner Mutter.« Oder »War ja klar, dass aus dir nichts wird.«

»Lust, ihr einen Streich zu spielen?«

Der Gedanke, Amelia eins auszuwischen, war verlockend. Aber was ging hier eigentlich ab? Zac verengte die Augen. »Und wie soll der aussehen?« Er versuchte, möglichst desinteressiert zu klingen, was ihm recht gut gelang, wie er fand.

Willi fasste in die Tasche seiner zerschlissenen Hose und holte ein Fläschchen mit einem Korken als Deckel hervor. Sie ließ sich locker in seiner Hand verstecken. Darin befand sich eine klare Flüssigkeit.

»Das ist doch Wasser! Du verarschst mich«, sagte Zac.

»Du bist ein tougher Kerl, nicht wahr?«

Willi sprach ein wenig abgehakt. Beinahe so, als hätte er seinen Text auswendig lernen müssen.

»Und die Leute sollen vor dir Respekt haben, stimmt's?«

»Die *haben* Respekt vor mir, Alter!«

»Da bin ich mir sicher. Aber weißt du, wie du so richtig für Aufsehen sorgen kannst? Hiermit.« Willi hielt das Fläschchen hoch. »Das ist kein Wasser, sondern eine spezielle Mixtur, die dafür sorgt, dass sich Amelias Gesicht für immer verändern wird. Sie wird genauso lustig aussehen wie ein Clown im Zirkus.«

Jetzt wurde Zac hellhörig.

»Alle werden Amelia auslachen und dir auf die Schulter klopfen. Sogar dein nichtsnutziger Erzeuger wird große Augen machen. Na, was hältst du davon, Zac?« Er hielt ihm das Fläschchen hin, die Flüssigkeit wippte leicht.

»Und wie soll ich das anstellen? Soll ich es ihr ins Gesicht schütten, oder was?«

Willi antwortete nicht direkt, es war, als müsste er erst in seinem Kopf nach einer Antwort suchen. »Du träufelst es ihr in die Gesichtscreme.«

»Und das fällt nicht auf? Farbe stinkt doch.«

»Diese nicht.«

»Scheiße, geil!« Zac streckte die Hand aus, hielt einen Moment inne, dann trat er auf Willi zu und nahm das Fläschchen. Er schüttelte es vor seiner Nase. »Und sie sieht danach genauso bescheuert aus wie du?« Am liebsten hätte er über diesen fiesen Witz laut losgelacht, hielt sich jedoch zurück. Wer wusste schon, wozu dieser Penner fähig war.

Wieder dauerte es ein paar Sekunden, ehe Willi reagierte. »Sogar noch bescheuerter.«

»Das werde ich direkt ausprobieren. Aber wehe, du verarschst mich, Willi. Meine Kumpel und ich lauern dir sonst auf und prügeln dir die Scheiße aus dem Arsch, klar?«

»Solange du es schaffst, die Mixtur in ihre Creme zu träufeln, wird nichts schiefgehen.«

»Das lass mal meine Sorge sein.«

Willi wandte sich ab und ging in seiner typisch demütigen Haltung davon.

Zac konnte kaum erwarten, zu sehen, wie dämlich Amelia aussehen würde, nachdem sie sich das Zeug aufs Gesicht geschmiert hatte. Also steckte er das Fläschchen in seine Jackentasche und rannte los.

* * *

»Was hast du denn hier zu suchen?«, fragte Amelia, nachdem Zac eingetreten war. »Deine Mutter ist zu Hause. Die arbeitet nur noch halbtags, schon vergessen?«

»Nein. Ich möchte mich nach einem Geschenk umsehen. Für die Hochzeit, Sie wissen schon.«

»So? Steht endlich ein Termin fest? Das hat sie mir gar nicht gesagt. Sicher, weil sie mal wieder frei haben will und sich nicht traut, mich drauf anzusprechen.«

Zac ignorierte diesen Kommentar und tat so, als würde ihn das Zeug in den Regalen interessieren. Amelia ließ ihn dabei nicht aus den Augen. Das war schlecht. So würde er nie an ihre verdammte Dose kommen. Außer ihm waren drei weitere Kundinnen da, warum gaffte sie die nicht an? Während

Zac zum nächsten Regal ging, in dem keine stinkenden Parfümsorten standen, sondern Schminkkram, zückte Amelia ihre Feuchtigkeitscreme. Beinahe gleichzeitig trat ein weiterer Kunde ein, der durch die Türglocke angekündigt wurde.

Das war seine Chance. Amelia begrüßte den neuen Kunden knapp und legte den eben erst abgedrehten Deckel ihrer Creme auf den Beistelltisch neben ihr. Zac machte einen Satz zurück zu den Parfümflaschen, nahm willkürlich eine heraus und ließ sie fallen. Klirrend zersprang das rote Glas auf dem Boden, klarflüssiges Parfüm trat aus und hinterließ einen Gestank, der Zac die Nasenhaare ansengte. Angewidert wandte er sich ab.

»Sieh, was du angestellt hast, du …« Amelia führte den Satz nicht zu Ende, vermutlich weil sich Kunden mit ihnen im Laden befanden, und hastete auf Zac zu.

Der entschuldigte sich knapp und trat ein paar Schritte zurück, bis er das Beistelltischchen erreicht hatte. Wie erhofft, war Amelia in ihrem Schreck, eins ihrer überteuerten, stinkenden Parfüms verloren zu haben, hingeeilt, ohne ihre Creme mitzunehmen. Die stand neben dem Deckel auf dem Tischchen.

Eilig zückte Zac die Mixtur aus seiner Jackentasche, zog den Korken ab, der ein Glucksen von sich gab, als er sich löste, und kippte den gesamten Inhalt in die Dose. Das Zeug war tatsächlich geruchsneutral, sickerte aber nicht in die feuchte und schmierige Creme ein. Es sah aus, als stünde Wasser auf der Pampe. *Fuck!* Hoffentlich schaute der alte Drachen nicht hinein, ansonsten wäre er am Arsch. Schnell stopfte Zac das

Fläschen zurück in seine Jackentasche und trat wieder näher an Amelia heran, die fluchend die gröbsten Scherben aufhob.

»Steh da nicht so rum«, befahl sie. »Hol was zum Aufwischen!«

Ausnahmsweise gehorchte Zac, denn seine Vorfreude übertünchte jeden Ärger. Er trat am anderen Ende des Ladens durch die schmale Tür, die zum Aufenthaltsraum führte, rupfte ein paar Lagen Papierrolle ab und kehrte zu Amelia zurück. Die riss ihm das Papier aus der Hand und legte es auf die Parfümlache. Sofort wurde das Zeug aufgezogen. »Das ziehe ich deiner Mutter vom Gehalt ab!«

Er hielt ihr einen Zwanzig-Pfund-Schein hin, den er am Morgen einem Mitschüler abgenommen hatte. »Ist 'ne Anzahlung«, sagte er.

Amelia beäugte ihn, dann riss sie ihm ebenso energisch wie bei den Papiertüchern den Schein aus der Hand. »Verfluchter Bengel«, schimpfte sie und wischte das Parfüm auf.

Die Tücher warf sie in den nächsten Papierkorb, dann ging sie endlich zu dem Tischchen zurück.

Wurde aber auch Zeit.

Zac konnte sich ein Grinsen kaum verkneifen, deswegen tat er so, als würde er sich die Nase kratzen.

Amelia nahm ihre Gesichtscreme, holte großzügig mit Zeige- und Mittelfinger etwas heraus und verrieb es in ihrem Gesicht. Plötzlich hielt sie inne. Und schrie auf.

Amelia schlug beide Hände vor ihr Gesicht und kreischte. Die drei Frauen ließen ihre Ware fallen – wie durch ein Wunder ging nichts zu Bruch – und eilten zu ihr. Der eben erst eingetretene Mann starrte sie nur entgeistert an. Auch Zac war unfähig, sich zu rühren.

Zwischen ihren Fingern wurde Amelias Haut knallrot. Eine der Frauen nahm ihre Hände und zog sie ihr aus dem Gesicht. Ein Hautfetzen klebte daran.

Durch Zacs Körper fuhr ein Ruck.

»Großer Gott!«, rief die Frau. »Einen Notarzt, schnell!«

Gelbe Bläschen bildeten sich in Amelias Gesicht, ihr linkes Auge schien zu schrumpfen. Sie kreischte noch immer und schlug um sich.

»Was ist passiert?«, fragte eine der anderen.

»Ihr Gesicht! O Gott, ihr Gesicht!«, rief die Dritte.

»Rufen Sie einen Arzt!«, brüllte die erste Frau erneut.

Zac stürmte aus der Parfümerie. An der frischen Luft machte er einen Schlenker und übergab sich über einem Gully. Die Wucht trieb ihm Tränen in die Augen. Mit gegen den Bauch gepressten Händen stolperte er weiter.

Kapitel 11 – Verachtung

»Wie geht es deiner Mutter, Emilie?« Scarlett stellte den beiden Mädchen je ein Glas Orangensaft auf den Tisch.

Von den dreißig Minuten, die sie schon hier waren, hatten sie höchstens fünf gelernt. Die Schulbücher lagen aufgeschlagen da, ohne einmal umgeblättert worden zu sein. Die Mädchen schienen nicht zu bemerken, dass Scarlett kein Interesse daran zeigte, sie tatsächlich beim Englischunterricht zu unterstützen. Zumindest bemerkten sie es *noch* nicht.

Es würde nicht schaden, ab und an doch einen Blick in die Schulbücher zu werfen, um den Schein zu wahren.

Emilie zuckte die Schultern. »Nicht so gut. Sie weint immer nur.«

»Das ist nicht verwunderlich. Sie hat gerade erst ihren Vater verloren und Gott weiß, in welchem Zustand sich ihre Mutter befindet.«

»Grandma möchte keinen Besuch, sagt Mum. Sie hat nicht aufgemacht, als ich gestern bei ihr geklingelt habe.«

»Tut mir voll leid«, sagte Alex, woraufhin Emilie einen Dank murmelte.

Die beiden Mädchen kamen sichtlich gut miteinander aus. In der Gegenwart von Alex ließ Emilie ihre Ich-stehe-über-allen-anderen-Fassade fallen. Scarlett zweifelte nicht daran, dass Emilie in Wahrheit ein angenehmes Mädchen war, das unter den Idealen ihrer Mutter litt und innerlich von Selbstzweifeln zerfressen wurde. Alex und sie waren sich in gewisser Weise ähnlich. Anscheinend spürten die Kinder das ebenfalls. Das könnte der Beginn einer tiefen Freundschaft werden.

Aber vorher gab es für Scarlett noch einiges zu tun.

»Und wie geht es dir, Emilie?«, fragte sie und setzte sich zu den Kindern an den Tisch.

Das Mädchen senkte den Blick.

»Schäme dich niemals für deine Tränen, Kleines. Wer trauert, muss weinen, das gehört zum Heilungsprozess.«

»Mum sagt, wer in der Öffentlichkeit weint, ist schwach.«

»Deine Mum ist grausam.«

Emilie zuckte kaum merklich zusammen.

»Du hast deinen Grandpa doch lieb gehabt, oder nicht? Es ist furchtbar, dass du das nicht zeigen darfst. Was glaubst du, wird er davon halten, wenn er vom Himmel auf dich hinabsieht? Meinst du nicht, es macht ihn traurig, wenn du nicht um ihn weinst?«

In Emilies Augen sammelten sich Tränen. »Ich will nicht, dass er traurig ist«, flüsterte sie.

Scarlett deutete Alex stumm an, zu ihr zu gehen.

Alex zögerte, stand dann aber auf, ging um den Tisch herum und nahm Emilie unbeholfen in die Arme. Emilie war weniger zögerlich, sie schlang augenblicklich ihre Arme um

Alex und vergrub schluchzend das Gesicht in deren Hals. Alex – einen Moment lang erstarrt – entspannte sich und weinte mit ihr.

Zufrieden betrachtete Scarlett die beiden. Die Kinder hatten einander verdient und sie würde dafür sorgen, dass ihre nichtsnutzigen Eltern ihnen keine Steine in den Weg legten.

* * *

Emilie hatte es anfangs seltsam gefunden, dass sie während der Nachhilfe kaum lernten, sondern fast nur über alles Mögliche redeten. Scarlett war sehr interessiert an ihrer und Alex' Beziehung zu ihren Eltern. Sie stellte viele Fragen. Aber das störte Emilie nicht. Genau wie es Mum egal war, dass sie sich sogar an einem Sonntag trafen.

Emilie gefiel die Zeit mit Scarlett und Alex, beide waren nett und beide erwarteten nicht von ihr, besonders hübsch oder vornehm zu sein wie ihre Mum oder ihre Freundinnen.

Sie fühlte sich seltsam schwer und müde und irgendwie unaufgeräumt, so wie ihr Zimmer. Scarlett sagte, das sei Trauer. Aber das Gefühl ginge nicht vorbei, wenn Mum ihr weiter verbot zu weinen.

Emilie wollte ihre Grandma sehen. Die fühlte sich sicher auch unaufgeräumt. Es war schwer, sich zu konzentrieren, wenn man so durcheinander war. Mit jemandem zu reden, half. Aber Grandma versteckte sich. Bestimmt vor Mum.

Emilie ging die Einfahrt zu ihrem Haus hinauf und sofort schien ein Stein in ihrem Magen zu wachsen. Dieser Stein war immer da, wenn sie nach der Schule oder dem Spielen bei Freunden nach Hause kam. Dieses Mal war er riesig.

Am liebsten wäre sie umgedreht und zurück zu Scarlett gerannt. Aber nein. Sie musste stark sein, das hatte Scarlett gesagt. Alex war auch stark. Sie hatte nur manchmal ihren unheimlichen Dad, vor dem sie sich versteckte. Immerhin hatte Emilie sich noch nie vor ihrer Mum verstecken müssen. Wenn Alex es schaffte, stark zu sein, dann konnte sie das auch.

Und am Montag würden sich die beiden darüber unterhalten und Emilie würde dafür sorgen, dass ihre Freundinnen Alex akzeptierten. Wer dagegen war, konnte eben nicht mehr ihre Freundin sein. Basta! Alex war cool. Cooler als alle anderen. Noch bevor Emilie den Türknauf berühren konnte, flog die Tür auf.

Mum stand mit rotem Gesicht, verzerrtem Mund und verquollenen Augen vor ihr. Ihre Wangen waren ganz feucht. »Wo warst du?«

Emilie drängte sich an ihr vorbei. »Bei der Nachhilfe.«

»An einem Sonntag?«

»Als ich gegangen bin, hast du nichts dazu gesagt.«

»Da habe ich gerade das Mittagessen vorbereitet. Du weißt, dass ich nicht gut kochen kann. Das ist so anstrengend.«

Die quengelnde Stimme ihrer Mum ließ den Stein in Emilies Inneren weiter wachsen. Sie fuhr herum. »Wieso darfst du weinen und ich nicht?«

Mum riss die Augen auf. »Was schreist du mich denn so an?«

»Ich will auch weinen, Mum.«

»Du redest doch sonst nicht so mit mir. Ist diese Frau schuld daran? Diese … Sarah?«

»Sie heißt Scarlett und sie hat nichts damit zu tun.«

»Das glaube ich aber doch. Ich verbiete dir, noch mal zu ihr zu gehen.«

Emilies Augen brannten, Brust und Hals verengten sich, trotzdem wagte sie es nicht, in Gegenwart ihrer Mum zu weinen. Sie würde keine Schwäche zeigen. Sie würde stark sein.

»Immer muss ich perfekt sein, Mum. Aber weißt du was? Niemand ist perfekt. Ich will nicht mehr perfekt sein. Ich will wie alle anderen sein.« Sie zupfte an ihrem Kleid. »Und ich will keine blöden Kleider mehr tragen. Die sehen lächerlich aus!«

»Lächerlich?« Neue Tränen traten Mum in die Augen. »Wie sprichst du mit deiner Mutter? Das sind nicht deine Worte! Das kommt von dieser Frau! Du wirst sie nicht mehr sehen und jetzt gehst du auf dein Zimmer.«

»Nein.«

»Wie bitte?«

»Nein!«

»Emilie.« Ihre Stimme brach.

Das machte Emilie nur noch wütender. »Du bist gemein, Mum, und du bist schwach. Du weinst und ich darf es nicht. Dabei bist du die Große und ich erst sieben Jahre alt.« Ihr fiel noch etwas ein, das Scarlett gesagt hatte: »Du bist jämmerlich.«

Mum sagte nichts mehr.

»Du warst vielleicht früher mal beliebt, aber jetzt bist du

nur noch jämmerlich. Du willst unbedingt, dass ich so bin, wie du nicht sein kannst. Das will ich nicht mehr. Nie mehr! Was du machst, ist falsch, Mum.« Emilie rief sich die genauen Worte Scarletts in Erinnerung. »Du setzt mich pausenlos unter Druck.«

Jetzt konnte Emilie die Tränen nicht mehr zurückhalten. Sie presste sich an ihrer Mum vorbei zurück zur Tür. »Ich hasse dich!«

Ziellos rannte Emilie nach draußen und zückte ihr Handy. Unterwegs schrieb sie Alex.

* * *

Seit Zac am Samstag aus der Parfümerie gestürmt war, hatte er kaum ein Wort gesprochen.

Heute Morgen hatte seine Mutter ihn nicht zur Schule geschickt, nachdem sie seine Stirn gefühlt hatte. Über ihren Streit verlor sie kein Wort. Dafür hatte Zac mit angehört, wie sie und Hank sich in der Küche über Amelia Richards unterhalten hatten, die noch am Samstag ins Krankenhaus transportiert worden war.

»Ihr Gesicht wird wohl nie wieder das alte werden«, hatte Moira gesagt. »Offenbar hat ihr jemand Säure oder Lauge oder sonst etwas in ihre Feuchtigkeitscreme gemischt. Das hat ihr das halbe Gesicht weggefressen. Und ein Auge! Scheußlich! Amelia ist eine Furie, aber das hat sie nicht verdient. Die Parfümerie bleibt vorerst geschlossen.«

»Und Zac? Was hatte er überhaupt da zu suchen?«

Mit gedämpfter Stimme sagte sie: »Woher soll ich das wissen? Die Polizei hat gestern nur kurz mit ihm gesprochen. Ich hoffe, er hat es nicht mit ansehen müssen.«

»Das hoffe ich auch.«

»Der Beamte sagte, Zac wäre kein Verdächtiger, die Befragung sei bloß Routine gewesen. Mrs. Briston, mit der ich mich auf dem Fischmarkt öfter mal unterhalte, hat ausgesagt, dass Zac vor Ort war. Sie sagte, er habe eine Parfümflasche fallen lassen und zusammen mit Amelia alles sauber gemacht. Als sie anschließend zu ihrer Creme griff, ging der Horror los.«

»Und glaubst du ... Zac könnte etwas damit zu tun gehabt haben?«

Es war eine Pause entstanden, die Zac wie eine Ewigkeit vorgekommen war. Schließlich hatte Moira gerufen: »Wo denkst du hin? Natürlich nicht. Er hat ja den Dreck aufgewischt. Einer der anderen Kunden muss ihr währenddessen das Zeug in die Creme gemischt haben.«

»Ja, du hast sicher recht«, hatte Hank gesagt, woraufhin Zac zurück in sein Zimmer gegangen war und es seitdem nicht wieder verlassen hatte.

Die Rollläden hatte er geschlossen, dafür aber seine Nachttischlampe angeschaltet. Völlige Dunkelheit ertrug er nicht.

Mehrfach hatte er überlegt, von Willi und dem Fläschchen zu erzählen. Moira. Hank. Sogar der Polizei. Aber letztlich hatte Zac doch den Mund gehalten. Wer würde ihm schon glauben? Willi war ein Landstreicher, noch dazu beschränkt.

Zac dagegen war als Unruhestifter bekannt. Es war besser, die Klappe zu halten. Niemand durfte erfahren, dass er das Zeug in Amelias Creme geträufelt hatte. Niemand!

Es klopfte. Ohne eine Antwort abzuwarten, steckte Hank den Kopf durch die Tür. »Hey, Sportsfreund. Wie geht's?«

Zac antwortete nicht.

»Du solltest etwas essen. Ich weiß, wenn man krank ist, hat man selten Appetit, aber das ist wichtig, hörst du?« Nach einer kurzen Pause fügte er hinzu: »Die Suppe, die deine Mum dir gestern hochgebracht hat, hast du kaum angerührt. So verzögerst du deine Genesung nur. Komm schon, Zac, rede mit mir.« Hank trat ins Zimmer, blieb aber an der Tür stehen.

Zac drehte ihm den Rücken zu.

»Ist es wegen der Sache mit Amelia? Hast du etwas gesehen? Weißt du etwas darüber?«

Zac rührte sich nicht. Er war so müde. So unendlich müde. Doch wann immer er die Augen schloss, sah er, wie Amelia sich die Hände vors Gesicht schlug und zu kreischen anfing. Er sah, wie sich auf ihrer Haut Bläschen bildeten. Einmal war er tatsächlich eingeschlafen und die Bilder waren in einen Albtraum übergegangen, in dem Amelia ihm den Kopf zuwandte. Sie nahm die Hände aus dem Gesicht, an denen lange, blutige Fetzen Haut hängen blieben. Eiter floss aus einigen der Bläschen auf ihren Wangen. Eins ihrer Augen schrumpfte, bis es wie eine Rosine aussah. Amelia streckte die Hände nach ihm aus. Sie starrte ihn aus ihrem verbliebenen Auge an. »Du hast das getan«, sagte dieser Blick. »Du warst das!«

Zac war ruckartig und zitternd aus dem Schlaf erwacht. Seitdem vermied er es, wieder einzuschlafen.

Hank gab auf. »Ich weiß, wir beide haben so unsere Schwierigkeiten, aber ich meine es wirklich gut, Zac. Ich bin eigentlich ein netter Kerl. Ich verlange nicht von dir, dass du mich Dad nennst oder mich als deinen Vater siehst. Es wäre einfach schön, wenn wir ... wenn wir Kumpel sein könnten, du und ich. Jedenfalls werde ich nicht aufhören, es zu versuchen. Ich muss jetzt ins Büro, deine Mutter ist unten. Sprich mit ihr, wenn dich etwas belastet. Tu mir bitte den Gefallen, ja?«

»Hank?«

»Ja, Sportsfreund?«

»Lass mich in Ruhe.« Zac zog sich die Bettdecke bis an die Ohren.

»Natürlich. Entschuldige, dass ich ...« Hank führte den Satz nicht zu Ende, sondern ging und schloss die Tür hinter sich.

Zac betrachtete den fahlen Schein der Nachttischlampe, während seine Lider schwerer wurden. Er kämpfte dagegen an.

Amelia stand neben seinem Bett. Ihre Entstellungen sahen in dem blassen Licht noch schrecklicher aus. Sie starrte ihn an, ein Auge blinzelte, sie öffnete den Mund und ...

Zac fuhr hoch.

Durch die Tür drang gedämpftes Babygeschrei herein.

Kraftlos schwang er die Bettdecke zurück und stand unbeholfen auf. Er musste einen Moment innehalten, weil sich alles um ihn herum drehte. Die Kälte des Bodens krabbelte seine nackten Füße empor und ließ ihn frösteln. Nur sein Kopf schien in Flammen zu stehen.

Zac schlang die Arme um sich und bewegte sich schlurfend auf die Tür zu. Er öffnete sie und rief: »Mum?«

Keine Antwort.

Er ging in den Flur und weiter zu Olivers Tür. Es kostete ihn Kraft, den Arm zu heben und die Klinke zu drücken. Die Tür öffnete sich knarrend und das Babygeschrei schwoll zu einer ohrenbetäubenden Lautstärke an.

Zac schlurfte zu Olivers Gitterbettchen. Das Baby strampelte und heulte. Der Schnuller war ihm aus dem Mund gefallen und lag neben ihm. Die Bettdecke war ein Knäuel am hinteren Ende des Bettchens. Olivers Lieblingsstofftier – das Pokémon Togepi – lag mit dem Gesicht nach unten einsam in der oberen Ecke.

Zac stellte sich vor, wie er Oliver auf den Bauch drehte. Es würde schnell gehen, niemand würde etwas bemerken. Langsam fasste er hinein. Zac hielt einen Augenblick lang inne, ehe er Togepi nahm und ihn Oliver in die Arme legte.

Das beruhigte das Baby tatsächlich für einen Moment, doch schon wenig später brüllte es wieder los. Zac probierte, ihm den Schnuller in den Mund zu stecken – vergebens.

»Du meine Güte!«

Das war Moira. Sie kam ins Zimmer gestürzt und nahm Oliver auf den Arm. »Da geht man einmal ohne Babyfon zur Toilette und dann das. Danke fürs Kümmern, Schatz.« Sie ging wippend auf und ab, das Baby nörgelte jetzt nur noch leise.

Zac wollte schon gehen, da hielt Moira ihn zurück. »Hey, geht es dir besser?«

Er zuckte die Achseln.

»Es tut mir leid, dass ich neulich so blöd reagiert habe. Du hast jedes Recht, etwas über deinen leiblichen Vater zu erfahren. Es ist nur ... Ich wünschte, du würdest es dabei belassen.«

Zac wandte sich ihr zu.

»Soll ich dir von ihm erzählen?« Sie deutete mit dem Kinn zum Stuhl in der Ecke. »Setz dich, du siehst aus, als kippst du mir gleich aus den Latschen. Sobald Oliver wieder schläft, werden wir noch mal Fieber messen.«

Zac gehorchte und setzte sich.

Moira ging nun nicht mehr auf und ab, sie wiegte das Baby sanft. »Wir beide waren damals noch sehr jung. Du meine Güte, *zu* jung. Aber das weißt du ja schon.« Jetzt lächelte sie traurig. »Steve war ... na ja, jedes Mädchen in der Stadt mochte ihn. Ich war ganz aus dem Häuschen, als er während einer Party plötzlich mit mir flirtete. Damals wusste ich nicht – oder eher wollte ich nicht wahrhaben –, dass Steve immer wieder neue Mädchen abschleppte. Ich war nur eine von vielen.«

Sie errötete. »Ich fasse es nicht, dass ich dir das erzähle. Er war charmant und nett und sah unglaublich gut aus. Ich war ihm total verfallen. Und weil ich Angst hatte, dass er mich abservieren würde, ließ ich mich auf ihn ein. Er war wirklich zärtlich. Es war schön. Aber danach ... danach wollte er nichts mehr von mir wissen. So ist Steve. Sogar heute noch. Man sollte meinen, die Frauen wüssten Bescheid, aber er schafft es trotzdem ständig, mit einer Neuen am Arm aufzutauchen.« Sie seufzte. »Na ja, was stehe ich hier und urteile über diese Frauen, ich bin selbst auf ihn reingefallen. Er hat eben so eine Art, weißt du? Ich bin sehr froh, dass du ihm nicht ähnlich bist. Und sicher auch nie sein wirst. Du bist besser als er, das weiß ich.«

Oliver war eingeschlafen, sie legte ihn zurück ins Bett. »Ich wünschte, es wäre anders gelaufen, mein Schatz. Ganz ehrlich. Zumindest zahlt er Unterhalt.«

Zac setzte sich auf.

»Aber Steve ist einfach nicht zum Vater gemacht und ich hoffe, du kannst mir eines Tages verzeihen, dass ich auf ihn reingefallen bin. Immerhin habe ich dafür dich bekommen und das ist wundervoll.

So, Marsch zurück ins Bett, mein Schatz. Ich hole das Fieberthermometer und mache dir eine leckere Suppe. Aber dieses Mal auch aufessen, ja?«

Zac ließ sich von Moira zurück ins Zimmer bringen. Nachdem er ins Bett gestiegen war, ging sie und er stand erneut auf – wieder drehte sich die Welt um ihn herum – zog sich Socken und Schuhe an und schlich hinaus.

Moira bemerkte nicht, wie er sich hinter ihrem Rücken zur Haustür schleppte, sich seine Jacke vom Kleiderhaken nahm und verschwand.

* * *

Nichts lag besser ins Steves Händen als ein Basketball. Kein Stab, kein Diskus, keine andere Kugel schmiegte sich so an seine Haut. Und kein anderer Gegenstand hatte ihn je mit ähnlicher Freude erfüllt. Nicht einmal die Rundungen eines weiblichen Körpers.

Auf der Bank am Ende des Spielplatzes saßen drei Frauen und schauten ihm zu, wie er dribbelte und Körbe warf. Normalerweise hätte er ihnen längst Gesellschaft geleistet, aber nicht jetzt. Nicht hier. Spielte er Basketball, waren Steve die Frauen egal.

Da die Kinder in der Schule saßen, hatte er den Platz für sich. Hin und wieder brauchte er diese Momente, in denen seine einzige Gesellschaft er selbst war, und die einzigen Laute, die ihn umgaben, ein springender Ball, seine Schritte auf sandigem Steinboden und das Zwitschern der Vögel in den Bäumen. Frieden und Einklang.

»Hey, Arschloch!«

Steve erschrak mitten im Wurf. Der Ball traf den Ring des Korbes, sprang seitlich weg, hüpfte ein paar Mal auf dem Boden und kullerte davon. Steve wandte sich um. Na, wunderbar. Der schon wieder.

»Was hast du hier zu suchen?«, fragte er genervt.

»Du weißt, wer ich bin.«

»Klar, der nervige Junge von neulich.«

»Nein, du Arsch! Du weißt, dass ich dein Sohn bin! Du weißt es und du hast so getan, als wüsstest du es nicht.«

Scheiße. Moira sollte doch die Klappe halten! Wozu zahlte er ihr denn mehr als die nötige Summe an Unterhalt? »Hör zu, Kleiner. Ich bin nicht dein Daddy, okay? Geh nach Hause und lass mich in Ruhe. Du nervst.« Steve wandte sich ab, um seinen Ball zu holen.

»Versager!«

Er hielt inne. »Was?«

»Du bist ein Versager! Ein Feigling! Und ein Arschloch!«

Steve zuckte die Achseln. »Wenn du meinst.« Er ging weiter. Plötzlich bekam er einen Stoß in den Rücken und strauchelte. »Ey!«

Der Junge schnaufte. Er sah aus, als würde er jeden Moment umkippen, außerdem lief ihm die Suppe nur so übers Gesicht.

»Schubs mich noch einmal, und …«, begann Steve.

»Und was? Schlägst du mich dann? So einer bist du?«

Hinter dem Jungen bemerkte Steve, wie die Frauen aufstanden und gingen. Dabei hatte er gehofft, sie würden noch da sein, wenn er genug Körbe geworfen hatte. Hätte ja sein können, dass er nach dem Spiel Lust auf ein wenig Gesellschaft verspürte.

Steve machte einen Satz auf den Jungen zu und baute sich vor ihm auf. Zu seiner Enttäuschung wich der Bengel nicht zurück. Unter anderen Umständen hätte ihn das vielleicht sogar stolz gemacht.

»Jo, Nervensäge, verpiss dich, klar? Jack oder Pak oder wie du noch mal heißt.«

Der Junge schnaufte. »Zac.«

»Oder so. Glaub es oder nicht, Zac, aber du bist mir scheißegal. Genau wie deine Mutter.

Wäre es nach mir gegangen, hätte sie dich abgetrieben, gleich nachdem sie von ihrer Schwangerschaft erfahren hatte. Aber sie wollte nicht. Das macht mich noch lange nicht zum Dad, okay? Ich habe nicht um ein Kind gebeten und ich will nicht, dass du mich weiter nervst. Verschwinde!«

Das tat der Kleine nicht.

Steve seufzte schwer. »Was willst du von mir? Dass wir einen auf heile Familie machen? Dass deine Mutter und ich wie durch ein Wunder wieder zusammenkommen?«

Zac starrte ihn einen Augenblick lang an. Etwas an dem Blick des Jungen gefiel ihm nicht. Gefiel ihm ganz und gar nicht.

»Eigentlich wollte ich nur wissen, wieso du dich damals verpisst hast, aber jetzt bin ich froh darüber. Du bist erbärmlich. Wer würde dich schon haben wollen? Als Vater oder als Mann. Du bist ja nicht mal einer. Du bist ... ein Verlierer.«

Die letzten beiden Wörter sagte er, als wäre ihm eben etwas klar geworden. »Ich brauche dich nicht.«

»Schön! Und ich *will* dich nicht. Haust du endlich ab oder muss ich dir doch eine verpassen?«

Jetzt lächelte der Bengel auch noch.

»Davies!«, erklang eine Männerstimme aus einiger Entfernung. Der Ruf war so laut, dass er ein Echo erzeugte.

»Na wunderbar, was kommt jetzt?«

Steve drehte sich in die Richtung, aus der der Ruf gekommen war. Ein Mann mittleren Alters stapfte auf ihn zu. Er trug einen schwarzen Anzug mit weißem Hemd. Die oberen beiden Knöpfe waren geöffnet und entblößten buschige

Brustbehaarung. Walsh! Der durchgeknallte Kerl von Irene, die in der Suppenküche arbeitete.

»Davies!«, rief er wieder.

»Was will der hier?«, fragte Steve mehr sich selbst.

Zac antwortete: »Kein Plan, aber er sieht verdammt sauer aus.« Er lachte dreckig.

»Schnauze, Kleiner!«

Jeder, der halbwegs bei Verstand war, ging Abel Walsh aus dem Weg. Der Kerl hatte nicht alle Tassen im Schrank. Er war ein religiöser Fanatiker, der jedes Wort in der Bibel für voll nahm. Gerüchten zufolge hielt er jedoch nicht so viel von dem Gebot »Du sollst nicht töten«. Jedermann wusste, dass Walsh nicht selten gewalttätig wurde, was vor allem seine Frau und sein Kind regelmäßig zu spüren bekamen. Er wirkte auf den ersten Blick eher ungefährlich. Weder sportlich noch besonders groß, aber wenn er den Mund aufmachte und losbrüllte oder einen nur schief ansah, suchte man lieber das Weite.

»Mr. Walsh«, sagte Steve in versöhnlichem Ton. »Was kann ich für Sie tun?«

Der Hieb traf ihn mitten ins Gesicht. Steve taumelte und hielt sich die Nase. Warmes Blut floss ihm in die Hände. »Was zum Teufel?«, schrie er.

Aus dem Augenwinkel bemerkte er, dass Zac ganz steif geworden war. Von ihm brauchte er keine Hilfe zu erwarten.

Walsh hatte anscheinend noch nicht genug, denn er hob schon wieder die Faust.

Steve streckte beide Hände abwehrend von sich. »Warten Sie mal! Hey! Hey, stopp!«

»Warten? Ich soll warten, du kleiner Scheißer?« Er schlug Steves Hände zur Seite. »Hast du gewartet, bevor du deine Lügen verbreitet hast? Hast du auch nur einen Moment innegehalten und Gott gefragt, ob es richtig ist, was du tust?«

»Welche Lügen? Ich weiß nicht, was Sie meinen.« Das Blut drohte, ihm in den Mund zu laufen. Er wischte es weg und hielt sich wieder die Nase.

»Du hast vergessen, dass Gott allmächtig ist. Du hast vergessen, dass er alles sieht. Alles weiß. Er hat ihnen von deinen Lügen erzählt und jetzt spricht die ganze Stadt über sie.«

Steve schüttelte nur den Kopf. Er verstand nicht ein Wort.

»Im dritten Buch Mose steht: ›Wenn jemand bei einem Manne liegt wie bei einer Frau, so ist das ein Gräuel und beide sollten des Todes sterben.‹«

»Hä?«

Hielt er ihn für schwul? Das war absurd. Er hielt seine Liebschaften nie vor der Stadt geheim, wie kam der Kerl darauf, dass er …

Dieses Mal traf ihn ein Hieb in den Magen.

Steve sackte zusammen. »Bitte, hören Sie auf. Ich bin nicht schwul, okay? Ich bin nicht schwul!«

»Ich rede nicht von dir, du falscher Apostel. Dieses Zitat gilt auch für die Frau.«

»Moment, hey, hey, aufhören. Ich habe nicht mit Ihrer Frau geschlafen.«

Walsh wollte ihm gegen den Kopf treten, aber Steve gelang es, sich wegzurollen.

Scheiße! Scheiße! Scheiße!

Der Kerl war vollkommen durchgedreht. Er musste unbedingt von hier verschwinden, bevor der Irre ihm noch den Schädel eintrat.

»Du wagst es, meine Frau zu beleidigen? Würde sie mit einem Sünder wie dir ins Bett steigen, würde ich sie lehren, was es heißt, den Ehemann zu ehren!«

Walsh trat zu und traf Steve mit gewaltiger Wucht am Knie. Der Schmerz raste sein Bein hinauf. Steve schrie auf.

»Hol die Cops«, presste er hervor. Dieser verdammte Junge rührte sich noch immer nicht.

Erneut traf ihn ein Tritt, dieses Mal in den Rücken. Er heulte auf, als der Schmerz wellenartig durch seinen Körper fegte. Steve versuchte, von Walsh wegzukriechen, doch der ließ ihn nicht. Immer wieder trat und schlug er auf ihn ein.

Blut floss Steve nun nicht mehr nur aus der Nase, sondern auch aus dem Mund, er konnte es schmecken. »Bitte, hören Sie auf.«

»Du wirst erfahren, was es bedeutet, für deine Lügen bestraft zu werden!«

Ein Schlag traf Steve an der Schläfe und löste einen explosionsartigen Schmerz in seinem Kopf aus. Blitze tanzten vor seinen Augen. In Steves Ohren piepte es, Walshs Gebrüll wurde in den Hintergrund gedrängt, seine Tritte und Schläge spürte er dafür weiterhin mit derselben Intensität. Es war, als stünde sein Körper in Flammen.

Steve kroch weiter, entkam seinem Angreifer jedoch nicht. Die Welt um ihn herum wurde immer dunkler.

»Gott duldet keine Lügen! Nie wieder wirst du erzählen,

meine Tochter hielte sich für einen Jungen. Sie ist nicht krank, du jämmerlicher …«

Die Worte drangen so gedämpft an Steves Ohren, dass er sie kaum verstand. Nur das Wort ›jämmerlich‹ war deutlich herausgestochen. Es war bereits das zweite Mal in kurzer Zeit, dass jemand ihn so nannte.

Auch sein Vater hatte das schon zu ihm gesagt. Vielleicht stimmte es ja, vielleicht war er jämmerlich.

Mühsam öffnete Steve den Mund. »Ich habe das nicht getan«, keuchte er. »Ich war das nicht.«

»Lügner!«

Steve fehlte die Kraft, um weiterzukriechen. Schläge und Tritte hagelten auf ihn ein. Geist und Körper ein einziges Flammenmeer.

»Jemand hat mir das angehängt.« Seine Worte waren kaum mehr als ein Flüstern. Die Welt um ihn herum versank in tiefe Dunkelheit. »Ich habe das nicht ge…«

* * *

Als Abel Walsh wie ein Wahnsinniger auf Steve einprügelte, gelang es Zac endlich, sich aus seiner Starre zu befreien. Er eilte zu ihm und packte den Verrückten am Arm. »Hören Sie auf! Sie bringen ihn um!«

Walsh schüttelte ihn mit solcher Wucht ab, dass er auf dem Boden landete. »Verschwinde, Junge, oder ich erteile dir auch eine Lektion!«

Zac lag da, die Beine ausgestreckt, den Oberkörper auf

die Unterarme gestützt. Zum ersten Mal seit Jahren weinte er. Steves Körper bewegte sich wellenartig, während auf ihn eingeprügelt wurde. Sein Gesicht begann, anzuschwellen, und er blutete überall. Sein weißer Trainingsanzug färbte sich rot.

Zacs Blick blieb an einem von Steves Augen hängen, das zugeschwollen war. Amelias Gesicht blitzte vor ihm auf, ihr Auge zu einer Rosine geschrumpft.

Er setzte sich auf, zog die Knie an und schlang die Arme darum. Alles in ihm schrie, er solle wegrennen. Er solle etwas unternehmen, damit es aufhörte. Doch sein Körper gehorchte nicht.

Es war, als würde ihn eine unsichtbare Macht zwingen, einfach zuzusehen, wie sein Vater totgeprügelt wurde. War das die Strafe für das, was er Amelia angetan hatte?

Zac hörte auf, sich gegen diese Macht zu wehren. Er saß ruhig da und schaute zu. Denn das war es, was er verdiente.

* * *

Ella erwachte in einem fremden Zimmer. Alles war weiß – weiße Wände, eine weiße Decke, weiße Bettwäsche. Ein seltsamer Geruch lag in der Luft – Desinfektionsmittel und noch etwas, das sie nicht zuordnen konnte. Ruckartig setzte sie sich auf. Ihr wurde schwindelig und sie presste stöhnend eine Hand gegen die Stirn. Neben sich hörte sie, wie sich eine Tür öffnete.

»Miss Jenkins, Sie sollen noch nicht aufstehen!«

Diese Stimme war ihr fremd.

Ella ließ die Hände sinken. Eine Frau in Schwesterntracht stand neben ihr. »Wo bin ich?«

»Im Krankenhaus. Ein Nachbar hat Sie bewusstlos aufgefunden und den Notruf verständigt. Erinnern Sie sich daran, was Ihnen zugestoßen ist? Ist Ihnen schwindelig geworden? Sind Sie krank?«

Ella versuchte, sich zu erinnern. »Ja, ich ... ich hatte einen Streit mit meiner Tochter. Ich wollte ihr nachgehen und dann bin ich hingefallen, oder so etwas. Ich habe mich plötzlich unwohl gefühlt, ich glaube, es war eine Panikattacke. Mein Herz, es schlug wie verrückt und das Atmen ist mir schwergefallen. Aber an mehr erinnere ich mich nicht. Oh, mein Kopf.« Er pochte. »Warum ist mir so schlecht?«

»Sie haben sich bei Ihrem Sturz eine Gehirnerschütterung zugezogen, Miss Jenkins. Haben Sie häufiger Panikattacken?«

»In der Regel nachts.«

»Sie leiden also unter Albträumen?«

Ella nickte.

»Wir werden in den nächsten Tagen ein paar Tests durchführen, um ...«

»Tage? Nein, das geht nicht, ich muss zu meiner Tochter.«

»Ihr Nachbar hat Ihre Tochter bereits verständigt, sie wird sicher bald hier sein. Sie müssen sich beruhigen, Miss Jenkins.«

»Meine. Tochter.« Eine neue Panikattacke packte Ella. Sie schnürte ihr die Kehle zu und umklammerte ihr Herz. »Sie. Darf. Nicht ...«, keuchte sie.

»Bitte beruhigen Sie sich.« Die Krankenschwester eilte zur Tür. »Ich hole den Arzt.« Damit verschwand sie im Flur.

Im selben Moment huschte jemand ins Zimmer.

Ella, weiterhin nach Luft ringend, brauchte einen Moment, um die Gestalt zu erkennen, die aus verschwommenen Umrissen langsam ans Bett trat.

»Willi?«, keuchte sie.

»Ich soll dir liebe Grüße ausrichten.«

Ellas Herzrasen nahm zu, sie bekam noch schlechter Luft. Seit wann konnte der Kerl so flüssig reden?

»Olivia hat sich sehr gefreut, dich wiederzusehen.«

Ella wurde schwindelig. »O-Olivia?« Vor ihrem geistigen Auge tauchten Bilder auf, von einem verhängnisvollen Frühlingstag, nach dem sich ihre damalige Highschool-Clique für immer aufgelöst hatte. Ein Tag, den Ella jede Nacht von Neuem durchlebte. »Ich. Habe. Das. Nicht. Gewollt.«

Sie wollte noch mehr sagen. Wollte erzählen, dass es ihr leidtat, was damals passiert war. Von dem Übergriff und dem Video, das danach die Runde gemacht hat. Sie wollte erzählen, dass sie sich schon kurz darauf von Leila und den anderen abgewandt hatte. Dass dieser Tag ihr Leben zerstört hatte und sie seitdem keine Nacht mehr durchschlief. Aber sie bekam kein Wort heraus. Einzuatmen kostete alle Kraft.

»Olivia und Emilie verstehen sich super«, sagte Willi mit tonloser Stimme. Er klang beinahe mechanisch. »Sie weiß nun, was du getan hast.«

Ella schüttelte den Kopf, fasste sich japsend an die Kehle.

»Sie wird dir das nie verzeihen, weißt du? Emilie will dich nie wieder sehen.«

Ella hatte das Gefühl, als bohrten sich unzählige Nadeln in

ihr Herz. Die Schmerzen breiteten sich bis in ihren Arm aus. Sie sank kraftlos aufs Kissen zurück, öffnete immer wieder den Mund, doch es gelang ihr weiterhin nicht, zu sprechen. Mit weit aufgerissenen Augen starrte sie Willi an.

»Olivia wird sich gut um sie kümmern. Oder sollte ich besser sagen, *Scarlett* wird das tun.«

Die Erkenntnis traf Ella wie ein Schlag. Scarlett. Sie hatte bei ihrem Besuch etwas in ihren Augen gesehen, das sie beunruhigt hatte, dann aber keinen weiteren Gedanken daran verschwendet.

Scarlett war Olivia. Olivia, der sie und ihre Freunde damals Unvorstellbares angetan hatten. Und nun hatte diese Frau ihre Tochter dazu gebracht, sie zu hassen. Sie hatte …

Ellas Gedanken entglitten ihr. Die Schmerzen in ihrer Brust wurden unerträglich und das Atmen fiel ihr von Sekunde zu Sekunde schwerer.

Trotzdem behielt sie Willi weiter im Blick. Auch ihm hatten sie Schreckliches angetan. Ella öffnete den Mund, um zu sagen, wie leid ihr alles tat. Doch ehe sie es konnte, wurde sie hinfortgetragen, einen düsteren Tunnel entlang. Willis Gesicht wurde kleiner und kleiner und immer mehr in Dunkelheit getaucht.

Ella wollte die Hand nach ihm ausstrecken, doch auch das gelang ihr nicht. Sie wurde von der Finsternis verzehrt.

Kapitel 12 – Wahrheit und Lüge

»Wie geht es dir mein Schatz?« Jacob legte von hinten die Arme um Scarlett. Durch den Ganzkörperspiegel hindurch sahen sie sich an.

Scarlett strich eine letzte Falte aus ihrem schwarzen Kleid. »Denkst du, der Taillengürtel ist zu knallig?«

»Ich denke«, er gab ihr einen Kuss auf die Wange, »dass Schwarz eine zu deprimierende Farbe ist. Und auch wenn wir heute drei Tote betrauern, beten wir dafür, dass zwei weitere Menschen sich schnell erholen.«

Scarletts Mundwinkel zuckten. Sie leckte sich über die Lippen, um es zu kaschieren.

Jacob verzog angestrengt das Gesicht. »Da glaubt man, in Kleinstädten passiert nichts und dann plötzlich so was.« Als hätte er gar nicht bemerkt, dass er diesen Gedanken soeben laut ausgesprochen hatte, kehrte er zum vorherigen Thema zurück: »Dein Gürtel hat die Farbe von Feuer, er erinnert an die Laternen, die wir gleich alle vor uns hertragen werden. Kleine Flammen der Hoffnung. Lass ihn auf jeden Fall an.«

»Das hast du schön gesagt.«

»Die anderen werden das auch erkennen. Schließlich hast du den Preis als Nachbarin des Jahres sicher.«

»Och, hör auf, sonst wird mein Gesicht noch genauso rot wie der Gürtel.« Scarlett drehte sich zu Jacob um und gab ihm einen Kuss auf die Nasenspitze.

»Du siehst umwerfend aus«, flüsterte er. »Du strahlst richtig. Es war eine tolle Idee, diese Gedenkfeier in die Wege zu leiten. Du hast der Stadt damit etwas sehr Gutes getan.«

»Es erschien mir wichtig.« Beinahe hätte sie laut gelacht. Jacob bemerkte davon anscheinend nichts.

»Sogar die Kinder werden dich bejubeln, denn deinetwegen dürfen sie lange aufbleiben.« Er umarmte sie fester. »Wäre es November statt Mai, sähe die Sache anders aus.« Sein Blick wurde weich. »Mir war vor unserem Umzug hierher gar nicht bewusst, wie wohltätig du bist. Die Suppenküche, die Nachhilfe, das hier. Ich habe immer gedacht, es wäre unmöglich, mich noch mehr in dich zu verlieben, aber hier steh ich nun und liebe dich mehr als je zuvor.«

Scarlett verpasste Jacob einen sanften Schlag gegen den Oberarm. »Jetzt hör schon auf. Eine gute Tat hier und da ist ganz witzig. Immer nur böse sein, ist auf Dauer eintönig. Man muss sich selbst überraschen. Nur so wird man auch von anderen überrascht.«

Jacob schnaufte amüsiert. »Du sagst manchmal so seltsame Dinge. Im ersten Moment weiß ich nie, ob du es ernst meinst. Das machst du, um mich zu ärgern, richtig?«

»Richtig. Du hast es erfasst, mein Schatz. Was für ein Fuchs du doch bist.« Scarlett löste sich aus seiner Umarmung und spazierte zur Tür. »Na los, gehen wir. Ergötzen wir uns am Leid der anderen!« Sie wandte sich zu Jacob um und sein Blick brachte sie zum Kichern. »Chop-chop! Wir werden an der Spitze des Trauerzugs erwartet.«

Jacob lachte auf. »Verrücktes Weib.«

Hand in Hand verließen sie das Haus.

Draußen wartete schon Penny, die ihnen ihre Laternen reichte. »Eine ganz wunderbare Idee war das, Scarlett.«

»Danke, Penny.«

Immer mehr Menschen versammelten sich, die Schlange wuchs. Aus der Luft musste es aussehen, als stünde sie in Flammen, denn jeder hielt einen Stab in der Hand, an dessen Ende eine schwarze Laterne hing. Darin brannten Kerzen.

Während Scarlett und Jacob langsam zur Spitze der Schlange schritten, erhielten sie wohlwollende Blicke. Scarlett nickte den Leuten zu, ohne auf die einzelnen Gesichter zu achten. Alles lief ganz hervorragend. Schon fast *zu* hervorragend.

Die Nachbarn hielten sie für eine Heilige, während sie im Hintergrund Fäden zog, die Leid und Tod verursachten. Scarlett sah die Angst und Unsicherheit in den Augen dieser Menschen. Sie verstanden nicht, was in ihrer vermeintlich friedlichen Gemeinde vor sich ging. Eine Gemeinde, in der bis vor Kurzem nicht einmal die Haustüren abgeschlossen wurden – das hatte sich mittlerweile geändert.

Diese Leute kannten einander, gleichzeitig waren sie sich fremd, misstrauten sich, tuschelten hinter den Rücken ihrer Nachbarn. Wen wird es als Nächstes erwischen? Wer ist es, der diese schlimmen Taten verübt? Wie konnte es sein, dass ein Gemeindemitglied ein anderes auf offener Straße halb tot prügelte? Wer mischte Lauge in die Gesichtscreme? Könnte mir das auch passieren?

Scarlett glaubte, die Paranoia regelrecht riechen zu können. Ein würziger Geruch, der sich unter dem Duft des Regens verbarg.

Sie genoss die Aufmerksamkeit, die ihr zuteilwurde. Genoss ihr Ansehen und die Zuneigung, die ihr entgegengebracht wurden. So etwas war ihr bislang fremd gewesen, nun übte es eine berauschende Wirkung auf sie aus.

Scarlett hatte das Gefühl, alles schaffen, alles umsetzen zu können. Nicht nur ihren Racheplan, der schon bald abgeschlossen sein würde, nein, sie besaß die Macht, ganz St. Pit ins Chaos zu stürzen. Jeden einzelnen Bürger für das leiden zu lassen, was ihr angetan worden war. Nicht jeder der Anwesenden war daran beteiligt gewesen, das war ihr klar, doch waren sie deswegen unschuldig?

Nein. Kein Mensch war unschuldig.

Scarlett entdeckte Willi, der in geduckter Haltung und ohne Kerze dastand. Ein Mann und sein junger Sohn redeten auf ihn ein. Der Junge hielt zwei Laternen in der Hand. Sie konnte ihre Worte nicht verstehen, aber Gestik und Mimik verrieten, dass es keine Nettigkeiten waren, die sie Willi ins Gesicht spuckten.

Unschuld war ein Trugbild. In jedem Menschen, gleich wie freundlich und hilfsbereit er sich gab, lauerte eine dunkle Seite. In jedem keimte etwas Verdorbenes. St. Pit machte da keine Ausnahme.

»Eine tolle Idee«, hörte sie David MacGill sagen, der aus dem Nichts aufgetaucht zu sein schien.

»Vielen Dank«, sagte Scarlett.

MacGill legte kurz eine Hand auf ihre Schulterblätter. Als er sie sinken ließ, streifte er leicht ihren Hintern.

Scarlett neigte sich zu ihm. »Würde es Ihnen etwas ausmachen, David – ich darf Sie doch David nennen? – dem Jungen dort drüben die Laterne abzunehmen, die er dem armen Willi entwendet hat?«

MacGill wandte den Kopf in die Richtung, in die Scarlett zeigte. Er zögerte.

»Seien Sie so lieb, ja, David?«

»Finden Sie wirklich, Gibbs sollte hier heute mitlaufen?«

»Das tue ich«, antwortete sie mit sanfter Stimme und fuhr MacGill unauffällig über den Oberschenkel.

Der holte Luft und leckte sich die Lippen. Dann tippte er sich an den Hut. »Sehr wohl, Ma'am.«

Ehe er zu Willi rüberging, schenkte er Scarlett noch ein schmieriges Lächeln. Sie konnte es kaum erwarten, es ihm aus dem Gesicht zu wischen.

»Ich mag nicht, wie der Kerl dich ansieht«, flüsterte Jacob ihr ins Ohr.

Scarlett drückte seine Hand. »Ignorier ihn. Nur Flittchen stehen auf Knarren. Ich habe eine Schwäche für Männer, die mit Spielzeug spielen.«

MacGill gab Willi seine Laterne zurück. Der strahlte nun wie ein Kind am Weihnachtsabend. In Scarlett breitete sich eine angenehme Wärme aus, die sie sogleich vertrieb, indem sie sich ihren Plan in Erinnerung rief. *Du kommst auch noch dran, Willilein.*

Jacob und sie erreichten das vordere Ende der Schlange und führten sie bei ihrem Marsch durch die Stadt an.

* * *

Der Trauerzug löste sich nach nicht ganz eineinhalb Stunden langsam auf. Die Kirchturmuhr schlug Mitternacht.

Immer wieder kamen Leute zu Scarlett und Jacob und schüttelten ihre Hände. Es war nervtötend. Scarlett gelang es dennoch, ihr Lächeln aufrecht zu erhalten, bis sie ihre Eltern erblickte, die sich langsam näherten. Strahlend schob Joann Robert – der beide Laternen hielt – in seinem Rollstuhl auf sie zu.

»Scarlett und Jacob«, sagte sie feierlich. »Was für ein schöner Trauerzug.«

»Ja, es war sehr andächtig, nicht wahr?«, sagte Jacob. »Sca hat da was Tolles auf die Beine gestellt.«

»Ohne jeden Zweifel.«

Plötzlich wandte sich Joann Scarlett zu und trat vor. Scarlett zuckte kaum merklich zusammen, als ihre Mutter ihre Hand in ihren Arm legte. Am liebsten hätte Scarlett ihn ihr sofort wieder entzogen, doch sie zwang sich erneut zu einem Lächeln.

»Das war wirklich wunderschön«, sagte Joann sanft.

Scarlett antwortete nicht. Sie brauchte alle Konzentration, um ihr Lächeln aufrecht zu erhalten.

»Sie sind ein ganz wunderbarer Mensch. Obwohl Sie gerade erst eingezogen sind, sorgen Sie für Zusammenhalt in der Nachbarschaft. Das ist wirklich toll.« An Jacob gerichtet, sagte sie: »Sie können stolz auf Ihre Frau sein.«

»Das bin ich, Joann.«

Vor lauter Grinsen kam Scarlett sich langsam dämlich vor.

Joann betrachtete sie eine Weile. Mit jeder Sekunde wurde es schwerer, den Schein zu waren.

»Geht es Ihnen nicht gut, meine Liebe? Sie sehen ein bisschen gequält aus.«

»Nun lass die arme Frau in Ruhe«, sagte Robert. »Ist doch kein Wunder, dass sie müde ist und eigentlich nur noch nach Hause will. So was hier organisiert sich schließlich nicht von alleine.«

»Du hast recht, entschuldigen Sie.« Endlich ließ Joann Scarletts Arm los.

Sie spürte noch immer die Wärme der Haut. Das widerte sie an, als hätte sie in einen Eimer frisch ausgenommener Gedärme gegriffen.

»Wir müssen gehen«, sagte sie und packte Jacob am Arm.

Der stieß ein leises »Au!« aus, ließ sich jedoch mitziehen.

»Es war uns eine Freude!«, rief Robert ihnen hinterher.

Scarlett hob die Hand, ohne sich umzudrehen, Jacob wandte den Kopf und antwortete: »Uns auch!«, dann fügte er leise hinzu: »Glaub ich jedenfalls. Was ist denn mit dir los? Warum rennst du so?«

»Wie Mrs. Lewis gesagt hat …«

»Joann.«

Scarlett ignorierte den Einwurf. »Ich bin müde.«

* * *

Zu Hause entging Scarlett nicht, wie Jacob sie immer wieder aus den Augenwinkeln heraus betrachtete. Sie schüttelten gerade ihre Betten auf.

»Was ist?«, fragte sie.

»Nichts! Nur ... deine Reaktion war seltsam. Ist irgendwas mit den beiden vorgefallen? Es war ja fast, als hättest du es nicht ausgehalten, sie überhaupt anzusehen, geschweige denn in ihrer Nähe zu sein.«

»Die beiden erinnern mich nur an zwei, die ich früher mal gekannt habe.«

»An wen?«

»Meine Eltern.«

»Oh. Das tut mir leid. Ich weiß, du sprichst nicht gerne über sie.«

»Weil sie Sadisten waren und ich froh bin, sie los zu sein.«

Jacob krabbelte über das Bett und legte beide Hände auf ihre Schultern. »Mein Gott, Schatz, ich wusste ja gar nicht ... Haben sie dich geschlagen?«

»So was in der Art. Ihr Sadismus zeigte sich eher auf psychischer Ebene. Sie haben mich ... weißt du was, ich will nicht darüber reden.«

»Aber wenn du es mal willst, dann weißt du, wo ich bin, ja? Du musst das nicht mit dir alleine herumtragen.«

Scarlett strich Jacob liebevoll über die Wange, dann schüttelte sie seine Hände ab. »Ich werde noch ein wenig an meinem Roman arbeiten.«

»Was, jetzt? Es ist mitten in der Nacht. Ich dachte, du bist müde?«

»Und? Autoren haben niemals wirklich Feierabend und ich habe meine Arbeit in den letzten Tagen schleifen lassen.« Sie lächelte. »Ich sprudele über vor Ideen.«

»Das ist toll, Schatz!« Er legte sich unter die Decke. »Hab viel Spaß. Ich kann es kaum erwarten, den Roman zu lesen.«

Scarlett ging zur Tür, legte eine Hand an den Lichtschalter und wandte sich strahlend zu Jacob um. »Du wirst das Gefühl haben, mittendrin zu stecken.« Dann schaltete sie das Licht aus.

* * *

Scarlett saß mit dem Rücken an die Wand gelehnt auf dem Boden. Vor ihren angezogenen Knien schwenkte sie die Laterne wie ein Pendel. Die Flamme der Kerze folgte den Bewegungen entgegengesetzt, ohne zu erlöschen. Im Raum nebenan schnarchte Willi.

»Kannst du das Ding auch mal ruhig halten?«, fragte Leila. »Ist ja wie auf 'nem Schiff hier.«

»Oh, tut mir leid. Nervt dich das?«

»Dezent.«

»Freut mich, zu hören, meine Teure.«

Leila krabbelte in die Mitte ihrer Zelle und begann, Liegestütze zu machen. Sie bewegte sich so mühelos, dass es Scarlett schwerfiel, den Blick abzuwenden. Durch das flackernde Licht der Kerze hatte diese Bewegung etwas abgehackt Unmenschliches an sich.

»Was hast du hier eigentlich um diese Zeit zu suchen? Müsstest du nicht in deinem weichen Bettchen liegen? In den starken Armen deines einfältigen Ehemannes?«

»Ew! Leila. Neid zerstört deinen wunderbar leichenblassen Teint. Ich bin hier, um zu feiern.«

Leila hielt inne, dann setzte sie sich in den Schneidersitz. »Und was?« Ihr Atem war nur minimal schneller.

»Meinen Triumph natürlich. Hast du Sekt da?« Scarlett kicherte. »Entschuldige, wie dumm von mir. Wir können auch mit Regenwasser anstoßen. Oder Suppe.« Sie legte die Laterne auf dem Boden ab. Als sie wieder zu Leila sah, war diese näher an die Gitterstäbe gerückt, ohne ihre Sitzhaltung zu verändern.

»Erzähl mir von deinem Triumph, hast du jemanden aus meiner alten Clique kalt gemacht?«, fragte sie.

»Wo denkst du hin? Ich bin doch keine Mörderin. Ich habe Leute, die das für mich erledigen.«

»Etwa Willi?«

Scarlett ging nicht auf die Frage ein. »Mein Plan läuft wie geschmiert. Ein Skandal hier, ein Skandal da. Dein armer Vater hat sein Ansehen verloren, deine Mutter ein Büschel Haare. Sieht unschön aus. So eine kleine, runde Stelle. Ganz kahl und rosa.«

»Soll mich das schockieren, Olive? Glaubst du etwa, meine Eltern würden mich noch interessieren, nachdem sie nicht einmal versucht haben, mich zu finden?«

»Nicht wirklich, nein. Selbst wenn sie es versucht hätten, wären sie dir sicher schnurzpiep. Dir war schon immer nur eine Person wichtig. Wer war das noch gleich? Ach ja. Du selbst.«

Leila schnaufte amüsiert.

»Die gute Amelia hat nun ein völlig neues Gesicht. Es ist ganz rot und schrumpelig, steht ihr gut. Eines ihrer Augen hat es leider nicht geschafft, wie ich gehört habe.«

»Säure?«

»Lauge in ihrer Gesichtscreme.«

»Nicht schlecht. Wer hat es ihr untergemischt?«

»Steves Sohn. Ein kleiner Mobber, wie du einer warst. Der hat übrigens gerade erst gesehen, wie sein Daddy zum Punchingball geworden ist. Es heißt, der arme Steve wird den Rest seines Lebens im Rollstuhl verbringen müssen. Welch ein Jammer.«

»Wer hat ihn verprügelt? Ella?«

Beide lachten.

»Ella hätte ihn plattgewalzt. Nein, sie kleinzukriegen war zu einfach. Da fehlte der Spaß. Ich hatte geglaubt, das würde lustiger werden.«

»Ella war schon immer schwach. Sie hat nur noch rumgeheult, nachdem wir dir unseren kleinen Streich gespielt hatten. Amelia und Steve haben wenigstens nicht gejammert. Schwach waren sie alle, aber Ella war ein Wrack.«

Scarlett schnalzte. »Ich hatte ganz vergessen, was für liebe Sachen du immer sagst.«

»Jetzt spann mich nicht auf die Folter, was ist mit ihr?«

»Wusstest du, dass Ella eine Tochter hat? Ihr Ein und Alles. Es gibt nichts Schlimmeres, als dass sich die Tochter gegen die Mutter stellt. Hat sie mir selbst erzählt.«

»Ihr Sprössling hat sie umgebracht?«

»Indirekt. Sie hat ihr das Herz gebrochen. Anschließend hat Willi ihr im Krankenhaus einen kleinen Schrecken eingejagt und ihre Pumpe hat aufgehört zu pumpen.« Scarlett zog einen Schmollmund. »Es ärgert mich etwas, dass ich nicht zusehen konnte. Dabei hatte ich so gehofft, dass der Schrecken sie dazu verleitet, aus dem Krankenhaus zu fliehen und mich zu suchen. Ich hatte mir ein paar schöne Überraschungen für sie überlegt.«

»Also läuft doch nicht alles wie geschmiert?«

Scarlett zuckte die Achseln. »Leichte Abweichungen. Das macht nichts.«

»Damit fehlen nur noch ich, deine Eltern und Willi, richtig?«

Willi schnarchte weiterhin lautstark nebenan.

Scarlett strahlte. »Das Beste kommt zum Schluss.«

»Und MacGill?«

»Was soll mit ihm sein? Ich lasse ihn ein bisschen schnuppern, bringe ihn auf Touren und wenn er es gar nicht mehr aushält, folgt die Abfuhr. Solange er nützlich für mich ist, darf er ruhig ein wenig geifern.«

»Hm. Ich dachte eigentlich, du würdest ihn in deinen

tollen Plan mit einkalkulieren. Nach der Sache mit der Vertuschung.«

Scarlett verengte die Augen zu Schlitzen. »Du weißt davon?«

»Hallo? Du weißt, wer mein Dad ist, oder? Er und MacGill haben dauernd Sachen vertuscht. Dass du Willi von der Klippe gestoßen hast, war nur eine davon. Du solltest dankbar sein. Ohne den Deal mit deinen Eltern wärst du im Gefängnis gelandet.«

»Oh, ich bin dankbar. Und ich werde mich auf meine ganz persönliche Art erkenntlich zeigen.

Nein, mal ehrlich, dass sie die Sache vertuscht haben, dafür bin ich wirklich dankbar. Andernfalls hätte ich jetzt nicht so viel Spaß. An MacGill will ich mich nicht rächen. Er ist nur Mittel zum Zweck.

Ist ja nicht so, als wäre er ein Heiliger. David MacGill ist ein Pädophiler und Blondinenjäger. Meine Eltern aber haben mich als notorische Lügnerin abgestempelt und in eine Klapse abgeschoben. Das hat ein klitzekleines bisschen mehr Gewicht.« Scarlett hielt Daumen und Zeigefinger einen Zentimeter weit auseinander. »Für mich zumindest. Ist schließlich was Persönliches. Und wir alle wissen, was mit einer Waage passiert, deren Gleichgewicht gestört ist. Eine der beiden Waagschalen saust nach unten und zerquetscht die armen Leute, die drunter stehen.«

»Manchmal weht der Wind Steine und Staub in die Waagschale, sodass es Unschuldige erwischt.«

»Ach, na ja, meine Liebe. Haben wir nicht alle verdient,

von einer monströsen Waagschale zerquetscht zu werden? Wo wir gerade von zerquetschen sprechen. Wie hättest du deinen Tod gerne? Da wir doch so gute Freundinnen sind, darfst du mitentscheiden. Wie wäre es damit, dich langsam selbst zu verspeisen? Ich könnte Willi erklären, dass du dir nun dein eigenes Gericht zaubern kannst.«

Leila betrachtete sie wie ein Raubtier seine Beute. »Du kennst nicht den ganzen Deal, oder?«

Scarlett verdrehte die Augen. »Ein plötzlicher Themenwechsel, wie unhöflich. Na gut, ich spiel mit. Von welchem Deal sprichst du? Geht es wieder um die Vertuschung?«

»Was genau weißt du darüber?«

»Was weißt *du* darüber?«

Leila schwieg.

Entnervt zählte Scarlett auf. »Nach eurem – wie du es nennst – Streich habe ich Willi auf den Klippen zur Rede gestellt. Er stellte sich dumm. Ich habe ihn geschubst – Ups! Er stieß sich den Kopf – autsch. Ich rief meine Mum an, das große Heulen ging los – buhu. Sie sagte, sie kümmere sich drum. MacGill kam. Weil der schon immer stalkermäßig fixiert auf sie war – igitt! –, willigte er ein, die Sache nicht öffentlich zu machen. Wir sprachen uns ab. Willi überlebte, wenn auch nicht ganz unbeschadet. Die Sache ist bis heute nicht ans Licht gekommen. Ende der Geschichte.«

Leila brach in hysterisches Gelächter aus.

Scarlett tat, als irritierte sie diese Reaktion nicht, und spielte wieder mit ihrer Laterne herum. Die Kerze würde schon bald erlöschen. Es war an der Zeit, aufzubrechen.

Die Vorstellung, die Nacht hier im Dunkeln mit Leila zu verbringen beunruhigte Scarlett mehr, als sie zugeben wollte. Gitterstäbe hin oder her.

Endlich beruhigte Leila sich. »Du glaubst, das war alles? Sympathie?«

»Ich würde es eher Geilheit nennen, aber wenn das für dich dasselbe ist, warum nicht?«

»Ja, MacGill steht auf Blondinen und es ist nicht verwunderlich, dass er deiner Mutter nachgestiegen ist, obwohl sie schon damals abgewrackt ausgesehen hat. Glaub mir, mich hat er auch angestarrt. MacGill mag eben nicht nur Kinder und Teenies, Olive. Es sind Blondinen im Allgemeinen, die ihn auf Touren bringen.«

»Worauf willst du hinaus?«

»Wieso fragst du ihn das nicht selbst? Oder deine Eltern?«

»Wie wäre es, wenn du es mir einfach erzählst?«

Erneut lachte Leila auf. »Und mir den Spaß nehmen, dich so zu sehen? Ist seltsam, mal nicht die Kontrolle zu haben, was? Es gibt tatsächlich etwas, das du nicht weißt. Da hast du dir diesen tollen Plan ausgedacht und dann das.« Sie schnalzte dreimal abfällig mit der Zunge.

Scarlett erhob sich. »Spiel keine Spielchen mit mir, Leila.«

»Hey, ich helfe dir nur, die Wahrheit aufzudecken, okay? Wie soll dein toller Racheplan sonst perfekt werden? Du findest sicher einen Weg. Und nebenbei kannst du gleich das Video klauen, das wir damals von dir gemacht haben.«

Scarlett hätte beinahe die Laterne umgetreten. »Es existiert noch?«

»Hach, ich erinnere mich noch gut daran, wie ich den Projektor aus dem Klassenzimmer geklaut und mein Werk an die Wand der Schule projiziert habe. Steve hat mir damals sogar geholfen, es von der Kamera auf Dias zu bekommen. Mein Meisterwerk. Die Zeit danach hat mir sogar ein bisschen mehr gefallen. Du hast so verloren ausgesehen. All die vielen Tränen. Ich hatte schon fast damit gerechnet, du bringst dich um.«

Scarlett trat ganz nah an die Gitterstäbe und umklammerte sie. Leila hätte leichtes Spiel, sie zu packen und ihren Kopf gegen das Eisen zu schlagen. Doch sie tat es nicht, sie blieb ungerührt mit untergeschlagenen Beinen auf dem Boden sitzen und schaute lächelnd zu Scarlett auf.

Es machte sie rasend.

»Olivia, Olivia, ich dachte, du kennst den alten MacGill. Wusstest du nicht, dass der immer alles hortet? Ich bin mir sicher, er hat das Video eingesackt. Vermutlich schaut er es sich täglich an, um sich aufzugeilen, meinst du nicht?« Leila schnaufte amüsiert. »Dieser Zorn. Er steht dir, Olive. Ich glaube, es ist das erste Mal, dass ich ihn sehe.«

Scarlett zwang sich, wieder ruhiger zu werden. Sie ließ von den Stäben ab und trat zurück. »Danke für diese Information«, sagte sie förmlich. »Jetzt gibt es eine Möglichkeit, meinen Eltern das Video vorzuspielen, bevor sie elendig verrecken, und so zu beweisen, dass ich nicht gelogen habe. Das wird ihren Tod noch viel lustiger machen.«

»Immer gern, alte Freundin. Vergiss nicht, es dir ebenfalls anzusehen. Gute alte Zeit.«

Scarlett vergrub die Hände in ihren Manteltaschen und ballte sie zu Fäusten. »Überleg dir, wie du sterben willst, andernfalls fangen wir morgen mit deinen Zehen an. Süße Träume.« Sie wandte sich ab und ging.

Kapitel 13 – Sünden der Vergangenheit

In der Nacht hatte Scarlett keinen Schlaf gefunden. Immer wieder sah sie Leila vor sich, ein Tiger im Käfig. Wie hatte sie sich nur so provozieren lassen können?

Leila saß seit zwölf Jahren in diesem Bunker fest, was, wenn sie log? Wenn sie gar nichts von dem Deal wusste? Und sich beim Video irrte?

Nun, Scarlett hatte ohnehin vorgehabt, MacGill einen Besuch abzustatten, um die nächste Phase ihres Plans einzuleiten. Es konnte nicht schaden, bei der Gelegenheit das Video zu suchen.

»Morgen, Schatz.« Jacob gähnte und streckte sich neben ihr. »Gut geschlafen?«

»Wie ein Baby.« Sie schlug die Bettdecke zurück und erhob sich. »Sag mal, kannst du mir einen Gefallen tun, bevor du heute zum Spielzeugkaufen aufbrichst?«

Jacob stützte sich auf seinen Unterarm. »Na klar!«

»Ich habe nachgedacht und es war unhöflich, wie ich das Ehepaar Lewis gestern behandelt habe. Deswegen möchte ich sie zum Kaffee einladen. Vielleicht am Samstag? Könntest du ihnen die Einladung in den Briefkasten werfen?«

»Das mache ich gerne! Die beiden waren wirklich nett.«

»Ich werde die Einladung direkt schreiben.« *Und packe sie in einen Umschlag, damit du Idiot nicht siehst, was tatsächlich drinsteht – ha!*

»Wieso wirfst du sie nicht selbst ein, oder wir klingeln und fragen, ob sie vorbeikommen möchten?«

Scarlett tat, als hätte sie das nicht verstanden. »Hm?« Sie kratzte sich am Hinterkopf. »Entschuldige, ich bin noch nicht ganz wach. Ich möchte heute mein Kapitel beenden und das Haus nur für die kurze Schicht in der Suppenküche verlassen. Du kennst mich ja, wenn ich schreibe. Sicher bin ich spät dran und würde die Einladung vergessen.«

»Verstehe. Keine Sorge, ich kümmere mich drum. Ich könnte auch klingeln und persönlich fragen, wenn du magst.«

»Nein, eine Einladung ist ... äh, edler.« So ein Schwachsinn! Sie musste unbedingt ihren Verstand ans Laufen bringen, bevor sie MacGill besuchte.

Jacob war glücklicherweise einfältig genug, um ihre Ausrede zu schlucken. Er gähnte wieder und wiederholte: »Ganz, wie du magst.« Jetzt schlug auch er die Bettdecke zurück und erhob sich. Er zog die Pyjamahose hoch, legte die Hände in den nackten Rücken und streckte ihn durch. »Uff, das hat geknackt. Hast du das mitgekriegt?«

»Das hat man sogar in Deutschland mitgekriegt.« Sie hatte nichts gehört.

»Denkst du dran, dass ich heute länger weg bin, weil ich noch bei Dad vorbeischaue? Er will mir irgendeine neue technische Errungenschaft zeigen. In der Robotik glaube ich.«

»Ich weiß. Lass dir ruhig Zeit. Ich bin hier, schreibe und warte auf dich.«

* * *

David MacGill wohnte ein wenig abgeschieden vom Rest der Stadt. Er besaß eine Schweinefarm, die ihm sein Onkel vererbt hatte.

Scarlett musste eine ganze Weile durch Regen und Matsch laufen, um seinen Hof zu erreichen. Als er schließlich in Sicht kam, waren ihre Hosenbeine bis zu den Schienbeinen in Dreck getaucht und in ihren Schuhen stand das Wasser. Sie hoffte sehr, der Besuch würde sich lohnen, andernfalls würde sie doch noch selbst einen Mord begehen. In der Stimmung dafür war sie zumindest schon.

Zum ersten Mal seit Jahren nervte der Regen sie. Das Hämmern auf dem Schirm, das Prasseln auf dem Boden, wo sich Pfützen wie Tretminen aneinanderreihten. Der Rückenwind nervte sie, der den Regen ihre Hosenbeine durchweichen ließ und dafür sorgte, dass Regentropfen vom Rand ihres Mantels in ihre Schuhe liefen. Der ganze Tag nervte sie. Und dass sie genervt war, nervte sie nur noch mehr. Vor allem, weil klar war, wer ihre Laune verursacht hatte.

Leila, dieses Miststück. Scarlett würde sich etwas ganz Besonderes für sie überlegen. Einen langsamen, qualvollen Tod. Die Idee, sie sich selbst verspeisen zu lassen, war eigentlich gar nicht so übel.

Scarlett lächelte. Der Wind drehte sich und eine Böe riss

ihr beinahe den Schirm aus der Hand, sodass der Regen ihr für einige Sekunden ins Gesicht schlug. Sie knurrte wütend auf und umfasste den Schirm nun mit beiden Händen.

In der Ferne grunzten Schweine.

Schweine. Was für wunderbare Geschöpfe. Sie fraßen praktisch alles. Dieser Gedanke hob Scarletts Laune, sie beschleunigte ihre Schritte.

Um zum Haus zu gelangen, musste man eine lange Einfahrt entlanggehen. Rechts von ihr begann ein Zaun, hinter dem die Schweine sich im Matsch suhlten, aus dem Trog fraßen und schnuppernd umher tapsten. Ein friedlicher Anblick trotz des Sauwetters.

MacGill mochte ein geiler Bock sein, der seine Hände nicht bei sich behalten konnte und sich lieber ewig in einer winzigen Küstenstadt den Bauch kraulte, statt in die Fußstapfen seines Vaters zu treten, der ein angesehener Inspektor irgendwo in Schottland war, aber seinen Schweinen ging es offensichtlich gut.

Eine Sau schaute neugierig auf. Scarlett zuckte die Achseln und sagte zu ihr: »Selbst der größte Unsympath birgt etwas Liebenswertes in sich. Es ist eben nicht alles schwarz oder weiß.«

Die Sau grunzte, als würde sie zustimmen, dann steckte sie den Rüssel wieder in den Schlamm.

»Ich bin die Ausnahme, die die Regel bestätigt. In mir gibt es nur Schwarz.« Sie kicherte.

MacGills Cottage war ein wenig heruntergekommen, mit marodem Dach und Kletterpflanzen an den Außenwänden.

Es ging in dem großen Stück Land regelrecht unter, sogar der Stall, in dem die Schweine gehalten wurden, wenn sie nicht draußen waren, stach mehr ins Auge. Nun, es passte zu MacGill. Auch er hielt sich lieber bedeckt und beobachtete im Stillen.

Die Tür stand offen. Scarlett lugte ins Innere des Hauses – hier herrschte ein penetranter Geruch nach Aftershave und aufgewärmtem Essen. Sie musterte einen winzigen Zwischenraum, in dem MacGill seine Jacken und Schuhe aufbewahrte. Rechts gab es eine Tür, die vermutlich zum Badezimmer oder Gäste-WC führte – sofern diese Bude überhaupt ein Gäste-WC besaß. Eine breitere, nur angelehnte Tür folgte. Licht flutete durch den schmalen Schlitz. Scarlett trat zurück und betätigte die Klingel. Ein schriller Ton, der an einen Wecker erinnerte, schallte durchs Haus. Es dauerte nicht lange, bis Schritte zu hören waren.

MacGill trat durch die Tür. Seiner Überraschung folgte ein breites Grinsen. »Scarlett! Was verschafft mir die Ehre?«

»Mir ist aufgefallen, dass ich mich noch gar nicht bei Ihnen für Ihre Hilfe bei unserem Einzug bedankt habe. Und dafür, dass Sie während des Trauermarschs für Ordnung gesorgt haben. Ohne Ihre Hilfe – auch bei der Organisation – wäre es ein Desaster geworden. Ich bin wirklich froh.« Scarlett kicherte und strich sich eine Strähne ihres Haars hinter das Ohr.

MacGill beobachtete diese Bewegung wie ein Greifvogel seine Maus. »Ich habe im Grunde gar nichts gemacht. Das war ganz allein Ihr Verdienst.«

»Seien Sie nicht so bescheiden, David. Sie waren mein Retter in der Not. Daher bin ich heute losmarschiert, um mein Versäumnis nachzuholen.« Nach einer kurzen Pause fügte sie hinzu. »Mein Mann ist gerade nicht zu Hause.«

MacGill konnte seine Freude kaum verbergen. »Tatsächlich? Jetzt kommen Sie schon rein, Sie sind ja ganz durchnässt.«

Er trat zur Seite und Scarlett ein.

Noch ehe sie die zweite Tür ins Wohnzimmer durchschritten hatte, spürte sie, wie sich seine Hände auf ihre Hüften legten. Im Türrahmen drehte sie sich flink zu MacGill um, wodurch sie ihn abschüttelte, und lächelte ihn schüchtern an.

»Entschuldigung«, sagte er.

»Aber nicht doch.«

Er streckte wieder die Hand nach ihr aus. Scarlett schlug sie unsanft weg. Erschrocken hielt er sich die Finger, woraufhin sie erneut kicherte.

»Hören Sie, David …«

MacGill machte einen Satz und drückte sie gegen den Türrahmen. Mit den Fingern fuhr er die Knöpfe ihres Mantels ab und wieder auf, er atmete zitternd. »Du machst mich ganz wild.«

Scarlett – das Gesicht von ihm abgewandt – erwiderte: »Oh, äh, das geht mir genauso, David. Wir …«

»Seit ich dich das erste Mal gesehen habe, will ich dich. Du machst mich wahnsinnig.« Er versuchte, sie zu küssen, erwischte aber nur einen Teil ihrer Wange und ihres Augenlids. »Oh, Scarlett. Ich will dich.«

Sie überlegte, ihm einfach einen Tritt in seine empfindlichste Zone zu verpassen, unterdrückte den Impuls jedoch. Stattdessen presste sie sich fester an ihn, sodass sie seine Erektion spüren konnte.

»David«, keuchte sie, »ich will dich auch.« Sie fuhr sanft mit den Fingern über den Stoff seines Hemdes, dann schob sie ihn von sich. »Aber es geht nicht.«

Enttäuschung huschte über MacGills Gesicht, ehe er erneut näher trat und die Hände nach ihr ausstreckte. Scarlett verpasste ihm einen Schlag in den Bauch, gefolgt von einer Ohrfeige.

»Au! Verflucht!« Er hielt sich die schmerzenden Stellen.

Jetzt trat sie vor und legte sanft eine Hand auf seine andere Wange. »Alles okay?«

»Mein Gott, Weib, du hast einen ganz schönen Schlag drauf.«

»Es tut mir so leid, David, ich weiß gar nicht, was über mich gekommen ist. Ich glaube, ich habe mich ein wenig eingeschüchtert gefühlt.«

»Baby, ich bin sanft wie ein Lamm.«

Scarlett lächelte. Wenn er sie noch einmal »Baby« nannte, würde sie ihm sein bestes Stück zwischen Tür und Rahmen einklemmen.

»Da bin ich mir sicher und ich kann es kaum erwarten, dass wir beide ... du weißt schon.«

Er schien sich wieder gefangen zu haben.

»Warum warten?«, fragte er. Jedoch wagte er es nicht, erneut einen Annäherungsversuch zu starten.

Und das nennt sich Cop. Hat Angst vor einer eins siebenundfünzig großen Blondine. »Weil ich möchte, dass du zuerst was für mich tust.«

MacGill trat einen weiteren Schritt zurück, sodass sie sich nun vom jeweiligen Ende des kleinen Flurs aus betrachteten. Er legte den Kopf schief und verengte die Augen. »Und was?«

»Ich wohne noch nicht lange an diesem wunderschönen Ort, aber eines ist mir aufgefallen. Der arme Willi hat es sehr schwer. In St. Pit wird Nachbarschaft großgeschrieben, das finde ich wunderbar. Willi jedoch scheint nicht richtig hierher zu passen. Wäre es nicht besser für ihn, ihn von seinem Leid zu erlösen?«

Eine kurze Pause entstand.

»Scarlett, bittest du mich, William Gibbs zu beseitigen?«

»Aber nein! Ich ... doch, ja. Das tue ich.«

MacGill erwiderte nichts.

Scarlett trat erneut vor, berührte ihn jedoch nicht. »Ich will nicht, dass er noch länger leidet. Ich mag ihn und so ein Leben hat er nicht verdient. Findest du nicht, dass er besser dran wäre, würde er ... verschwinden?«

Wieder antwortete MacGill nicht sofort.

»Du wolltest, dass er beim Trauermarsch mitläuft«, sagte er dann. »Eine Laterne sollte ich ihm geben.«

»Ja.«

»Und jetzt willst du, dass er stirbt?«

Scarlett schwieg. Die Sache mit der Laterne war ein Ausrutscher gewesen. Ein Moment der Schwäche. Willi hatte ihr leidgetan, ob sie es nun zugeben wollte oder nicht. Das würde ihr kein zweites Mal passieren. Es war besser, ihn auszuschalten, bevor sie noch – Gott bewahre – so etwas wie Sympathie für ihn entwickelte. *Vergiss nie, was er dir angetan hat,* rief sie sich ins Gedächtnis.

»Und wie?«, fragte MacGill.

Weiterhin wortlos ging Scarlett an ihm vorbei nach draußen und betrachtete die Schweinefarm.

MacGill war ihr gefolgt. Es dauerte eine Weile, bis er begriff. »Das ist doch Wahnsinn!«

»Willi wird nicht schwer zu töten sein. Er ist einfältig und er lungert jeden Tag auf den Klippen rum. Du brauchst ihn also nicht einmal zu suchen. Pack ihn und drück ihm die Kehle zu. Anschließend bringst du ihn hierher und die Schweine erledigen den Rest.«

Scarlett spürte MacGills Blick auf sich. Sie wandte sich zu ihm um und schmiegte sich an ihn. Dabei fuhr sie sanft mit dem Zeigefinger seinen Oberkörper hinab. Auf Höhe seines Gürtels hielt sie inne.

Sie streckte sich, um ihm ins Ohr flüstern zu können. »Danach werden wir eine Menge Spaß haben.« Sie lehnte sich zurück, um ihm in die Augen sehen zu können. Darin spiegelte sich pure Lust.

MacGill nickte.

Lächelnd reckte Scarlett sich erneut und gab ihm einen Kuss auf den Mundwinkel. Er wollte mehr, aber sie ließ ihn nicht. Stattdessen wandte sie sich ab und ging die Einfahrt hinunter.

Neben ihr grunzten die Schweine genüsslich.

Als Scarlett sich sicher war, dass MacGill ihr nicht nachsah, machte sie einen Schlenker und schlich sich an der Außenseite des Zauns entlang zurück zum Cottage.

* * *

MacGill verließ etwa eine halbe Stunde später das Haus. Er wollte offenbar keine Zeit verlieren.

Scarlett wartete, bis er außer Sicht war, ehe sie zur Haustür ging. Wie erwartet, war sie unverschlossen. Sie versicherte sich ein letztes Mal, dass sie allein war, dann trat sie ein.

»Bäh, der Kerl muss in Aftershave baden.«

Scarlett ging ins Wohnzimmer. Es war überraschend stilvoll eingerichtet. Ledercouch, Holztisch, darunter ein rechteckiger grauer Teppich, Flachbildfernseher und sogar ein zur Optik des Tisches passendes Bücherregal. »David! Wer hätte gedacht, dass du überhaupt lesen kannst.«

Am Ende des Raumes gab es einen Durchgang, der in die Küche führte. Aus diesem Winkel konnte Scarlett nur einen Teil des Herds sehen und zwei Töpfe, die auf den Herdplatten standen. Daher kam also der starke Geruch nach aufgewärmtem Essen. Hinter der Couch gab es ein Fenster mit Fensterbrett, auf dem sich zwei aus langen, schmalen Blättern bestehende Pflanzen befanden. Scarlett erinnerte sich, dass sie früher in ihrem Elternhaus auch so eine auf der Mitte der Treppe, die zu den Schlafzimmern führte, stehen hatten. Damals, als ihr Leben noch frei von Problemen gewesen war. Ihre Mutter hatte dauernd erzählt, wie genial sie diese Pflanzen fand, weil sie ohne Sonnenlicht auskamen. MacGill war sich dessen entweder nicht bewusst, oder es war ihm egal.

Scarlett wartete einen Augenblick, ob ihr der Name der Pflanze einfallen würde, aber schon nach wenigen Sekunden gab sie auf. Was kümmerte sie das überhaupt?

Sie ließ den Blick schweifen. »Wäre ich ein Vergewaltigungsvideo, wo würde ich mich verstecken?« Auf Höhe einer weiteren Tür hielt sie inne. »Dort wo Männer am häufigsten masturbieren natürlich.«

Das Bett war ungemacht und füllte beinahe das komplette Schlafzimmer aus. Es gab nur wenig Platz, um es zu umrunden. Zu ihrer Linken stand ein Kleiderschrank, von dem eine der beiden Türen aufgeschoben war und Einblick auf durcheinandergeworfene Hosen und Oberteile gewährte.

Das ordentliche Wohnzimmer und das chaotische Schlafzimmer, es war fast, als hätte sie ein Portal in eine andere Realität durchquert. Scarlett schnaufte amüsiert.

Sie ging um das Bett herum, entdeckte ein Nachttischchen und öffnete die Schublade. Mehr Chaos: Notizblöcke, Stifte, Kopfschmerztabletten, – volle und leere Packungen – Taschentücher.

Kein Video.

Seufzend lehnte Scarlett sich auf ihren Knien zurück. Ein Stück der Bettdecke berührte den Boden, auf dem sie kniete. Sie schlug es hoch und lugte unter das Bett. »Treffer!« Darunter befand sich ein Schuhkarton. Sie zog ihn hervor und schaute hinein. Eine Kamera lag auf irgendwelchen Papieren neben einem nachgebildeten Oscar, auf dem ›Der weltbeste

Police Officer – David MacGill (2008)‹ eingraviert war. Ein Geschenk zur bestandenen Prüfung, nahm sie an.

Scarlett kümmerte der weitere Inhalt nicht, denn sie kannte diese Kamera. Leila hatte sie zu Schulzeiten oft genug mit sich herumgetragen. MacGill hatte also tatsächlich ein Beweismittel mit nach Hause genommen. Um sich aufzugeilen. Sie nahm die Kamera und quetschte sie zwischen ihren Finger. Dann schloss sie die Augen und zwang sich, Ruhe zu bewahren.

Scarlett legte den Deckel zurück auf den Schuhkarton, schob ihn unter das Bett und erhob sich.

Am besten sollte sie direkt verschwinden und sich das Video zu Hause ansehen. Sie tat einen Schritt – und verharrte. Es wäre besser, zu gehen, ehe der Mistkerl zurückkehrte. Hierzubleiben war zu gefährlich. Jeder logische Teil ihres Verstandes riet ihr dazu und doch gelang es ihr nicht, sich zu bewegen. Ihr Blick ruhte auf der Kamera.

»Sei kein Idiot«, ermahnte sie sich.

Dann setzte sie sich auf die Bettkante. Die Kamera lag schwer in ihrer Hand. Schwer wie ein Stein.

»Pack das Ding ein und geh nach Hause.«

Sie drückte auf den Anschalter und zu ihrer Überraschung fuhr die Linse mit einem mechanischen Geräusch aus.

»Zu Hause hast du genug Zeit, es dir anzusehen.«

Scarlett gab ihre Gegenwehr auf und öffnete das Menü. Sie musste nicht lange suchen, um das Video zu finden, es war das letzte, das aufgenommen worden war.

Sie sah sich im Gras liegen. Ein leicht verschwommenes

Standbild. Wie eine eingefrorene Erinnerung. Ein Trigger, der einen längst vergessen geglaubten Schmerz und Demütigung heraufbeschwor.

Amelias und Ellas Arme waren ebenfalls zu sehen. Sie hielten sie davon ab, aufzustehen und zu verschwinden.

Blanker Zorn durchflutete Scarletts Körper und ihren Geist. Ihr Daumen schwebte zitternd über der Wiedergabetaste. Nun gab es kein Zurück mehr, sie würde es sich ansehen und sich ihrer Vergangenheit stellen.

Es würde etwas in ihr zerstören, da war sie sicher, sie aber auch motivieren. Sie würde ihren Pfad so klar wie nie zuvor sehen können und diese lächerliche Zuneigung für Willi würde sich endlich in Rauch auflösen.

Sie war bereit.

Scarlett drückte die Play-Taste, das Bild erwachte zum Leben. Der Ton – gehässiges Gelächter und Leilas verhasste Stimme, die die anderen anspornte – schwebte mit jeder Sekunde, die verstrich, immer weiter in den Hintergrund.

Während Olivias Gesicht ins Gras gedrückt wurde, verschwamm das Bild für einen Augenblick vor Scarletts Augen, doch sie blinzelte die Tränen weg. Was nun kam, wollte sie nicht verpassen. Sie musste es sehen.

Für ihre Mission. Ihr Ziel.

Willi trat ins Bild. Scarletts Griff um die Kamera wurde fester. Er kniete sich über sie und ... Das war nicht sein Körper. Nicht sein Haar. Nicht seine Hand, die Olivias Schenkel entlangfuhr.

Scarlett ließ die Kamera fallen. Mit einem dumpfen Laut

schlug sie auf dem Holzboden auf, das Display von ihr abgewandt. Dieses Mal gelang es ihr nicht, ihre Tränen fortzublinzeln. Sie betrachtete ihre leeren Handflächen, die immer mehr vor ihren Augen verschwammen.

All die Jahre hatte sie geglaubt, es wäre Willi gewesen, der sie beinahe vergewaltigt hatte. Sie hatte ihn dafür büßen lassen. Hätte ihn um ein Haar umgebracht. Sie hatte seine Gutmütigkeit ausgenutzt, damit er die Leute hier im Ort ausspionierte, während sie im Harrison Hill Hospital festsaß. Sie hatte ihn bedrängt, gedemütigt und beleidigt. Sie hatte ihn ausgenutzt, ihn indirekt zum Mörder gemacht. Und jetzt?

Scarlett sprang auf. »Nein!«

Sie rannte aus dem Zimmer, aus dem Haus, über den Hof.

Das durfte nicht sein! So durfte es für ihn nicht enden. Wenn es auf diesem verdammten Planeten eine Person gab, die immer loyal zu ihr gestanden war, die so etwas wie einem Freund am nächsten kam, dann war das Willi.

Sie musste MacGill aufhalten.

Und danach war Steve an der Reihe. Er würde für alles bezahlen.

Kapitel 14 – Willi

Inspector David MacGill war normalerweise kein Mann der Tat. Er mischte sich ungern ein und schaute lieber zu, bis es vorbei war. Da in St. Pit nie etwas passierte – das heißt, bis zu den jüngsten Ereignissen, denn wie es schien, hatte die Außenwelt das Städtchen zu seinem Leidwesen eingeholt – war es David vergönnt gewesen, ein ruhiges Leben zu führen.

Es hatte ihm nie etwas ausgemacht, hin und wieder einen Deal abzuschließen. Nicht, wenn dabei etwas Lohnenswertes für ihn heraussprang.

In der Regel bedeutete das Sex. Einen Menschen zu töten, darum hatte ihn bislang allerdings nie jemand gebeten. Vermutlich hätte David in jedem anderen Fall den Deal ausgeschlagen, aber Scarlett Dyer war eine besondere Frau. Ungeheuer attraktiv und unergründlich.

Wirkte sie die meiste Zeit wie ein Engel, gab es da etwas an ihr, das mysteriös war. Gar abgründig und zuweilen unartig. Fast, als lebte eine weitere Persönlichkeit in ihr. Jedes Gespräch mit ihr faszinierte ihn. Man wusste nie, wie es endete. Und manchmal gab es da diese Bemerkungen, ganz beiläufig und getarnt unter einem strahlenden Lächeln. Bemerkungen, die nicht ihre eigenen zu sein schienen, denn sowohl ihre Stimmlage als auch ihre Mimik änderten sich in diesen Momenten. Diese Frau irritierte ihn und sie machte ihn wild.

David musste herausfinden, wer Scarlett wirklich war.

Schon als er einen ersten Blick auf sie erhascht hatte, war er fasziniert gewesen. Diese Frau war alles andere als gewöhnlich und irgendetwas sagte ihm, dass er alles für sie tun würde. Nur um zu erfahren, wer sie war. *Wie* sie war. Und was sie mit ihm anstellen konnte.

Eine Welle der Erregung durchflutete ihn, doch David ließ sich nicht von ihr forttreiben. Er blieb standhaft. Er würde genügend Zeit haben, sich seinen Fantasien hinzugeben, wenn er Willi erst erledigt hatte. Und vielleicht ließ Scarlett ihn ja endlich ran. Noch mal würde er sich sicher nicht zügeln können.

Ein Mord.

Um mit einer Frau zu schlafen.

War das verrückt? Ja, vermutlich. Aber es war nur Willi. Niemand würde ihn vermissen und für ihn selbst wäre der Tod wirklich eine Erlösung. Scarlett hatte ihn ja nicht gebeten, ihren Mann zu ermorden. Willi war nicht mal ein Teil der Stadt. Er war ein … ein Geist. Praktisch schon tot. David würde ihm einen Gefallen tun.

Und er wusste genau, wo er ihn finden konnte.

Scarlett hatte recht, seit seinem Unfall hielt Willi sich ständig bei den Klippen auf. Fast, als legte er es darauf an, erneut zu stürzen und es dieses Mal zu Ende zu bringen. Wenn dem Trottel der Mut dazu fehlte, würde er eben nachhelfen.

Ich tue ihm einen Gefallen, wiederholte er im Geiste. *So wie ich damals diesem armen Kind und seiner Mutter einen Gefallen getan habe.*

Wie erwartet, entdeckte David Willi schon von Weitem. Er stand auf der Klippe, die Arme ausgebreitet und tat so, als würde er balancieren, obwohl der Abgrund mehrere Meter von ihm entfernt war. Vermutlich stellte er sich vor, ein Artist in einem Zirkus zu sein und ein Seil zu überqueren, unter dem hungrige Löwen ihre Kreise zogen.

David schnaufte. Als würde der Herrgott selbst darauf hinweisen, dass es das Richtige war, diesen dummen Jungen von seinem elendigen Leben zu erlösen.

Es regnete nicht mehr, doch das Gras unter Davids Schuhen war nass und rutschig. Der Duft von Regen lag in der Luft und die Sonnenstrahlen wärmten. Über ihnen schwebte ein fast wolkenloser Himmel, unter ihnen lag ausgebreitet der Strand mit seinen rauschenden Wellen.

David näherte sich Willi.

Es würde wie ein Unfall aussehen. Willi hatte am Rand der Klippen gespielt, als wäre er tatsächlich noch ein Kind. Er war ausgerutscht und in den Tod gestürzt. Anschließend war David seine tägliche Runde über den Strand gegangen und hatte die Leiche des armen Jungen entdeckt.

Natürlich würde er sich zunächst vergewissern, dass er tatsächlich tot war und nicht ein wenig nachgeholfen werden musste. Dann würde er einen Krankenwagen rufen und direkt einen Leichenwagen mit anfordern.

Der Kerl hatte ihn noch immer nicht bemerkt.

Er überlegte, ob er ihn ansprechen sollte. »Hey Willi. Wie sieht es aus? Alles knorke?« Vor Schreck würde der Kleine vermutlich von ganz alleine springen.

Oder sollte David lieber das Überraschungsmoment nutzen, sich anschleichen und ihn bewusstlos schlagen, ehe er ihn über den Rand der Klippe warf?

Davids Fingerspitzen kribbelten.

Am besten warte ich einfach ab, was passiert. Ob er mich bemerkt.

Willi war offenbar vollkommen in seiner Fantasie gefangen. David stand nun keine fünf Meter von ihm entfernt. Fast tat ihm der Junge leid. Dieser Unfall hatte aus ihm einen sabbernden Idioten gemacht. Was wohl aus ihm geworden wäre, hätte die kleine Lewis ihn damals nicht versehentlich geschubst?

Versehentlich. Wer's glaubt.

David drehte sich einmal um die eigene Achse. Niemand in Sicht. Das war seine Chance. Er beobachtete Willi, der noch immer über einem imaginären Abgrund balancierte. Er lächelte, was ihm ein kindliches Aussehen verlieh, dabei musste er mittlerweile Mitte zwanzig sein. Seine Art zu sprechen und sein Ausdruck waren noch immer die eines Kindes, während sein restlicher Körper erwachsen geworden war. Ein Jammer. Ein Kind gefangen im Körper eines Mannes.

Willi drehte sich in die andere Richtung und balancierte zurück. Er bewegte leicht die Lippen, führte offenbar Selbstgespräche. Hin und wieder waren ein »Woah!« oder ein »Pass auf!« zu hören.

David spürte seinen Herzschlag. Er war ruhig, aber kräftig. Das Kribbeln in seinen Fingern hatte zugenommen. Das Rauschen der Wellen wurde leiser. Sein Fokus lag nun voll auf Willi.

David trat vor. Er hatte sich für das Überraschungsmoment entschieden. Mit kleinen, langsamen Schritten bewegte er sich vorwärts. Er streckte die Hände aus wie ein Sumoringer, der seinen Gegner aus dem Ring drücken wollte. Dann …

»David!«

David erstarrte mitten in der Bewegung. Auch Willi erschrak und wirbelte herum, dann hockte er sich ins nasse Gras wie ein Hund, der Prügel erwartete.

Scarlett rannte auf sie zu. Sie sah gehetzt aus, doch ihr Haar funkelte im Sonnenlicht golden wie das eines Engels. Was hätte David dafür gegeben, eine Strähne davon zu besitzen! Blondes Haar war wie ein Schatz für ihn. Hypnotisierend und zugleich blendend. Er schrak davor zurück und doch zog es ihn an. Wie damals schon das Haar seiner Mutter.

»David, stopp!«, rief Scarlett. Sie blieb vor ihm stehen und stützte sich keuchend auf ihren Oberschenkeln ab. Ihr Haar fiel ihr dabei über die Schultern. Er wollte es berühren, wollte es halten.

Sie richtete sich auf. »Ich habe es mir anders überlegt.«

»Wie bitte?«

»Ich weiß jetzt, dass du bereit dazu wärst. Das genügt.«

David wusste nicht, was er davon halten sollte. War das ein Test? Hatte Scarlett nur wissen wollen, ob er in der Lage wäre, Willi auszuschalten?

Sie trat auf ihn zu, reckte den Kopf und gab ihm einen federleichten Kuss auf die Lippen. »Geh nach Hause.«

Wieder spürte er eine Welle der Erregung. »Nur wenn wir gemeinsam gehen.«

»Ich komme nach. Nicht heute, aber bald.«

Ihr Atem an seiner Wange brachte ihn zum Beben. »Ich will nicht mehr warten. Du hast mich um das hier gebeten und mich aufgehalten, bevor ich es tun konnte. Jetzt bist du dran, etwas für mich zu tun.« Er nahm ihre Hand, doch sie entzog sich ihm.

»Nicht jetzt«, sagte sie.

Ihre Stimme klang mit einem Mal tiefer und ihr Akzent schien sich verändert zu haben. Oder bildete er sich das nur ein?

»Geh! Ich melde mich bei dir.«

David starrte sie eine Weile an, dann wandte er sich ab und ging. Was für eine Frau! Dieser Befehlston, noch dazu spielte sie die Unnahbare, dabei hatte er in ihren Augen genau lesen können, wie sehr sie ihn reiten wollte. Sie machte ihn wütend und auf seltsame Weise nervös.

Er stellte sich vor, wie er sie am Schopf packte und gewaltsam zu Boden drückte, bis ihr Kopf sich auf der idealen Höhe befand, um seine Lust zu befriedigen.

Sein Unterleib pulsierte. Noch heute würde sie ihm geben, was er wollte, dafür würde er sorgen.

* * *

Willi betrachtete sie wie ein verängstigtes Kalb, das eben erst von seiner Mutter getrennt worden war. Nie zuvor hatte Scarlett in den Augen eines Menschen so große Furcht gesehen. Es irritierte sie, dass sie der Anblick nicht mit Freude erfüllte, sondern wieder mit dieser unangenehmen Schwere.

War das Mitleid? Sorge? Schon bevor sie herausgefunden hatte, dass Willi ihr nie etwas angetan hatte, hatte er diese seltsame Empfindung in ihr ausgelöst.

Ein Teil von ihr verachtete ihn dafür. Er machte sie schwach. Er legte etwas in ihr frei, das sie längst verloren geglaubt hatte – Gefühle wie Mitleid und Zuneigung. Sie wusste nichts damit anzufangen und erst recht nicht, damit umzugehen. Also wich sie seinem ängstlichen Blick aus und trat von einem Fuß auf den anderen.

»Alles okay?«, fragte sie schließlich.

Willi antwortete nicht, er blieb misstrauisch.

»Ach, zum Teufel noch mal, Willi, warum kannst du kein Arschloch sein?« Scarlett ging zu ihm und streckte ihm die Hand hin.

Er zögerte, dann ergriff er sie und ließ sich von ihr auf die Beine helfen.

»Danke, dass du Willi aufgeholfen hast«, sagte er kleinlaut.

Sie winkte ab. »Verrat's keinem.« Jetzt vergrub sie die Hände in den Taschen ihres Mantels und kickte einen imaginären Stein. »Hör mal, Willi. Ich möchte mich dafür entschuldigen, dass ich dich damals von der Klippe geschubst habe und dein

Hirn meinetwegen zu Brei geworden ist.« Drohend fügte sie hinzu: »Wenn du das jemandem erzählst, reiß ich dir die Zunge raus, klar?«

Willi zuckte zusammen.

Dann nickte er und lächelte plötzlich.

»Was grinst du so doof?«

»Willi ist froh. Willi ist glücklich.«

Scarlett hob eine Augenbraue. »Du bist schon ein bisschen bescheuert, oder?«

Wieder nickte er, sein Grinsen wurde breiter.

Scarlett konnte nicht anders, als kurz aufzulachen. »Na, komm mit, du Idiot, ich spendiere dir einen Kaffee und ein belegtes Brötchen.«

Sie gingen in die *St. Bakery*, wo Penny sie neugierig beäugte. Trotzdem blieb sie ungewöhnlich still und überreichte Scarlett mit den Worten »Hier, bitte sehr« zwei Kaffee und zwei belegte Brötchen. Scarlett bedankte sich höflich und die beiden traten hinaus. Vermutlich griff Penny bereits zum Telefon.

Willi verschlang sein Essen, als hätte er nie etwas Besseres in den Händen gehalten. Scarlett vergaß dabei, selbst abzubeißen, und starrte ihn nur an. Nachdem er den letzten Krümel verputzt hatte, reichte sie ihm ihr Brötchen. »Hier. Du kannst meins auch haben.«

Er starrte darauf, dann sie an. Seine Unterlippe bebte. Wortlos nahm er das Brötchen und aß es dieses Mal andächtig. Scarlett beschloss, ihm öfter was zu spendieren.

Während sie ihren Kaffee tranken, gingen sie schweigend

nebeneinander her. Scarlett war zu sehr damit beschäftigt, ihre aufkeimende freundschaftliche Zuneigung für Willi als Magenverstimmung abzutun. Zurück auf der Klippe verabschiedeten sie sich.

»Dann mach's mal gut, Willilein.«

Er strahlte. »Willi ist froh.«

»Äh, ja. Scarlett ist auch froh. War ganz ... angenehm mit dir.«

»Willi und Scarlett sind jetzt Freunde?«

»Woah! Wir wollen's nicht gleich überstürzen, okay? Lassen wir es langsam angehen. Dieses ganze ›Ich will dich nicht umbringen‹ ist neu für mich.«

Willi strahlte noch immer.

»Tu mir einen Gefallen, Liebling. Versuch, dich von Leila fernzuhalten, ja? Ich weiß, ich weiß, ihr wohnt im selben ... Bunker, aber sprich nicht mehr mit ihr. Sie pflanzt dir sonst Maden ins Hirn.«

Willi riss die Augen auf.

»Nicht wörtlich nehmen! Damit meine ich, sie redet dir Dinge ein, die nicht wahr sind, verstanden? Halt dich einfach von ihr fern. Ich überlege mir was. Sie wird schon bald draufgehen und für dich suche ich ein richtiges Zuhause. Nicht dieses stinkige, schimmlige ...«

Ehe Scarlett wusste, wie ihr geschah, lag Willi in ihren Armen. Sie versteifte sich und brachte kein weiteres Wort mehr heraus.

Nach einigen Sekunden löste er sich wieder von ihr und rieb sich verlegen den Hinterkopf.

Scarlett räusperte sich. Puh, der Kerl stank vielleicht! »Also dann. Bis später.«

Sie wandte sich nicht noch einmal zu ihm um, während sie sich von der Klippe entfernte.

Freundschaft. Die letzte Freundin, die sie gehabt hatte, hatte sich quasi über Nacht in Madam Mim verwandelt. Der jetzige Anwärter war ein Idiot – woran sie allerdings nicht ganz unschuldig war.

Er hatte ihr verziehen und war vermutlich die treuste Seele, der Scarlett je begegnet war. Die Wahrscheinlichkeit, dass er zum bösen Onkel Scar wurde, war also gleich null.

Freundschaft.

Sie schnaufte.

Vielleicht würde sie diese Möglichkeit durchdenken, doch zuvor gab es noch einiges zu tun.

* * *

»Du hast mich angelogen!« Scarlett trat die Tür auf, die zu Leilas Zelle führte.

Die saß ungerührt auf dem Boden und schien zu meditieren. Ihre Augen waren geschlossen, ihre Daumen und Zeigefinger bildeten je einen Kreis. Ihre Mundwinkel hoben sich. »Du hast ihn gefunden.«

Scarlett schlug gegen die Gitterstäbe und umklammerte sie dann. »Warum?«

Leila öffnete die Augen. »Warum was?«

»Warum habt ihr mich glauben lassen, Willi hätte es getan?«

»Weil es lustig war.«

Scarlett ließ die Hände sinken.

»Na, wir alle wussten doch, dass er so *unfassbar doll* in dich verliebt war. Zu süß. Der arme Junge war ganz verrückt nach dir. Hast du das überhaupt gewusst? Hast du jemals auf die Menschen um dich herum geachtet, Olive? Oder warst du zu sehr in deiner Fantasiewelt gefangen, in der du mit Elfen und Kobolden um die Wette gerannt bist? Ganz ehrlich, das würde mich interessieren.«

»Nur deswegen? Weil er mich mochte? Deshalb habt ihr ihn mit reingezogen und dafür gesorgt, dass ich ihn auf den Klippen zur Rede stelle?« Scarlett gelang es kaum, ihre Wut zu bändigen.

»Moment mal! Dass du ihn auf den Klippen angequatscht und sogar geschubst hast, war nicht unsere Schuld. Wir haben nur für ein wenig Spannung zwischen euch gesorgt. Wir wussten ja nicht, dass du ihn gleich umbringen willst.«

»Ihr habt mich glauben lassen, er hätte mich vergewaltigt!«

»Ach, ich bitte dich. Steve hat ihn ja nicht mal reingesteckt, jetzt überdramatisier doch nicht gleich alles so.«

Scarlett trat von den Gitterstäben zurück. In ihrem Innern breitete sich der vertraute Zorn aus. Endlich. Die einzige Emotion, die sie im Leben brauchte. Sie lächelte. »Ach, Leila, meine Teure. Es wird mir das größte Vergnügen sein, dich sterben zu sehen. Genieß die Zeit, die dir noch bleibt. Zuerst ist Steve dran, dann kommst du.«

Leila erwiderte nichts. Sie hielt schon wieder die Augen geschlossen und meditierte.

Diese Ruhe. Wie konnte sie nur so gelassen bleiben? Scarlett wandte sich ab und ging. Es hatte keinen Sinn, sich über eine Verrückte den Kopf zu zerbrechen, bald wäre ohnehin alles vorbei.

Willi wird sie nun nicht mehr besuchen. Keine Suppen und Eintöpfe mehr für die arme, arme Leila. Zuerst lasse ich sie zwei, drei Tage hungern, und dann …

Während Scarlett durch den Bunker Richtung Ausgang schritt, zuckten ihre Mundwinkel, bis sie sich nicht mehr beherrschen konnte. Ihr Lachen wurde von den Wänden geisterhaft zurückgeworfen.

* * *

Auf dem Heimweg pfiff Scarlett vor sich hin. Bevor sie zum nächsten Schritt überging, galt es, den neuen Plan zu durchdenken. Sollte sie Steve entmannen und ihn zwingen, sich sein schrumpeliges Ding in den Arsch zu stecken, sodass er für alle Zeit gedemütigt wäre, oder sollte sie ihn lieber erst foltern und dann umbringen? Fragen, die geklärt werden mussten. Bisher wusste sie nur, dass sie es dieses Mal selbst in die Hand nehmen würde. Am besten fand sie erst einmal heraus, ob er seinen kleinen Freund überhaupt noch benutzen konnte. Wäre ja witzlos, ihn abzuschneiden, wenn Stevie nichts davon merkte. Sie unterbrach ihr Pfeifen. Vor ihrer Haustür saßen Alex und Emilie.

»So ein Mist!« Die Nachhilfe! Sie hatte die verdammte Nachhilfe vergessen. *Fokus, Sca, Fokus! Sieh das große Ganze, aber vergiss nie die kleinen Dinge. Shit! Shit! Shit!*

Scarlett setzte ihre demütigste Miene auf, während sie auf die Mädchen zu rannte. Entschuldigend hob sie die Arme. »Es tut mir so, so leid!«

Die beiden sahen auf. Emilies Augen waren stark gerötet.

»Wartet ihr schon lang?« Scarlett entging nicht, dass Emilie weniger auffällig gekleidet war als gewöhnlich. Es war das erste Mal, dass sie das Kind in Jeans und T-Shirt sah. Alex trug einen zu großen Hoodie. Unpassend für die Jahreszeit, typisch für Alex.

Sie antwortete für sie beide. »Nein, wir waren selbst etwas zu spät. Meine Mum war sich nicht sicher, ob wir heute überhaupt kommen sollten, aber Emilie wollte gern. Stimmt's, Emilie?«

Emilie schniefte. »Ja.«

»Kommt erst mal rein, ihr Lieben.«

Die beiden erhoben sich und Scarlett zog an ihnen vorbei, um die Tür aufzuschließen und sie in die Küche zu führen.

Nachdem sie ihnen Orangensaft vor die Nasen gestellt hatte, setzte Scarlett sich, ebenfalls mit einem Glas Saft, zu ihnen an den Tisch. »Also, wie darf ich das verstehen? *Deine* Mutter«, sie zeigte auf Alex, »entscheidet, ob *ihr*«, nun zeigte sie gleichzeitig auf beide Mädchen, »zum Nachhilfeunterricht dürft, sollt, möchtet?«

Alex trank einen Schluck und stellte das Glas zurück auf den Tisch. Emilie starrte nur auf ihren Saft. »Emilie wohnt jetzt bei mir.« Hastig, als hätte sie etwas Verbotenes gesagt, fügte Alex hinzu: »Vorübergehend.«

»So? Das ist ja wundervoll.« Scarlett freute sich tatsächlich, was ihr schon wieder schlechte Laune machte.

Und doch ... Alex bemühte sich sehr, es nicht durchscheinen zu lassen, aber sie sah ungeheuer glücklich aus. Es war nicht schwer zu erkennen, dass diese Mädchen einander guttaten. Schön für die beiden.

Ertappt griff Scarlett nach ihrem Glas und nahm einen großen Schluck.

Emilie sah aus, als finge sie jeden Moment wieder zu flennen an. Besser, die offensichtliche Frage gleich hinter sich zu bringen und dann schnell das Thema zu wechseln, bevor Scarlett gezwungen wäre, das Kind in die Arme zu schließen. »Lässt deine Grandma immer noch niemanden an sich heran, Emilie?«

Das Mädchen schüttelte den Kopf. Ihre Unterlippe bebte. Eine peinliche Stille legte sich über die drei, die Scarlett und Alex damit überbrückten, immer wieder an ihren Gläsern zu nippen. Endlich brach Emilie das Schweigen, sie hatte ihren Saft bislang nicht angerührt.

»Nachdem meine Mum ... als sie ...«

Scarlett wippte ungeduldig mit dem Fuß. Als sie Alex' Seitenblick bemerkte, hielt sie inne. Sie räusperte sich. »Du brauchst es nicht auszusprechen, Süße. Fahr ruhig fort.«

Emilie schniefte wieder. Tränen hatten sich in ihren Augen gesammelt, aber sie blieb standhaft.

Scarlett konnte nicht anders, als die Stärke dieses gerade

einmal siebenjährigen Mädchens zu bewundern. Nicht viele Kinder schafften es, in solch einer Situation derart gefasst zu bleiben. Scarlett eingeschlossen. Noch in der Anstalt hatte sie oft geweint. Die Stärke, alles an ihr abprallen zu lassen, hatte sie erst nach und nach gewonnen. Ihr einziger Antrieb war Rache gewesen. Was war Emilies Geheimnis? Emilie und auch Alex hatten in ihren kurzen Leben schon viel durchmachen müssen, aber sie weinten nicht. Sie bemitleideten sich nicht. Sie ließen sich nicht von Zorn und Rachegelüsten leiten.

Das war bewundernswert und beängstigend zugleich. Bedeutete das, dass ein Mensch an Stärke verlor, sobald er erwachsen wurde? Sollten in Wahrheit Kinder die eigentlichen Vorbilder sein? Sollten die Erwachsenen genauer auf das hören, was die Kinder erzählten?

»Grandma ist …«

Scarlett wurde so unsanft aus ihren Gedanken gerissen, dass sie zusammenfuhr und mit dem Handrücken gegen die Tischkante schlug. Sie fluchte und schüttelte die pochende Hand. Erneut räusperte sie sich. »Tut mir leid. Erzähl weiter.«

Nach einem kurzen Moment fuhr Emilie endlich fort. »Ich sollte bei Grandma wohnen. Einen Dad habe ich nicht – also, doch schon, aber ich kenne ihn nicht. Aber Grandma hat nicht mit mir geredet. Sie saß einfach nur auf einem Stuhl und hat in die Ecke geguckt. Ich hatte Angst, dass sie nachts neben meinem Bett steht und genauso guckt.

Im Haus war es ganz schmutzig und als ich gefragt habe, was wir essen, hat sie auf den Schrank gezeigt. Da waren Kekse drin. Weil ich solche Angst hatte, habe ich Alex angerufen und bin nachts aus dem Fenster geklettert. Meine Grandma ist in ein Krankenhaus gebracht worden. Ich glaube dahin, wo die Verrückten sind.«

»Wow, Kleines, das tut mir leid.«

Alex ergriff das Wort. »Ich habe Mum in der Nacht alles erzählt und wir haben sie abgeholt. Das Jugendamt weiß, was abgeht, die haben auch dafür gesorgt, dass Emilies Grandma weggebracht wurde.«

»Ich will nicht weg«, flüsterte Emilie und umklammerte ihr Glas.

»Mum findet einen Weg!«, sagte Alex. »Versprochen!«

Scarlett legte eine Hand auf Emilies Unterarm. »Dich holt niemand weg.« Die Hoffnung, die ihr nun aus dem Blick des Kindes entgegenschlug, verengte ihr die Brust. »Ihr habt meine Nummer. Wenn irgendjemand eine Andeutung macht oder wenn ihr auch nur das Gefühl habt, dass du in ein Heim sollst, Emilie, dann meldet euch bei mir. Ich werde das nicht zulassen, klar?«

Scarlett konnte selbst nicht fassen, was sie hier tat. Was sollte sie schon machen? Das Mädchen entführen? Wenn es nicht anders ging. Wenn Emilie auf diese Weise ein Leben im Kinderheim erspart blieb, ja. Dann würde sie das tun.

Scarlett fühlte sich wie der Grinch am Weihnachtsmorgen, der auf dem Mount Grumpit stand und auf die singenden Whos hinabstarrte. Auch ihr Herz schien um drei Nummern gewachsen zu sein. Ein verstörendes Gefühl.

Sie wandte sich an Alex. »Dein Vater hat also Steve Davies zum Krüppel gemacht?«

Alex riss die Augen auf.

»Sorry. Zu hart? Ähm, er hat ihn verprügelt?«

»Mein Dad war … ist schon immer gewalttätig gewesen. Er hat meiner Mum und mir oft wehgetan, angeblich im Namen Gottes.«

Wow, dieses Mädchen schien alle Emotionen eingebüßt zu haben. Sie sprach so nüchtern wie ein Nachrichtensprecher.

»Es war nur eine Frage der Zeit, bis er ausrastet und einem anderen Menschen wehtut. Die Polizei hat ihn abgeholt und jetzt ist er im Gefängnis.«

»Das tut mir leid.«

»Muss es nicht. Ich bin froh. Und Mum auch.«

»Wurde Zeit, was? Ich muss zugeben, dass dein Dad ein sadistisches Arschloch – entschuldige bitte – war, ist kein Geheimnis. Die alte Schnattertante Penny hat mir davon erzählt.«

Alex stand der Mund offen.

Scarlett nickte. »Wurde Zeit, dass jemand was dagegen unternimmt.«

In Alex' fragenden Blick mischte sich etwas wie Erkenntnis. Scarlett zwinkerte. Ehe Alex fragen konnte, ob sie etwas damit zu tun gehabt hatte, stand Scarlett auf. »Wer möchte Biskuits?« Sie wartete keine Antwort ab, sondern ging zum Küchenschrank und holte eine Packung heraus. Die Kekse füllte sie in eine Salatschüssel und stellte sie auf den Tisch. Dann griff sie hinein, steckte sich eine Handvoll Biskuits in den Mund und sagte: »Verratet meinem Mann nichts davon, das ist seine Lieblingssorte.«

Die Mädchen kicherten, endlich kehrte auch in Emilie wieder Leben. Die beiden nahmen sich je eine Handvoll von den Keksen.

»Du bist toll, Scary, vielen Dank«, sagte Alex.

»Ja, danke, und die Biskuits sind voll lecker«, fügte Emilie hinzu. Über ihr Gesicht legte sich nun wieder ein Schatten. »Ich wünschte, wir könnten immer zu dir kommen.«

Scarlett schluckte den letzten Rest Keks hinunter. »Hatte ich nicht gesagt, der Unterricht bei mir wird super? Der einzige Preis für diese schöne Zeit ist, dass ihr nichts lernt. Aber hey, Bildung wird überbewertet, nicht wahr?«

Die Mädchen nickten kichernd und kauten auf ihren Keksen herum.

Gemütlich war das erste Wort, das Scarlett zu dieser Situation einfiel. Schnell vertrieb sie das Gefühl mit der Vorstellung, wie Leila vor Hunger an ihrem Finger herumnagte. Sie biss sich auf die Lippen, um ein Grinsen zu unterdrücken.

»Ihr beide versteht euch gut, hm? Was seid ihr jetzt? Freundinnen? Geschwister?« Sie beugte sich verschwörerisch vor. »Lover?«

Emilie und Alex verzogen gleichzeitig das Gesicht und riefen: »Ihh!« Was Scarlett zum Lachen brachte.

»Ich nehme an, du bist momentan vom Unterricht freigestellt, Emilie? Na, immerhin werden dich diese Mobber bald in Ruhe lassen, sobald sie euch beide Hand in Hand über den Schulhof hüpfen sehen. Sieht sicher lustig aus, bei eurem Alters- und Größenunterschied.«

Scarlett überlegte. »Oder aber ihr geratet dann in den

Sumpf der unbeliebten Kids.« Sie machte eine wegwerfende Handbewegung. »Ach was, ihr beide seid zu tough. Ein gezielter Tritt von Alex in die Weichteile, ein Biss von Emilie in die Waden, und schon lassen euch die fiesen Jungs in Ruhe. Aber versprecht mir, das mit voller Kraft zu tun, sonst werde ich wütend.«

Emilie verschluckte sich an einem Kekskrümel vor lauter Lachen. Alex dagegen schnaufte nur einmal amüsiert auf und lächelte dünn.

Scarlett lehnte sich über die Tischplatte. »Blöder Witz?«

Hastig schüttelte Alex den Kopf. »Nein! Der war superlustig, du bist urkomisch, Scary, wirklich.«

»Aber?«

»Ich habe nur gerade an diesen Jungen gedacht. Zac.«

»Zac? Der große Typ in der Lederjacke? Der Anführer, der Mobber? Der Zac? Was ist los? Ist das so ein Ich-ärgere-dichnur-weil-ich-dich-heimlich-mag-Ding?«

Mit einem Mal war Alex ernst. »Er ist tot.«

Scarlett setzte sich ruckartig auf. »Was?«

Auch Emilie war nun ganz Ohr.

Alex nickte. »Ich weiß nicht, wie er es gemacht hat, nur, dass er es selbst gemacht hat.«

»Er hat sich umgebracht.« Scarlett sagte es mehr zu sich.

»Ja. Gestern. Deswegen war der Unterricht früher aus. Eine Putzfrau oder der Hausmeister – ich weiß nicht – haben Zac gefunden. Ich hab gehört, wie sich zwei Jungs darüber unterhalten haben. Die Lehrer haben natürlich nichts erzählt, aber in St. Pit bleibt nichts lange geheim.«

»Wow«, sagte Emilie mit großen Augen. Sie kaute gedankenverloren auf einem Keks herum.

»Ja«, sagte Alex. »Zac war ein Fiesling, aber das ist schon krass. Ich hätte nie gedacht, dass es ihm so dreckig ging, er wirkte immer so ... keine Ahnung, wie jemand, der sich nicht umbringen würde.«

»Wir alle haben unsere Geheimnisse, Süße«, sagte Scarlett. »Du kennst einen Menschen nie wirklich, das ist etwas, das ihr beide lernt, wenn ihr älter seid.«

»Du auch?«, fragte Emilie. Mit ihren großen Augen sah sie mindestens zwei Jahre jünger aus.

Scarlett antwortete nicht.

Die beiden Mädchen begannen, sich über Zac zu unterhalten, doch sie hörte ihnen nicht zu. Offenbar war ihm alles zu viel geworden. Erst Amelia und dann hatte er auch noch mitansehen müssen, wie sein Vater halb tot geschlagen wurde.

Mit verschränkten Armen lehnte Scarlett sich in ihrem Stuhl zurück. Das war nicht Teil ihres Plans gewesen. Sie hatte Zac nur etwas Angst einjagen wollen, als Dämpfer dafür, dass er andere Kinder schikanierte.

Bin ich zu weit gegangen?

Sie sah ihn vor sich. Einen schlaksigen Jungen in Lederjacke, der gerne Kinder quälte, die schwächer waren als er. Ein Halbstarker. Ein Arschloch. Ein ... ein Kind.

Ein Kind, das keinen anderen Ausweg mehr gesehen hatte, als sich das Leben zu nehmen.

Ihretwegen.

Weil sie ihm eine Lektion hatte erteilen wollen. Er sollte

sich schuldig fühlen. Sollte begreifen, dass es falsch war, die Schwachen zu quälen. Dass so etwas Konsequenzen mit sich brachte. Immer! Aber Suizid? Nein, das hatte sie nicht gewollt.

Scarlett schlug mit der Faust auf den Tisch. »Verdammt!«

Die Mädchen fuhren vor Schreck zusammen.

Die Wohnungstür öffnete sich. Schritte. Die Tür fiel zu.

»Schatz, ich bin zu Hause!«

Scarlett schaute zur Küchenuhr. Erst kurz nach zwei. Jacob war drei Stunden früher dran als erwartet.

Emilie und Alex starrten sie an. Die Angst in ihren Augen zwang Scarlett dazu, wieder ruhiger zu werden. Sie lächelte ihnen zu und rief: »Wir sind in der Küche!«

Die Mädchen leerten ihre Gläser und erhoben sich. »Wir sollten besser gehen«, sagte Alex. »Mum macht sich dauernd Sorgen um uns.« Sie verdrehte die Augen, lächelte jedoch dabei.

»Gut, gut«, sagte Scarlett. Sie stand ebenfalls auf, zog ihr Smartphone aus der Hosentasche und tippte aufs Display. »Und denkt dran. Meldet euch, wenn was ist.«

»Danke, Mrs. Dyer«, sagte Emilie. Hastig korrigierte sie: »Scarlett, äh, Scary.«

»An den Spitznamen gewöhnt man sich, wenn man mich erst besser kennt.«

Jacob betrat die Küche. »Huch! Drei hübsche Damen in meinem Heim. Das erinnert mich an einen Traum, den ich mal hatte. Hallo!« Er hob grüßend die Hand. »Wir kennen uns noch nicht, ich bin Jacob.«

Die Mädchen kicherten.

»Ihr habt euch neulich einander vorgestellt, Schatz«, sagte Scarlett.

»Hm? Wann? Wo?«

»Als du wie üblich die Nase in Barbies, Lego und kleine Plastikautos gesteckt hast.«

»Tatsächlich?«

»Jap.«

»Ich erinnere mich gar nicht daran.«

»Ihr habt euch über das Wetter unterhalten. Ihr trefft euch jetzt regelmäßig, schon seit Wochen, und stellt dasselbe an wie jeden Abend. Ihr versucht, die Weltherrschaft an euch zu reißen.«

»Jetzt verschaukelst du mich aber!«

»Na gut, na gut, ein bisschen. Bis auf die geplante Weltherrschaft war alles gelogen.«

Alex trat vor und reichte Jacob die Hand. »Wir haben nur kurz Hallo gesagt. Ich bin Alex. Das ist Emilie.«

Emilie winkte.

»Puh«, sagte Jacob. »Ich dachte schon, ich hätte tatsächlich eine ganze Unterhaltung versäumt. Das hätte peinlich enden können. Hi, Alex, hi, Emilie, freut mich sehr.«

»Du bist früh«, sagte Scarlett.

»Ja, Dad war mal wieder zu beschäftigt. Wir haben jetzt einen *Termin* vereinbart.« Das Wort ›Termin‹ sprach er gedehnt aus. »Ist das zu fassen? Ich brauche einen *Termin,* um meinen Dad zu sehen, dabei wollte er, dass ich ihn besuche.«

»Vermutlich haben Barbie und Ken sich wieder mal getrennt und dein Dad musste den Streit schlichten.«

Jacob wollte etwas erwidern, kam jedoch nicht dazu. Es klopfte. Jemand schlug energisch dreimal gegen die Haustür.

»Das sind vermutlich Pinky und Brain, weil du ihren Plan gestohlen hast.« Sie ging an den dreien vorbei. Alex und Emilie folgten ihr.

»Also dann, Mädels«, sagte Scarlett, während sie den Türknauf umfasste, »wir sehen uns die …« Sie schwang die Tür auf und erstarrte. Beinahe wäre ihr ein »Mum!« rausgerutscht.

Auf der Fußmatte stand Joann Lewis und sie sah alles andere als erfreut aus.

»Mrs. Lewis, ich meine Joann, hi! Was verschafft uns die …«

»Spar dir das Getue!«

»Wow. Okay.« Scarlett schaute an ihr vorbei. Penny stand ein paar Meter entfernt auf dem Gehweg und starrte herüber. »Kommen Sie doch rein.«

Den Mädchen war die Situation sichtlich unangenehm. Sie schlüpften an Joann vorbei, ohne sich zu verabschieden. Alex drehte sich nur kurz mit besorgter Miene um, ehe sie Emilie an die Hand nahm und sie gemeinsam die Straße hinaufrannten.

Joann stand mittlerweile im Wohnzimmer. Scarlett schloss die Tür und trat auf sie zu.

»Sag mir, dass du das nicht geschrieben hast.« Joann hielt ein Stück Papier vor ihre Nase. Es war das, das Scarlett Jacob gegeben hatte, um es in den Briefkasten der Lewises zu werfen.

Jacob erschien im Türrahmen. Er wirkte überrascht und verwirrt. »Alles okay?«

Joann beachtete ihn nicht. »Du bist es, nicht wahr?« Ihre Stimme zitterte leicht.

Scarlett wich ein Stück zurück. »I-ich weiß nicht, was Sie meinen.«

Hinter ihr schaltete sich Jacob ein: »Sca? Wovon spricht sie?«

Sie kam sich vor, wie ein in die Ecke gedrängtes Kaninchen.

»Du bist es, richtig?«, sagte Joann. »Sag mir, wer du bist!«

»Sca, was ist hier los?«, fragte Jacob.

Nein, das stimmt so nicht. Das kann nicht sein, so darf das nicht laufen. Das gehört nicht zum Plan. Das gehört nicht zum Plan!

»Ich muss gehen.«

* * *

Willi saß Richtung Bristolkanal im Gras auf seiner Klippe und pflückte ein Gänseblümchen. Es hatte nicht mehr geregnet und der Boden war kaum noch feucht. Willi war zufrieden. Willi war sogar glücklich.

Der Wind umhüllte ihn, als würde er ihn umarmen, warm und angenehm. Die Wellen rauschten sanft, vom Strand her wurde leises Gelächter emporgetragen. Kein gemeines Lachen, wie Willi es oft hörte, wenn die Kinder nach Schulschluss auf ihren Rädern an ihm vorbeirauschten. Ein fröhliches, ausgelassenes Lachen.

Alles schien ein bisschen heller, ein bisschen freundlicher zu sein. Ein schöneres Gänseblümchen als das in seiner Hand hatte Willi nie gesehen. Es war fast so schön wie Scarlett. Aber nur fast.

Neulich, als er durch die Stadt gestreift war, hatte er das Wort ›liebreizend‹ gehört. Willi wusste, dass er die Bedeutung dieses Wortes einst gekannt hatte. Jetzt kannte er sie nicht mehr, aber wenn er es aussprach, dachte er automatisch an sie. An die liebreizende Scarlett.

Willi hielt sein Gänseblümchen in die Sonne. Es strahlte. »Liebreizend«, sagte er. »Scarlett. Liebreizend. Scarlett. Scarlett. Scarlett.« Seine Worte gingen in einen Singsang über.

»Willi.«

Er hielt inne. Dann ließ er das Gänseblümchen sinken und betrachtete es neugierig. Hatte es gerade mit ihm gesprochen?

»Willi.«

Schon wieder! Nein, das war nicht das Blümchen. Die Stimme war aus einer anderen Richtung gekommen. Hinter ihm!

Willi sprang auf und wirbelte herum.

Er sah, wie jemand auf ihn zusprang, spürte einen Stoß gegen die Brust. Dann war plötzlich kein Boden mehr unter ihm. Er flog. Der ihn umarmende Wind verwandelte sich in einen wütenden Sturm. Er schrie und flog ganz ohne Flügel. Er flog, bis ein rasender Schmerz seinen Körper durchfuhr und seine eben noch strahlende Welt und Leila, die oben von der Klippe auf ihn herabsah, in Dunkelheit tauchte.

* * *

»Was soll das heißen, du musst gehen?«, fragte Jacob.

»Du gehst nirgendwo hin.« Joann streckte Scarlett erneut

das Stück Papier hin. »Erst erklärst du mir, wer du bist.« Hysterisch kreischend fügte sie hinzu: »Sag es mir!«

»Hören Sie, Lady, nehmen Sie den Wisch aus meinem Gesicht und ziehen Sie Leine.« Scarlett gab sich alle Mühe, wie eine gebürtige Glasgowerin zu sprechen, aber bei jedem Wort hörte sie Willi sagen, dass ihr Akzent nicht fehlerfrei war. Fast wäre sie mitten im Satz in ihre alte Sprechweise verfallen.

»Dieser Akzent«, sagte Joann mit nachdenklicher Stimme. »Er ist nicht ... Aber deine Stimme. Deine Stimme.« Sie presste das Stück Papier gegen ihre Brust. In ihren Augen sammelten sich Tränen und zu Scarletts Entsetzen lächelte sie.

Nein. Nein!

»Olivia?«

Kapitel 15 – Olivia

»Wer ist Olivia?« Jacob kam ins Zimmer und stellte sich so hin, dass er zwischen Scarlett und Joann hin und her sehen konnte. »Scarlett, wer ist Olivia?«

Scarlett fehlten die Worte.

Sie versuchte, die Situation mit einem Kichern und Abwinken zu entschärfen. »Keine Ahnung, wovon sie spricht, diese Frau ist offensichtlich verrückt. Vielleicht sollten wir die Männer in den weißen Kitteln rufen.«

Joann ließ sich nicht beirren, sie hielt Scarlett schon wieder den Zettel hin. »Denkst du, eine Mutter erkennt nicht die Schrift ihrer eigenen Tochter?«

Jacob schnappte nach Luft. »Wie bitte?« Er griff sich das Papier, ehe Scarlett ihn aufhalten konnte.

»Nicht!«

Jacob las, ein Schatten legte sich über sein Gesicht. »Was ist das, Sca?« Er schaute auf. »Was zum Teufel ist das?«

Sie erwiderte nichts.

»Ein Drohbrief. Du hast mich diesen Leuten einen Drohbrief in den Briefkasten werfen lassen?« Er sah zu Joann. »Was ist das hier? Wieso behaupten Sie, Scarlett sei Ihre Tochter?

Wir sind doch eben erst hierher gezogen. Scarlett stammt aus Glasgow, sie war vorher nie hier. Das ist ... was passiert hier?«

»Jacob«, sagte Scarlett. »Halt die Klappe.«

Ein paar Mal öffnete er den Mund und schloss ihn gleich wieder. »Ich kann nicht glauben, was ... wer bist du? Hier steht: ›Bald werden alle wissen, dass Sie mit David MacGill geschlafen haben, Joann Lewis. Sie werden es dementieren, doch wird man Ihnen glauben?‹ Wieso schreibst du so was, Scarlett?«

Wieder sagte sie nichts.

»Ich weiß nicht mehr, wer du bist.«

»Ach, hör mit dem Gewimmer auf, Jacob. Du wusstest nie, wer ich bin. Also halt die Klappe, Mama unterhält sich hier. Geh mit deinem Spielzeug spielen und lass die Erwachsenen reden.«

»Du bist so wütend«, sagte Joann, als spräche sie mich sich selbst.

Scarlett legte ihren falschen Akzent ab. »Meinst du? Ich frage mich, woher das wohl kommt.«

Joann riss die Augen auf und taumelte leicht. Sie sah aus, als hätte sie ein Gespenst gesehen.

»Es ist wahr«, flüsterte sie.

»Oh, na gut, verdammte Hacke. Du hast mich erwischt. Überraschung!« Sie flatterte mit den Fingern. »Also, wie hast du mich erkannt, hm? War der Akzent drittklassig? Hat mein charmantes Naturell deinen Spinnensinn – ach, entschuldige bitte – deinen Mamasinn aktiviert? Die Handschrift kann es ja wohl nicht allein gewesen sein.« Scarlett riss Jacob das

Stück Papier aus der Hand. »Erstaunlich. Ich habe mir wirklich Mühe gegeben, die Schrift zu verstellen. Tja. Hat wohl nicht geklappt.« Sie gab es Jacob zurück, der nahm es gedankenverloren an sich.

Joann rührte sich nicht. Sie gaffte nur. Sie gaffte und heulte. Als wäre *sie* das Opfer hier. Als hätte sie nie etwas Böses getan. Heuchlerin!

»Sag schon!«

Joann fuhr zusammen.

Dieser Ausdruck gefiel Scarlett deutlich besser. War das Angst? Scham? Schuld?

»Deine Augen«, antwortete sie endlich. »Sie kamen mir so vertraut vor, als wir uns unterhalten haben. In der Nacht habe ich von ihnen geträumt und ich habe dich gesehen, ich habe meine Olivia gesehen.«

»Nenn mich nicht so.«

»Es war die Art, wie du dich bewegst. Wie du deine Finger von dir streckst, wenn du etwas erklärst. Es war deine Stimme – wenn auch verstellt und mit falschem Akzent. Es war alles. Eine Mutter erkennt ihr Kind immer, egal, wie sehr es sich verändert, egal, wie viele Operationen du über dich hast ergehen lassen.«

»Operationen?« Jacobs Gesicht war im Kontrast zu Joanns Blässe knallrot geworden. Er sah aus, als würde ihm jeden Moment der Kopf explodieren. »Ich verstehe kein Wort.«

Sie ignorierten ihn und Joann fuhr fort. »Das hier ist deine Handschrift.« Jetzt lächelte sie wieder. »Nur du ziehst den Strich vom kleinen ›f‹ so lang, dass es wie eine Sense aussieht.«

»*Ein* lausiger Buchstabe. Ich bin beeindruckt.«

»Olivia …«

»Halt die Klappe! Ich habe dir gesagt, du sollst mich nicht so nennen. Olivia ist tot. Ihr habt sie umgebracht, du und Dad. Verrotten lassen habt ihr sie. In eine Irrenanstalt abgeschoben und allein gelassen.«

»Du wolltest nicht, dass wir dich weiterhin be…«

»Als Lügnerin dargestellt habt ihr mich! Verbannt! Und du wunderst dich, dass ich wütend bin? Hm, *Mum?* Wundert dich das wirklich?«

Jacob rutschte das Stück Papier aus der Hand, es segelte auf den Boden. Wortlos schlurfte er zum Sofa und setzte sich. Er hatte sich dem Fenster zugewandt und schien nicht länger gewillt zu sein, zuzuhören.

Zerstört. Der ganze Plan dahin. Jahrelange Arbeit für die Katz. Joann würde alles aufdecken, der Stadt erzählen, wer Scarlett Dyer wirklich war. Wie sollte sie dann noch ihre Rache an Steve bekommen?

»Du hast es wieder einmal geschafft, alles kaputtzumachen«, presste Scarlett zwischen zusammengebissenen Zähnen hervor.

»Du hast recht«, sagte Joann seltsam gefasst.

Jetzt war es Scarlett, der die Worte fehlten.

»Wir haben als Eltern versagt. Wir hätten dir zuhören sollen, das weiß ich jetzt. Und glaub mir, meine Kleine, wir bereuen unsere Entscheidung jeden Tag. Wir werden von unserer Schuld heimgesucht. Und wir hätten deinen Wunsch nicht respektieren und dich weiter besuchen sollen.

Ich weiß, es war falsch, dich einzuweisen, Olive. Aber du hast es uns so schwer gemacht. Du hast behauptet, wir hätten dich geschlagen. Das Jugendamt wurde eingeschaltet.«

»Ja! Weil ihr nicht glauben wolltet, dass mir in der Schule das Leben zur Hölle gemacht wurde. Ihr wolltet mir nicht glauben, dass Leila und ihre ach so tolle Clique mich über Jahre gemobbt haben, dass sie versucht hat, mich zu vergewaltigen! Es war mein letzter Ausweg, okay?

Ich war erst vierzehn Jahre alt. Ich war verzweifelt. Ich wollte, dass wir wegziehen und neu anfangen und ihr habt einfach ... warum siehst du mich so an?«

»Du hast das getan, nicht wahr?«

Scarlett seufzte. »Was getan?«

»Amelias Gesicht. Dass Ella ins Krankenhaus gekommen und dort gestorben ist. Steve. Die ganze Clique. Das hast du getan.«

Scarlett warf sich das Haar hinter die Schultern. »Meine beste Arbeit bislang.«

Joann riss die Augen auf. »O mein Gott.«

»Was ist mit ihm?«

»Leila. Hast du ihr etwa ... ? Hast du sie damals verschwinden lassen?«

Überspitzt entrüstet presste Scarlett beide Hände gegen die Brust. »Aber Mum! Was denkst du nur von mir?« Sie lachte auf. »Ach, was soll's. Wieder ertappt. Ich habe ihr eins übergebraten, sie irgendwo angekettet und elendig verrecken lassen. Sie hat nie schöner ausgesehen, so grau und voller Maden.«

»Sie war deine Freundin.«

Scarlett schnaufte. »Das zeigt, wie viel Beachtung ihr mir geschenkt habt. Leila war seit Jahren nicht mehr meine Freundin. Sie ist zu einer eingebildeten Zicke mutiert und fing schon mit zehn an, mich zu schikanieren. Die Vergewaltigung war ihre Idee, Mum. Als die anderen den Schwanz einziehen wollten, hat sie Steve noch angestachelt. ›Steck ihn rein!‹, hat sie gerufen. Wieder und wieder. ›Steck ihn rein.‹«

»Hör auf damit.«

»Womit? Ehrlich zu sein? Warum? Erträgst du die Wahrheit nicht, Mum? Ist das zu viel für dich? Es gibt ein Video von der ganzen Show. Willst du es sehen?«

»Nein.«

»Nein? Hm, ich glaube, ich zwinge dich dazu. Euch beide. Eigentlich hatte ich etwas anderes mit Dad und dir vor. Ihr solltet fühlen, wie es ist, von allen verleugnet zu werden und besonders von den Menschen, die man liebt. Angefangen damit, euer Vertrauen untereinander zu zerstören. Was könnte da besser sein als eine angebliche Affäre? Ihr solltet dort landen, wohin ihr mich abgeschoben habt – im Harrison-Hill-Hospital. Das werdet ihr auch, aber nicht, weil ich euch langsam als das darstellen werde, was ihr seid: scheinheilige Lügner. Nein, sondern weil ich euch zwingen werde, das Video immer und immer wieder zu schauen. Ihr werdet es tagsüber sehen und nachts davon träumen. Über Wochen, Monate, Jahre. Bis euch das Gehirn aus den Ohren läuft und ihr letztlich eingeliefert werdet. Oh, das wird ein Fest! Am Tag eurer Einweisung werde ich vor der Anstalt tanzen.«

»Was ist nur mit dir passiert? Ich erkenne dich gar nicht mehr.«

»Sieh mich nur genau an, Mutter.« Scarlett breitete die Arme aus. »Ich bin das, was ihr aus mir gemacht habt.«

Joann trat auf Scarlett zu. Sie streckte eine Hand nach ihr aus, doch Scarlett wich ihr aus. »Mein Kind, hätte ich gewusst, wie sehr du leidest … Niemals haben wir dir wehtun wollen. Wir wollten nur das Beste für dich, das musst du mir glauben. Wir waren einfach überfordert. Ich wünschte …«

»Ja, weißt du was? Es ist zu spät. Nie habt ihr bemerkt, wie verängstigt ich war. Wisst ihr eigentlich, wie es gewesen ist, jeden Tag in die Schule zu gehen? Immerzu angestarrt zu werden? Immerzu ausgelacht zu werden? Gequält zu werden? Was sonst hätte ich tun sollen, als euch mit allen Mitteln zu einem Umzug zu bewegen?

Ja, okay, es war nicht die beste Idee, euch als Kinderschänder dazustellen, das gebe ich zu. Aber ich war noch ein Kind! Ich habe keinen anderen Ausweg gesehen. Ich habe euch gebraucht und ihr habt mich weggestoßen. Es ist, wie es ist. Ihr wart beschissene Eltern, eure Tochter ist eine rachsüchtige Irre geworden.« Sie klatschte in die Hände. »Was für ein Happy End!«

»Olive …«

»Mum, Grün ist so was von out. Rot ist jetzt meine Farbe. Nenn mich Scary.« Scarlett beugte sich vor und wiederholte mit drohender Stimme: »Nenn. Mich. Scary.«

Joann nickte.

Dieses Getue. Sollten ihre Tränen sie erweichen, auf dass

sie einander schluchzend in die Arme fielen? Die Mitleidstour hatte vielleicht früher funktioniert – die hatte Joann Lewis schon immer drauf gehabt. »Seht mich an, ich habe einen kranken Mann, den ich umsorgen muss, und nebenbei arbeite ich mich krumm. Habt Mitleid, ich bin doch so ein guter Mensch.« Die Wahrheit war: Selbst der brutalste Serienmörder konnte sich als ein guter Mensch ausgeben. Das bedeutete jedoch nicht, dass er tatsächlich einer war.

Joann bückte sich, hob das Stück Papier auf und betrachtete es. Dann schaute sie mit tränenverhangenen Augen auf.

»MacGill?« Ihre Stimme brach. »Wieso er?«

Scarlett wollte mit einem lockeren Spruch kontern, doch Joann hatte sich bereits abgewandt, verschwand nach draußen und ließ die Tür hinter sich zufallen.

Für eine kleine Ewigkeit legte sich Schweigen über das Haus.

Scarlett ging zu Jacob und ließ sich neben ihn aufs Sofa fallen. »Na, das war doch lustig.«

Jacob fuhr herum. »Lustig? Hast du den Verstand verloren?«

»Nun, jaha? Klapse, erinnerst du dich?«

Er starrte sie an, dann richtete er den Blick erneut aus dem Fenster.

»Ich habe ein klitzekleines bisschen gelogen, was meine Herkunft betrifft, ja und? Das ändert doch nichts.« Mehr zu sich selbst fügte sie hinzu: »Außer dass vermutlich schon die halbe Stadt Bescheid weiß. Ist sicher klüger, wenn wir umziehen.«

»Wir?«

Scarlett zog die Schultern an und presste die Lippen aufeinander.

»Glaubst du allen Ernstes, wir können so weitermachen wie bisher? Du hast mich belogen, Sca. Oder Olive. Oder wie auch immer du heißt.«

»Nenn mich Scary.«

Jacob wandte sich ihr wieder zu. »Das ist kein Scherz, Sc…, O…, Scary. Du hast Menschen geschadet. Du hast getötet.«

»Hm, genau genommen haben das andere Leute für mich erledigt.«

Er schüttelte langsam den Kopf. »Du bist böse.«

Scarlett strahlte. »Du sagst die nettesten Dinge.«

»Ich ... Ich kann das nicht.« Jacob sprang auf und machte Anstalten, zu gehen.

Das Telefon klingelte, aber sie ignorierten es.

»Jetzt sei doch nicht so ein Spielverderber, Liebling. Ja, ich habe gelogen, ja, ich verfolge einen Racheplan, aber es ist nicht so, als gäbe es dafür keinen guten Grund. Außerdem schade ich nur denjenigen, die es auch verdienen. Zu dir war ich doch immer nett, oder nicht?«

»Ich wusste, dass es da etwas Dunkles in dir gibt. Irgendwas war da, das mir Angst gemacht hat. Mal ein Blick, mal etwas, das du gesagt hast. Aber ich dachte immer, das ist ein Scherz. Wenn sie droht, jemandem die Nase abzuhacken, um sie ihm an die Stirn zu kleben, macht sie nur Spaß. Jetzt bin ich mir da nicht mehr so sicher.«

»Um fair zu sein, das hab ich bisher noch nie getan.«

»War eigentlich irgendetwas von dem, was du mir erzählt hast, wahr? Was ist mit deinem Roman? War der auch eine Lüge?«

Scarlett erhob sich jetzt ebenfalls. »Nein. Es gibt einen Roman, auch wenn ich seit …«, sie schaute auf die Wanduhr, »… kurz nach unserem Einzug nicht mehr dran gearbeitet habe. Um ganz ehrlich zu sein, habe ich nur mit dem Schreiben angefangen, weil du so neugierig warst. Mir sind die Ausreden ausgegangen, ich habe sogar Schreibregeln recherchiert. War erstaunlich spannend, muss ich gestehen. Mein Kommentar, dass es der schlimmste Roman seit *Twilight* wird, war übrigens ebenfalls keine Lüge.« Scarlett berührte Jacob am Oberarm, doch er schüttelte sie ab.

»Ich muss gehen.«

Bevor er die Tür erreicht hatte, rief Scarlett: »Jacob, diese Leute haben mir furchtbare Dinge angetan. Ist es etwa richtig, dass sie einfach so davonkommen? Habe ich keine Gerechtigkeit verdient?«

»Wir alle verdienen Gerechtigkeit, Sca. Aber nicht so. Niemals so.« Jacob wollte nach dem Türknauf greifen – da klopfte es. Er öffnete und Penny kam zum Vorschein.

Sie keuchte. »Habt ihr gehört?«

Scarlett erstarrte.

Wussten etwa schon alle Bescheid? Nein, unmöglich.

»Was, Penny?«, fragte sie.

»Willi. Ich hab versucht, euch anzurufen, aber ihr habt nicht abgenommen, da bin ich schnell rübergerannt, um euch davon zu erzählen.«

Ein unangenehmes Kribbeln breitete sich in ihrem Körper aus. Sie trat neben Jacob. »Was ist mit ihm?« Die Sorge in ihrer Stimme überraschte sie. Auch Jacobs Blick ruhte nun auf ihr.

Penny zupfte an einem Taschentuch herum, das sie in den Händen hielt. »Es tut mir sehr leid, ich weiß, ihr zwei habt euch gut verstanden.«

»Penny, was ist mit ihm?«

»Er ist tot. Die Klippe.

Er ist wieder von der Klippe gefallen.«

Dritter Teil

Alte Abrechnung

»Ich werde so viele mit in den Abgrund reißen, wie ich kann.«

Kapitel 16 – Leila

»Aber es gibt auch gute Neuigkeiten!«, sagte Penny. Sie strahlte, als hätte sie gerade keine Todesnachricht überbracht, sondern bloß erzählt, dass es heute vermutlich mal wieder regnen würde.

Scarlett war es leid, dass sich immerzu andere für sie die Finger schmutzig machten. Willi war niemals von alleine gestürzt, jemand musste ihn geschubst haben. Und sie würde diesen jemand eigenhändig töten. Genau wie Steve. Und wie Penny, wenn sie nicht sofort aufhörte, so dämlich zu grinsen.

Willi ist tot.

Der kleine, gutherzige Willi, der niemandem je geschadet hatte und der zur Belohnung von allen wie Dreck behandelt worden war. Willi. Dummer, loyaler, viel zu netter, leichtgläubiger Willi.

»Leila Griffin ist gefunden worden. Wisst ihr noch, die Tochter der Griffins, die vor zwölf Jahren verschwunden ist?«

Scarlett wurde so unsanft aus ihren Gedanken gerissen, dass sie erschrak.

»Lebend!« Penny lachte. »Ist das zu glauben? Nach all der Zeit. Wir haben alle gedacht, sie sei tot! Es ist ein Wunder.«

Jacob, der Scarlett die ganze Zeit über nicht aus den Augen gelassen hatte, fragte Penny: »Ich kenne diese Geschichte nicht. Wer ist sie?«

»Der Teufel«, murmelte Scarlett.

Penny schwieg einen Moment irritiert, dann lachte sie wieder. »Scarlett, du Witzbold!« An Jacob gerichtet: »Ist sie nicht witzig?«

»Unheimlich witzig.«

»Die kleine Leila Griffin verschwand vor zwölf Jahren, da war sie gerade mal vierzehn Jahre alt. Niemand wusste, ob sie entführt worden oder einfach nur von zu Hause weggelaufen war. Ihre Eltern sind … speziell. Nun, ihr habt die Griffins sicher kennengelernt. Sie sind dominant, wenn ihr versteht, was ich meine, und ihre Tochter hat sehr darunter … lassen wir das.

Leila war verschwunden. Die Polizei vermutete, dass sie Reißaus genommen hatte, und stellte daher schnell die Suche ein. Wir alle waren ja eher der Meinung, dass mehr dahintersteckte. Sogar Inspector MacGill. Aber was kann ein einzelner Mann des Gesetzes schon tun, nicht wahr?«

Sie rückte ihre Brille zurecht. »Wie dem auch sei, jetzt ist sie wieder da. Einfach aufgetaucht wie ein Gespenst am Fußende des Bettes, nur dass sie an MacGills Arm durch die Stadt torkelte. Harper Harris hat die beiden gesehen und mir gleich davon erzählt. Sie waren sicher auf dem Weg zu Leilas Eltern. Ich habe extra die Bäckerei früher zugemacht, um die frohe Botschaft zu verkünden.«

Penny schüttelte voller Bedauern den Kopf. »Das arme

Kind. So abgemagert. Aber erstaunlich muskulös.« Das Bedauern verwandelte sich abrupt in Euphorie: »Jetzt kann sie uns ja alles erzählen. Wir sind schon sehr gespannt auf die Geschichte.«

»Das möchte ich wetten«, sagte Scarlett und wandte sich ab. Ihr Kopf dröhnte. Während sie sich von den beiden entfernte, hörte sie Penny sagen: »Sie ist sicher geknickt wegen Willi. Die zwei haben hin und wieder Zeit miteinander verbracht. Ich bin dann mal weg. Adieuuuu!«

Scarlett ging in die Küche und stellte sich ans Fenster. Penny watschelte über den Gehweg zurück in ihren Vorgarten.

Diese schreckliche Stadt ... sie alle hatten es verdient, zu leiden. Penny hatte das Thema gewechselt, als wäre sie vom Wetterbericht zu den Prominews gesprungen. Willi war ihr doch völlig egal. Er war ihnen allen egal, Hauptsache, es gab Tratsch. Diese Stadt verdiente es, zu brennen.

Hatte Penny auch nur eine Sekunde lang um den alten Mr. Davies getrauert? Entweder war sie eine gute Schauspielerin oder kalt wie Stein. Dabei hätte Scarlett geschworen, so etwas wie romantisches Interesse bei ihr bemerkt zu haben, als sie beide damals über die Nachbarn gesprochen hatten.

Scarlett hatte gedacht, sie wäre in dieser Stadt diejenige ohne Gefühle, aber offenbar war sie die einzige Blume in einem ansonsten verdorrten Garten.

Sie alle verdienten den Tod.

»Leila Griffin ist gefunden worden.«

Scarlett umfasste den Blumentopf des Bonsais, der auf der Fensterbank stand und drückte zu, als wäre es eine Kehle.

»Leila«, presste sie zwischen zusammengebissenen Zähnen hervor. Irgendwie war es ihr also gelungen, aus ihrem kleinen Kerker auszubrechen.

Sie hatte Willi getötet, daran bestand kein Zweifel. MacGill hatte es sicher nicht gewagt, es noch einmal zu versuchen. Und wenn doch, tat das nichts zur Sache. Er würde ohnehin bald sterben. Sie alle würden bald sterben.

»Sca?« Jacob trat hinter sie. »Du mochtest diesen Willi, oder? Ich habe es dir angesehen. War er dein Freund?«

»Er war das einzig Gute, das diese Stadt je hervorgebracht hat. Und ich habe ...«

Sie spürte Jacobs Hand auf ihrer Schulter.

»Das tut mir leid«, sagte er.

Scarlett drehte sich zu ihm um. Nie zuvor hatte in ihrem Inneren ein solches Chaos gewütet. Aber das war gut so, denn in ihr gab es unter all dem Wirrwarr ein Gefühl, auf das sie sich schon immer hatte verlassen können. Ein Gefühl, auf das sie sich konzentrierte.

»Das muss es nicht, Schatz.« Sie lächelte. »Ich werde ihn rächen.« Sie ging an ihm vorbei.

»Wenn du zurückkommst, werde ich nicht mehr da sein.«

Scarlett hielt inne. »So?«

»Ich kann so ein Leben nicht führen, verstehst du das?«

»Ich werde wahrscheinlich ohnehin nicht zurückkommen. Das Gefängnis ruft, Liebling. Schon bald wissen alle Bescheid. Meine Vergangenheit hat mich doch noch eingeholt.« Sie schnaufte. »Karma, nehme ich an.« Sie sah ihn über die Schulter hinweg an. »Warte lieber nicht zu lange, Jacob. Je eher du verschwindest, desto besser. Du bist ein guter Kerl. Sei klüger als Willi und such das Weite, solange du noch kannst.«

»Was hast du jetzt vor?«

»Ich werde so viele mit in den Abgrund reißen, wie ich kann.«

* * *

Beth Griffin fühlte sich wie ein Geist im eigenen Haus. Seit sie von Jacks Affäre erfahren hatte, ignorierten sie einander. Zwar hatte Jack anfangs versucht, sie zu besänftigen, doch als er gemerkt hatte, dass sie nicht so blauäugig war, wie er vermutete, hatte er schnell aufgegeben.

Er kämpfte nicht einmal um sie.

Ihre Ehe war schon immer eine Lüge gewesen. Das war Beth nun endgültig klar geworden. Und das einzig Gute, das sie je hervorgebracht hatte, war ihr auch genommen worden.

War das der Preis dafür, Geld der Liebe vorzuziehen?

Sie hätte damals den Antrag von Tony annehmen sollen. Unheimlich verliebt waren sie gewesen, aber Beth hatte dauernd die Stimme ihrer Mutter im Ohr gehabt. »Du kannst keinen armen Mann heiraten, Bethy. Eine Ehe braucht keine Liebe, Bethy. Dein Ziel sollte Reichtum sein, Bethy.«

Sie hatte auf eine Frau gehört, die selbst nicht glücklich gewesen war. Die einen Mann geheiratet hatte, der zwar ein beachtliches Vermögen besessen hatte, aber ebenso boshaft wie reich gewesen war. Und wofür? Für Schmuck und Ansehen?

Tony. In letzter Zeit dachte Beth ständig an ihn. Sie stellte sich vor, wie ihr Leben mit ihm ausgesehen hätte. Ein Leben ohne Geld, aber voller Liebe.

Jack zu verlassen wäre das einzig Richtige, doch Beth blieb die Tochter ihrer Mutter, ob sie wollte oder nicht. Ohne Jack und sein Vermögen würde sie in der Gosse landen, womöglich nackt und mit aufgeschlitzter Kehle.

Die Kaffeemaschine gab still zu erkennen, dass sie zu Ende gekocht hatte. Beth nahm ihre Tasse, gab Milch und Zucker hinein, verrührte alles und setzte sich an den Küchentisch. Normalerweise ging sie um diese Zeit für eine halbe Stunde aufs Laufband, aber ihr fehlte der Antrieb. Seit Tagen schon. Beth konnte förmlich den missbilligenden Blick ihrer Mutter sehen: »Du wirst noch fett, Bethy. Kein Mann will eine fette Frau.«

Beth hob ihre Tasse wie zu einem Toast und führte sie an ihre Lippen.

Die Türglocke läutete.

Sie stellte die Tasse ab und ging zur Tür.

»Inspector MacGill. Was führt Sie hierher?« Ein unangenehmes Ziehen machte sich in ihrer Magengegend breit.

Fast erwartete sie, dass MacGill ihr ein Foto reichen würde, auf dem Tony zu sehen war, dass irgendjemand in ihrer Vergangenheit gewühlt hatte und es nun so darstellte, als habe sie sich heimlich mit ihrer alten Flamme getroffen.

MacGill lächelte. »Ich habe eine Überraschung für Sie, Beth.«

»Bitte nicht. Überraschungen hatte ich in den letzten Tagen weiß Gott …«

Eine Frau trat hinter MacGill hervor und die Zeit schien mit einem Mal stillzustehen.

»Das ist nicht möglich«, hauchte Beth. Sie hatte das Gefühl, jeden Augenblick in Ohnmacht zu fallen. Vor ihr stand ein Geist.

»Hallo, Mum.«

»Leila?«

Das war sie, ohne jeden Zweifel. Nicht länger der vierzehnjährige Teenager, sondern eine erwachsene Frau. Ihre Leila. Das einst strahlend blonde Haar voller Dreck, die Kleidung nichts als Lumpen. Mager war sie. Bis auf ihre Arme. Ihre Arme waren die einer Gewichtheberin.

Beth Griffin, die seit ihrem siebten Lebensjahr nicht mehr geweint hatte, zog ihre Tochter an sich und schluchzte.

»Es ist ein Wunder!«, sagte sie. »Ein Wunder!«

* * *

In der Geschichte von St. Pit war nie eine Straftat passiert, die über den Diebstahl eines Autos hinausgegangen war. Das war der Grund gewesen, weshalb Rupert MacGill der Stadt und seinem Sohn den Rücken gekehrt hatte. Und es war der Grund, weshalb David MacGill nie fortgegangen war.

St. Pit war friedlich. Es schlich im gemächlichen Tempo wie auf dem Rücken einer riesigen Schildkröte durch die Zeit, während sich die Bewohner entspannt zurücklehnten, um mit einem kühlen Bier und einer Tüte Chips die Aussicht zu genießen.

Und dann war irgendetwas geschehen.

Nun saßen sie nicht mehr auf dem Rücken einer Schildkröte, sondern auf einem Skorpion, der unermüdlich seinen Stachel auf die Bewohner niederfahren ließ.

Das Letzte, womit David MacGill gerechnet hatte, als er Scarlett Dyer aus dem Bunker hatte kommen sehen, war, dort unten die vermisste Leila Griffin zu finden. Leila, die einst so hübsch gewesen war, dass er es kaum ertragen hatte, sie anzusehen, während ihr Anblick ihn gleichzeitig bannte. Wie oft er ihr damals nachgestiegen war. Es kam ihm vor wie ein anderes Leben. Vor allem jetzt, wo ihr einst wundervolles blondes Haar so schmutzig war.

Sie hatte versucht, es zu schneiden. Vermutlich mit einer stumpfen Schere, die Willi ihr gegeben hatte. Es reichte ihr bis zu den Schulterblättern. Asymmetrisch war es nun und voller Spliss. Ihr Körper hatte all seine herrlichen Rundungen verloren. Nur ihre Arme sahen aus, als hätte sie jemand mit Luft aufgepumpt. Das waren die Arme eines Mannes. Eines Bodybuilders. Keine Weiblichkeit war ihnen anzusehen. Leilas Schönheit war vergangen. Was für eine Schande.

Dass sie ihm, kurz nachdem er die Zellentür geöffnet hatte, ausgebüxt war, war dumm gewesen. Er hätte damit rechnen müssen, dass sie ihm nicht vertraute, nach allem, was sie durchgemacht haben musste. Zudem hatte sie ihn früher schon argwöhnisch beäugt. Vermutlich, weil er damals bereits Mitte zwanzig gewesen war und seine Avancen sie eingeschüchtert hatten. Nun, es ließ sich nicht ändern. Er hatte einen Fehler gemacht.

Aber er hatte sie schnell wiedergefunden, nachdem er ins Tageslicht getreten war. Fast war ihm gewesen, als wäre sie freiwillig zu ihm zurückgekehrt. Weil ihr klar geworden war, dass er ihr nur helfen wollte. So musste es sein. Und doch gab es da diesen seltsamen Zufall: Willi. Leila büxte aus und kurz darauf hatte man MacGill über Funk mitgeteilt, dass Willi erneut von der Klippe gestürzt und dieses Mal tatsächlich gestorben war. Ein Selbstmord, wie es hieß.

Das schien logisch. Und doch ...

Leila konnte das nicht gewesen sein. Welchen Grund sollte sie gehabt haben, Willi zu stoßen? Genauso gut hätte Scarlett es tun können. Jeder wusste, dass Willi sich ständig auf dieser dämlichen Klippe aufhielt.

Nein, Leila war das nicht gewesen. Es war ein Zufall. Bloß ein Zufall.

Was zum Teufel ging nur vor sich in seiner sonst so friedvollen Stadt? David war nicht im Geringsten darauf vorbereitet, wie ein echter Polizist zu handeln, doch die Leute erwarteten es von ihm. Sie wollten, dass er ihnen einen Schuldigen für die jüngsten Verbrechen präsentierte. Wüsste er es nicht besser, würde er vermuten, es mit dem Rachegeist von Olivia Lewis zu tun zu haben.

Es war, als hätte es jemand auf Leilas Schulfreunde abgesehen. Es war kein Geheimnis, dass Olivia und sie einander gehasst hatten. Die Clique hat das Mädchen pausenlos terrorisiert, er wusste das. Er hatte es gesehen, das Video. Er hatte gesehen, wie Leila mit Olivia umgesprungen war. Wer also könnte ein besseres Motiv haben als sie?

Aber Olivia war fort, seit zwölf Jahren. Nicht einmal die Lewises wussten, was mit ihr geschehen war. Sie hatten das Mädchen damals in eine Anstalt bringen wollen und Joanns Aussage nach war Olivia auf dem Weg dorthin ausgebüxt. Tot war sie, so glaubte man.

Und wenn sie es nicht war?

Wenn die Eltern gelogen hatten?

Damals war David irgendetwas an ihrer Aussage seltsam vorgekommen.

Beth und Leila traten ins Haus. Beth winkte MacGill zu sich und er folgte ihnen.

Unsinn. Das Mädchen war anständig gewesen. Bis auf diesen einen Ausrutscher auf den Klippen hatte sie nie etwas Böses getan. Vermutlich hatte sie eine Weile als Obdachlose gehaust, ohne Papiere, ohne Handy, und war irgendwann tot in einer Gasse gefunden worden. Eine von vielen Jane Does auf dieser Welt.

Dass Olivia Lewis als Rachegeist zurückgekehrt sein könnte, war absurd.

Nein, etwas anderes ging hier vor sich. Sollten sich doch seine Kollegen damit auseinandersetzen. Sobald David sich um Leila gekümmert hatte, würde er wieder zu seinen üblichen Routinen übergehen. Möglicherweise würden seine Chefs ihm sogar einen Orden verleihen oder ihn einen Rang aufsteigen lassen, wenn sie erfuhren, dass er eine langjährige Vermisste gefunden hatte.

Das Leben als Kleinstadtpolizist war wundervoll.

»Inspector!«

David fuhr kaum merklich zusammen. »Hm?«

Beth starrte ihn an. Sie sah aus wie ein Gespenst. »Meine Tochter darf doch jetzt hierbleiben, nicht wahr? Sie nehmen Sie nicht mit aufs Revier und setzen sie den Torturen einer Befragung aus, habe ich recht?«

»Oh, äh, Ma'am, es ist wichtig, festzuhalten, was Ihrer Tochter widerfahren ist. Sie ist sehr stark. Ich meine, schauen Sie nur, sie hat all diese Jahre überlebt, hat sich sogar fit gehalten und sie hat nicht eine Träne vergossen auf dem Weg hierher.«

»Sie steht unter Schock!« Beth kreischte fast.

»Vermutlich, Ma'am.«

»Nennen Sie mich nicht Ma'am, David, ich bin nicht meine Mutter.«

»Entschuldigung, Beth.«

»Mum«, flüsterte Leila, »können wir das bitte hier machen? Nur wir drei?«

MacGill überlegte. »Ich denke schon. Früher oder später muss ich meine Kollegen jedoch informieren. Die Welt sollte erfahren, was dir zugestoßen ist und vor allem, dass du es überstanden hast.«

Beth drückte Leila erneut an sich. »Aber nicht heute! Du bist gerade erst angekommen. Du musst dich ausruhen!«

»Das kann ich später, Mum. Darf ich bitte erst duschen?« Sie rieb sich die kräftigen Arme, als fühlte sie sich unwohl unter so vielen Blicken.

»Was geht hier vor sich?« Jack betrat das Wohnzimmer, dann bemerkte er Leila. »O mein Gott!«

»Jack, sie ist wieder da! David hat sie gefunden.«

Jack sagte nichts, er stand da wie erstarrt.

David ergriff das Wort. »Warum begleiten Sie Ihre Tochter nicht ins Badezimmer, Jack. Sie würde sich gerne waschen.«

»Daddy!« Leila rannte zu ihm und warf sich in Jacks Arme. Der verharrte weiterhin regungslos. Die Augen schreckgeweitet, die Haut bleich. Leila ließ von ihm ab, hakte sich bei ihm unter, und zerrte ihn aus dem Raum.

»Und lassen Sie sie unter keinen Umständen allein«, rief David ihnen hinterher. Dann wandte er sich wieder an Beth. »Ihre Tochter ist … bemerkenswert. Sie ist sehr gefasst.«

»Es ist ein Wunder!« Beth versuchte zu lächeln, ihr Mund glich jedoch eher einer verzerrten Fratze. »Bitte, sagen Sie mir, wo Sie meine Tochter gefunden haben, David.«

Sie setzten sich einander gegenüber auf zwei Ledercouches. »In einem Bunker.«

»Ein … Was, hier in der Stadt?«

David nickte.

»Sie war die ganze Zeit hier? All die Jahre?«

»Beruhigen Sie sich, Beth, niemand konnte das Wissen. Der Bunker liegt versteckt und damals haben wir alle vermutet, dass Leila die Stadt verlassen wollte. Eine Entführung schien …«

»Wir waren Idioten! Wer hat sie festgehalten?«

»Das weiß ich nicht.«

»Nun, jemand muss sich um sie gekümmert haben. Sie wird dort unten kaum etwas zu Essen gefunden haben außer Ratten und Kakerlaken vielleicht.«

Beth schien erst jetzt zu begreifen, was sie da eben gesagt hatte, und riss die Augen auf.

David ergriff hastig das Wort: »Ich vermute, Willi hat sie versorgt.«

»Willi? Dieser zurückgebliebene Junge? Hat *er* sie dort eingesperrt?«

»Wie gesagt, das weiß ich zum jetzigen Zeitpunkt noch nicht, Beth, allerdings gehe ich davon aus. Zumindest hat er sich um sie gekümmert. Er war sehr fürsorglich, müssen Sie wissen. Ich habe Medikamentenpackungen auf dem Boden gesehen. Vitamintabletten. Zeitschriften lagen dort, Decken, Taschenlampen. Er ... er hatte nicht vor, sie sterben zu lassen. Es hätte auch ganz anders enden können. Vielleicht hielt Willi sein Geheimnis nicht mehr aus und er wollte, dass Sie gefunden wird.«

»Wieso sagen Sie das?«

»Weil ich auf dem Weg hierher erfahren habe, dass er von der Klippe gesprungen ist. Dieses Mal hat er es zu Ende gebracht. Wahrscheinlich wollte er es so. Er wählte den Tod anstelle des Gefängnisses.«

»Sie hätten ihn schon früher einsperren sollen und ihn in einer Zelle verrotten lassen!«

David erwiderte nichts.

»Verzeihen Sie.«

»Alles gut, Beth. Sie stehen unter Schock.«

Beth ließ den Kopf hängen. »Sie sieht furchtbar aus. All der Schmutz und der Zustand ihrer Kleidung. Ich hätte sie suchen müssen.«

»Sich selbst die Schuld zu geben bringt nichts. Alles, was zählt, ist, dass Leila lebt.«

»Unglaublich, wie stark sie ist. Sie wirkt, als hätte sie keinen Schaden davongetragen. Aber das ist unmöglich, oder?« Beth sah hoffnungsvoll auf.

»Ich fürchte, wer so etwas erlebt hat, erleidet immer ein Trauma. Aber wie Sie schon sagen, Ihre Tochter ist stark und wenn jemand das übersteht, dann sie. Sie hätten dabei sein sollen, Beth, als Leila das erste Mal ins Licht getreten ist. Es hat eine Weile gedauert, bis sie etwas sehen konnte, aber sie sah so glücklich aus. So ... erlöst.« Die Lüge ging ihm leicht über die Lippen. Hin und wieder war es besser, die Wahrheit zu verschleiern. Für alle.

»Danke. Danke, David, dass Sie sie mir wiedergebracht haben.«

»Das ist meine Aufgabe, Beth, nichts zu danken.«

»Jack und ich werden Sie belohnen.«

»Das ist nicht nötig!« David hob abwehrend die Hände.

»Oh, doch. Keine Widerrede. Und jetzt mache ich uns erst einmal allen Tee.«

Beth stand auf und David lehnte sich zurück. Einen Orden und Geld. Schon bald würde ganz St. Pit ihn feiern.

Leila trat ins Wohnzimmer. Sie trug ein blassblaues Kleid. Das eben noch dreckige Haar, nun feucht, hatte sie wie einen Zopf über die rechte Schulter gelegt. Es strahlte golden. Es strahlte wie früher. Sie sah aus wie ein Engel. Einzig ihre muskulösen Arme und ihre vom Vitaminmangel gezeichnete Haut brachten das Bild ins Wanken.

David richtete sich auf und betrachtete eingehend ihr Haar, während sie sich der Couch näherte und sich ihm gegenüber setzte. Sein Engel. Sein goldener Engel.

Die Couch bewegte sich neben ihm und riss ihn aus seiner Trance. Jack hatte sich zu ihm gesetzt. Er wirkte noch immer wie versteinert. Es hätte David nicht überrascht, hätte der ihn gefragt, ob er ihn kneifen könne.

David bemerkte, dass Leila ihn beobachtete. Sie zeigte ein Mona-Lisa-Lächeln und blinzelte verführerisch.

Beth kam mit einem Tablett zurück ins Wohnzimmer. Sie erstarrte und es rutschte ihr aus der Hand. Das Porzellan fiel klirrend zu Boden und zerbrach. Heißer Tee zerfloss in einer großen Lache. Niemand sagte etwas.

David fühlte sich wie in einer Seifenoper. Nach einer Weile des Schweigens sagte er: »Ich mach das für Sie weg, Beth.«

Beth winkte ab. »Unsere Reinigungskraft ist irgendwo oben und macht die Betten oder so was. Sie wird das aufwischen. Leila! Mein Kind, mein liebes Kind!« Sie setzte sich zu ihr und strich ihr mehrfach über den Kopf.

Leila beachtete sie nicht, sie war noch immer David zugewandt. »Sie dürfen eine Aufzeichnung machen.«

»Bitte?«, fragte er. Ihre kindliche Art von vorhin war verschwunden. Sie wirkte wie eine völlig andere Frau.

»Von unserem Gespräch. Machen Sie ruhig eine Audioaufnahme mit Ihrem Handy, Inspector.«

»Ist das erlaubt?«, fragte Beth.

»Mit meinem Einverständnis bestimmt, nicht wahr, Inspector?«

Dieser durchdringende Blick. David konnte sich ihm kaum entziehen. »Wenn du das so möchtest, Leila.« Er zog sein Smartphone aus der Hosentasche und legte es auf den Tisch. »Sind Sie beide damit einverstanden?«

»Mein kleines Mädchen«, sagte Jack im weinerlichen Ton.

Der Mann war noch nie der Schnellste, aber zumindest begann er endlich zu realisieren, was hier vor sich ging.

Beth nickte. Beide hatten nur Augen für ihre Tochter.

Wie könnte man es ihnen verdenken.

Ein goldener Engel.

»Nur, damit ich nichts Falsches sage«, fragte Leila, »den Teil, wo ich Ihnen ausgebüxt bin, lassen wir weg, richtig? Ich war ja so furchtbar durcheinander. Der Schock.«

David blickte beunruhigt zu Beth, die schien jedoch gar nicht gehört zu haben, was Leila gerade erzählt hatte. Gut so, schließlich hatte er vorhin gelogen.

»Das tut mir wirklich leid. Nachdem Sie mich befreit haben, Inspector, sind meine Nerven durchgedreht.«

»Ist nicht der Rede wert.«

»Und dann muss ich irgendwie an den Lichtschalter gekommen sein. Ich hoffe, Sie haben sich in der Dunkelheit einigermaßen zurechtgefunden.«

»Wirklich, es ist nicht der Rede wert, Leila«, sagte David zwischen zusammengebissenen Zähnen.

»Wissen Sie, nach all den Jahren in der Finsternis habe ich mir die Fähigkeit zugelegt, recht gut im Dunkeln sehen zu können. Ich bin auch gar nicht weit weggerannt und als ich begriffen habe, was ich tat, bin ich ja gleich wieder zurück zu

Ihnen. Sie haben mir ja nur helfen wollen. Wir dumm von mir. Jedenfalls vielen Dank.« Nach einer kurzen Pause fügte sie hinzu. »David.«

David lächelte nervös. Leilas Eltern wirkten noch immer vollkommen abwesend. Ein Glück! »Reden wir besser nicht mehr drüber, ja?«

»Meine Lippen sind versiegelt.«

»Also gut«, sagte David. »Ich drücke nun auf Aufnahme und werde die Befragung starten. Bist du bereit, Leila?«

»Das bin ich.«

Kapitel 17 – Ein Deal

Als Scarlett die Haustür öffnete, um nach draußen zu treten, blendete sie ein gleißender Strahl Sonnenlicht. Sie kniff die Augen zusammen und hob die Hand, um sich vor der Sonne abzuschirmen. Nach mehrmaligem Blinzeln fiel es ihr leichter, etwas zu sehen. Es hatte nicht mehr geregnet, der wolkenlose Himmel verriet, dass es ein schöner Tag werden würde. Regelrecht heiß. Der erste Maitag, der den baldigen Sommer erahnen ließ.

Und als wäre ein ›schöner Tag‹ nicht schon schlimm genug, wimmelte es in der Straße nur so von Spaziergängern. Einzeln, als Paar, mit Hund, ohne Hund. Nachbarn und Fremde, und natürlich Penny in ihrem Vorgarten – hatten die alle kein Zuhause?

Mit gesenktem Kopf und hochgezogenen Schultern eilte Scarlett ihre Einfahrt hinab und die Straße hinauf. Sie wich den Fußgängern aus, ohne sie eines Blickes zu würdigen oder ihren Gruß zu erwidern.

»Scarlett! Hey, Scarlett!«

Scarlett blieb stehen. Irene Walsh rannte auf sie zu. Als ihr Mann noch auf freiem Fuß gewesen war, hatte sie immer einem wandelnden Skelett geähnelt. Ein knochiges Gesicht, straffe, fahle Haut, dunkle Ringe unter den Augen. Jetzt wirkte sie wie eine völlig andere Frau. Rosige Wangen, ein leichtes Lächeln auf den Lippen und erstaunlich hübsch in ihrem frühlingshaften Blümchenkleid. Dass ihr Mann Steve Davies halb tot geprügelt hatte, war – und zwar unschwer zu erkennen – das Beste, das ihr jemals widerfahren war.

Nicht doch, nicht doch, ein Dank ist nicht nötig, sonst werde ich ja ganz rot.

»Irene. Hi. Gut siehst du aus.«

»Ich fühle mich auch gut, danke.«

Ich habe deinen Mann sehr gerne hinter Gitter gebracht. Immer wieder gern.

»Darf ich das sagen? Nach … na ja, du weißt schon.«

»Aber natürlich! Dein Mann war ein Mistkerl, das wussten doch alle.«

Irene riss die Augen auf.

»Zu hart? Entschuldige, manchmal scheint es, als spräche jemand anderes aus mir.«

»Nein, nein, du hast schon recht. Er war ein Mistkerl.« Irene lächelte schüchtern.

Und ein erstaunlich gutes Werkzeug. Zum Totlachen!

»Ich möchte mich bei dir bedanken, Scarlett.«

»So?« Sie legte den Kopf schief. »Habe ich etwa laut gedacht?«

»Wie bitte?«

»Ach, nicht so wichtig, was wolltest du sagen, Irene?«

»Alex ist so glücklich wie … nun, noch nie, würde ich sagen.

Und das ist so, seit du dich mit ihr unterhalten hast. Sie hat sogar eine Freundin gefunden! Ich freue mich unglaublich für sie und deswegen danke ich dir.« Irene ergriff Scarletts Hände. »Danke! Danke! Danke! Seit du hierher gezogen bist, ist es, als wäre Alex' und mein Leben voller Licht.«

»Oh, hör auf!«

»Nein, wirklich. Du bist wie eine gute Fee, scheint es mir manchmal. Deine Güte …«

Meine was?

»… und dein besonderer Humor haben uns so viel gegeben. Alex und mir. Fast ist es, als wärst du auch verantwortlich dafür, dass wir von Abel befreit wurden.«

»Nun …«

»In all den Jahren hat mir die Kraft gefehlt, mich von ihm zu trennen. Ich hatte einfach Angst. Und kaum bist du in unser Leben getreten, bin ich frei. Das kann kein Zufall sein.« Irene kicherte. »Sei ehrlich. Du hast deinen Zauberstab geschwungen, stimmt's?«

»So was in der Art.«

»Eigentlich bin ich rausgerannt, um dich darauf anzusprechen, dass du schon eine Weile nicht mehr in der Suppenküche ausgeholfen hast.«

»Irene, das tut mir leid. Momentan ist …«

Sie winkte ab. »Du musst mir nichts erklären, Scarlett. Für dich übernehme ich jederzeit Doppelschichten.« Wieder kicherte sie. »Nein, ganz ehrlich, es ist okay. Wir alle machen das hier ehrenamtlich und es ist toll, dass du überhaupt ausgeholfen hast.

Es wäre nur schön, wenn du beim nächsten Mal Bescheid gibst. Wirst du das tun?«

»Vielleicht ist dies der ideale Augenblick, um dir zu sagen, dass ich nicht zurückkommen werde. In die Suppenküche. Ich werde bald verreisen.«

»Wie wundervoll! Du musst mir alles erzählen.«

»Du wirst es auf jeden Fall erfahren. Hör zu, ich habe es ein wenig eilig. Wir unterhalten uns ein anderes Mal, in Ordnung?«

»Bitte entschuldige, ich halte dich auf. Geh nur, geh nur. Ich rufe dich an, ja?«

Scarlett hob grüßend die Hand. »Bis bald, Irene.«

»Mach's gut! Und danke!«

Diese Frau war zu nett für eine Stadt wie diese. Hoffentlich würde ihr das auch noch klar werden, damit sie und Alex zusammen mit Emilie ihre Sachen packen und von hier verschwinden konnten. St. Pit war kein geeigneter Ort für gute Menschen.

Die Sonne gewann mit jeder Minute mehr an Intensität. Heute würde der erste heiße Tag des Jahres werden. Nachts folgte dann vermutlich ein Gewitter. Ein Gewitter war gut. Gewitter brachten Regen und Regen verwischte Spuren.

Scarlett lächelte und beschleunigte ihren Schritt.

Noch ehe sie um die nächste Kurve gegangen war, wurde sie erneut abgefangen.

»Hey!«

Sie wandte sich der Stimme zu. Auf dem gegenüberliegenden Bürgersteig saß Robert Lewis. Er hielt noch die Räder seines Rollstuhls umfasst und wirkte abgekämpft. Es war das erste Mal, dass sie ihn ohne Joann draußen herumlungern sah.

»Olive.«

Na wunderbar. Das hatte ja nicht lange gedauert. »Ich heiße Scarlett.«

Sie schlenderte zu ihm. »Weiß Ihre Frau, dass Sie hier draußen alleine unterwegs sind?«

»Machst du dir Sorgen, mir könnte was zustoßen, Olive?«

»Ich sagte doch schon, ich heiße ... ach, was soll's. Was willst du, Dad? Ich bin beschäftigt.«

»Ich wollte dich mit eigenen Augen sehen.«

»Hast du schon. Beim Einzug, erinnerst du dich? Und beim Trauerzug. Du hast mich nicht erkannt. Muss ganz schön an dir nagen, hm? Erkennst die eigene Tochter nicht. Mum hatte da gleich so ein Gefühl.«

»Du siehst anders aus.«

»Findest du? Ist mir gar nicht aufgefallen. Du dagegen bist genauso aufgedunsen, wie ich dich in Erinnerung hatte.«

»Das hab ich wohl verdient, hm? Deinen Zorn? Das haben wir beide.«

Scarlett hob die Hand. »Spar dir deine Reden, Dad, Mum hat das schon versucht und wenn ich dir ins Gesicht kotzen muss, würde das für Aufsehen sorgen. Ich hab was zu erledigen, bevor ihr mich auffliegen lasst.«

»Deine Mum hat noch niemandem davon erzählt.«

»Noch. Wie großzügig. Nun, ich bitte euch, das Geheimnis für ein Weilchen zu wahren. Um der guten alten Zeiten willen. Ich muss dann mal. Bye-bye!«

»Olivia Lewis, wage es nicht, dich von mir abzuwenden. Wir sind noch nicht fertig.«

Scarlett lachte auf. »Ist das so, *Daddy?*«

»Was soll dieser seltsame Akzent? Ich will mit dir reden und wenn du nicht willst, dass ganz St. Pit mithört, kommst du jetzt zu mir.«

Scarlett schnaufte, gehorchte jedoch. Sie stellte sich dicht vor seinen Rollstuhl. »Überleg es dir lieber gut, Dad. Mum ist nicht hier. Du bist vollkommen hilflos ohne sie. Ich könnte deinen fahrbaren Untersatz packen, dich zu den Klippen rollen und – ups!«

»So wie du es mit Willi getan hast, ja?«

Scarlett fuhr innerlich zusammen. »Sei lieber vorsichtig, Dad, ich habe miese Laune. Du solltest mich nicht weiter provozieren.«

Eine kurze Pause entstand.

Dad schien deutlich gefasster als Mum, was seltsam war, da er früher immer der gewesen war, der nah am Wasser gebaut war. Er hatte wegen seines chronischen Herzleidens ständig in Selbstmitleid gebadet, gejammert, wie leid es ihm täte, dass seine Familie sich um ihn kümmern müsse statt umgekehrt. Mum dagegen hatte Scarlett nur einmal weinen sehen, und das war vorhin gewesen.

»Weißt du eigentlich«, sagte er, »was deine Mum und ich für dich geopfert haben, Olive? Besonders deine Mum?«

Scarlett verdrehte die Augen und legte einen Finger an die Unterlippe. »Hmm, nein. Nein, du musst dich irren. Ich glaube nicht, dass ›opfern‹ ein Synonym für abschieben ist.

Allerdings bin ich ein ziemliches Dummchen, also was weiß ich schon.«

»Ich weiß, es war nicht leicht mit einem kranken Vater …«

»Ah, da ist sie ja endlich, die Mitleidsschiene«, unterbrach sie ihn.

Robert ließ sich nicht beirren: »… und ich kann verstehen, wenn du mich hasst, schließlich war ich nie für dich da. Nie wirklich. Aber deine Mutter? Hat sie nicht alles für dich, für uns beide, getan? Sie hat für zehn gearbeitet und trotzdem nie vergessen, dir zum Geburtstag einen Kuchen zu backen. Deine Mum ist ein Engel. Ich lasse nicht zu, dass du sie als etwas darstellst, das sie nicht ist.«

»Nein? Was willst du schon tun? Mir über die Füße rollen?« Sie wandte sich ab. »Mach's gut, Dad.«

»Deine Mum *hat* mit MacGill geschlafen.«

Sie erstarrte.

Langsam drehte sie sich wieder um.

»Und weißt du, wieso sie es getan hat?« Dads Fassung bröckelte. »Für dich.«

Scarlett trat eiligen Schrittes erneut vor ihn. »Was soll das heißen?«

»Robert?« Joann kam auf sie zu gerannt. »Robert, was tust du da? Du sollst doch nicht alleine das Haus verlassen. Ich habe dich überall gesucht.«

»Bleib stehen, Joann.«

Joann machte Anstalten, seine Aufforderung zu ignorieren, blieb dann aber doch in einiger Entfernung stehen und schaute mit sorgenvoller Miene zu ihnen herüber.

Scarlett lehnte sich vor. »Was soll das heißen?«, wiederholte sie.

»Das soll heißen, dass sie es getan hat, um dich zu beschützen.«

»Ich verstehe kein Wort.«

»Nachdem du Willi von der Klippe gestoßen hast, war klar, dass die Polizei es herausfinden würde. Wir baten MacGill um Hilfe. Er willigte ein, unter einer Bedingung.«

Scarlett richtete sich auf. Ihr Magen zog sich zusammen.

»Wir haben hin und her überlegt. Letztlich stimmten wir zu.« Jetzt war es Robert, der sich nach vorne neigte. »Deine Mum hat mit MacGill geschlafen, damit du nicht ins Gefängnis musst, Olive. Wir haben dir etwas Schlimmes angetan, das leugne ich nicht, aber wir haben immer nur getan, was wir für das Beste hielten. Für dich.

Wir sind nicht perfekt. Wir haben Fehler gemacht, wir machen heute noch Fehler. Wir waren einfach überfordert, okay? Ja, wir hätten dir glauben sollen. Aber die Sache mit der angeblichen Misshandlung war zu viel. Wir wussten nicht weiter.« Er senkte den Blick. »Ich weiß, es war falsch, zu behaupten, du wärst davongerannt.«

»Ihr habt was?«

»Wir haben uns geschämt. Und wir hatten Angst. Angst, dass jemand wie Penny zu dir geht und du ihnen erzählst, was für miese Eltern wir waren. Auch ohne so was waren wir schon das Stadtgespräch. Deine Mutter war am Ende ihrer Kräfte. Ich konnte und ich wollte ihr nicht noch mehr aufbürden.« Jetzt sah er wieder auf. »Mir tut alles furchtbar leid, das musst du mir glauben. Aber wenn du deiner Mutter schadest, werde ich mich gegen dich stellen. Ich liebe dich, Olive, aber das lasse ich nicht zu.«

Scarlett erwiderte nichts. In ihrem Kopf herrschte absolute Leere. Ihr ganzes Ich fühlte sich seltsam hohl an, seltsam ausgehöhlt. Als wäre das hier nicht real, sondern ein Albtraum.

Langsam drehte sie sich um und entfernte sich von ihm, dabei vermied sie es, ihrer Mutter in die Augen zu sehen.

»Olive!«, rief Dad.

Scarlett blieb stehen und wandte sich ihm noch einmal zu. Penny stand in einiger Entfernung auf dem Bordstein und starrte zu ihnen rüber. Scarlett wartete nicht ab, was Robert abschließend zu sagen hatte.

»Bis dann, Dad«, sagte sie und ließ ihn zurück.

Mum stand noch immer wie angewurzelt da.

»Tut mir leid«, flüsterte Scarlett, als sie sich auf einer Höhe befanden. Als sie an ihr vorbei war, drehte sie sich ein letztes Mal um. Ihre Blicke trafen sich, woraufhin Scarlett ruckartig nach vorne sah.

Keine Sentimentalitäten, keine Paranoia, Sca, sagte sie sich. *Ich muss das hier beenden, bevor ich in einem neuen Zimmer mit Gittern vor den Fenstern lande. Für mein Seelenheil oder so was in der Art!* In ihrem Inneren ging etwas zu Bruch. *Und für Willi.*

* * *

Scarlett ging auf direktem Weg zur Farm von MacGill. Nur kurz hatte sie überlegt, eine Waffe mitzunehmen, ein scharfes Messer zum Beispiel, die Idee jedoch gleich wieder verworfen. Sie besaß eine Waffe, die sie immer bei sich trug. Und die würde effektiver sein als jede Klinge und jede Kugel.

Die Sonne flutete die Farm mit goldenem Licht. Die Schweine grunzten ihr Glück aus und suhlten sich im Schlamm, als wüssten sie, dass ihnen ein Festmahl bevorstand.

Obwohl ihr roter Mantel aus dünnem Stoff war, schwitzte Scarlett ein wenig. Die Wärme heizte ihre Aggression an. Im Moment war ihr, als könne sie MacGill mit bloßen Händen erledigen, ohne ihn zuvor außer Gefecht gesetzt zu haben.

Doch es war besser, nicht unvorsichtig zu werden. Wut konnte hilfreich sein, aber auch gefährlich.

Sie klopfte.

Stille.

Sie klopfte erneut.

Noch immer nichts.

Scarlett öffnete die Tür. »David?«

Keine Antwort.

Sie hielt sich nicht lange auf, sondern ging auf direktem Wege ins Schlafzimmer. Die Kamera lag noch immer dort, wo sie ihr aus den Händen gefallen war, auf dem Boden neben dem Bett. Sie hob sie auf und steckte sie in die Manteltasche.

Jetzt konnte sie ihren Eltern doch noch das Video vorspielen, um sie zu foltern.

Die erhoffte Vorfreude blieb aus. Das Gespräch mit Dad saß ihr in den Knochen. Wenn sie MacGill und Leila erst mal erledigt hatte, würde ihre Freude am Leid anderer sicherlich zurückkehren. Und dann konnte sie sich auch überlegen, was sie mit ihren Eltern anstellte. Momentan herrschte in ihr ein zu großes Chaos, wenn sie an die beiden dachte.

»Fokus, Sca, Fokus«, sagte sie sich. »Vergiss nicht, was sie dir angetan haben.«

Scarlett verließ das Haus und schlenderte an den grunzenden Schweinen vorbei. Jetzt musste sie nur noch warten, bis MacGill wieder nach Hause kam.

Kapitel 18 – Nichts mehr zu verlieren

Einige Stunden später war es endlich soweit: MacGill war zurück und Scarlett stand nun vor ihm in dem überraschend stilsicher eingerichteten Wohnzimmer.

Er deutete aufs Sofa. »Was verschafft mir die Ehre?«

Sie legte ihren Mantel über die Lehne und sie setzten sich. Er verzog leicht das Gesicht, zog ein kariertes Hemd hervor, auf das er sich gesetzt hatte, und warf es achtlos hinter sich.

Dann schlug er die Beine übereinander, wodurch sein Knie das von Scarlett berührte, und legte einen Arm über die Lehne. Sein Daumen strich dabei leicht über ihre Schulter. »Nicht, dass ich was dagegen hätte. Deine Gesellschaft ist mir stets ein besonderes Vergnügen.«

»Brauche ich eine Begründung, um dich zu sehen, David?«

Er schüttelte langsam den Kopf, dabei wanderte seine freie Hand ihren Oberschenkel hinauf.

Scarlett sprang auf und traf MacGill mit der Hüfte am Kinn. Sein Kopf flog zurück und er stöhnte auf.

»Bitte entschuldige! Mir ist eben eingefallen, dass ich noch gar keinen Kaffee getrunken habe. Ich werde ganz hibbelig ohne meinen Morgenkaffee.«

MacGill rieb sich das Kinn. »Tatsächlich? Ich dachte immer, das sei andersherum. Ich mach uns welchen, warte kurz.« Er grummelte etwas Unverständliches und erhob sich.

Scarlett ließ sich zurück aufs Sofa sinken. »Danke sehr!«, rief sie ihm mit zuckersüßer Stimme hinterher und fügte unhörbar hinzu: »Du kleiner Perverser.«

Kurze Zeit später kam MacGill mit zwei Bechern Kaffee zurück. Scarlett entschied sich, ihren in der Hand zu behalten, bis er trinkbar war, für den Fall, dass sie ihn versehentlich verschütten musste. »Danke!«

»Keine Ursache.« MacGill stellte seinen Becher auf dem Tisch ab.

Er schien verändert. Nachdenklich. Vielleicht würden sie schneller zum Thema kommen, als sie befürchtet hatte.

»Darf ich dich etwas fragen, Scarlett?«

»Nenn mich Scary.«

»Scary?«

Sie nickte lächelnd.

»Wirklich?«

Scarlett zuckte die Achseln.

»Also gut. Darf ich dich etwas fragen, Scary?«

»Nur zu, Dave.« Seinen Namen zog sie betont in die Länge.

»O nein, bitte. Nenn mich nicht Dave, den Spitznamen habe ich früher schon gehasst.«

Ich weiß. »So? Wie soll ich dich denn dann nennen?«

»Da werden uns später sicherlich noch ein paar passende Namen einfallen.« Über sein Gesicht huschte das charakteristische lüsterne Grinsen, dann erinnerte er sich anscheinend daran, was er sie hatte fragen wollen und er wurde wieder ernst.

Wie zuvor, drehte er sich zu ihr, dieses Mal jedoch hielt er etwas Abstand. »Was hattest du in dem Bunker zu suchen?«

Offenbar steckte in MacGill doch ein klein wenig Polizist. Ohne Umschweife heraus mit der Frage. Nicht schlecht. »Du bist mir gefolgt?«

Er antwortete nicht.

Scarlett seufzte. »Also gut, ich kann dir ohnehin nichts vormachen. Ich war bei dieser Frau, Leila.«

Seine Miene blieb ungerührt.

»Willi hat mich vor ein paar Tagen zu ihr geführt.«

»Scarlett ...«

Sie hob abwehrend die Hände. »Ich weiß, ich weiß! Ich wollte dir auf der Stelle davon erzählen, David, aber ich hatte solche Angst. Es war so dunkel und diese Frau benahm sich wirklich seltsam. Fast, als wollte sie gar nicht befreit werden.

Ich bin weggerannt und habe versucht, nicht mehr daran zu denken. Das hat mich alles so erschreckt. Aber dann ist mir klar geworden, dass diese arme Frau dort unten eingesperrt war, und ich bin noch einmal hin.«

»Um sie zu befreien?«

»Um mich zu vergewissern, dass das Ganze nicht bloß ein Albtraum gewesen ist. War es nicht, also bin ich wieder raus aus dem Bunker und wollte eigentlich sofort zu dir. Aber ich war so durcheinander. Sie hat mir einen ganz schönen Schrecken eingejagt.«

»Was hat sie gesagt?«

»Gar nichts. Sie saß nur da und hat mich angestarrt. Wie ein Raubtier oder so. Und als ich gerade die Kraft gesammelt hatte, dir von ihr zu erzählen, habe ich von Penny erfahren, dass sie längst befreit wurde.« Scarlett trank einen Schluck Kaffee. »Von dir, nehme ich an?«

»Ganz recht.«

»Das ist wundervoll! Wie geht es der Armen?«

»Gut. Es geht ihr ... es geht ihr erstaunlich gut. Ich habe sie zu ihren Eltern gebracht und eine kurze Befragung durchgeführt.«

Mist! Welcher Idiot quetscht eine Entführte direkt nach ihrer Befreiung aus?

Scarlett stellte ihren Becher ab und ergriff MacGills Hand. »David, ich muss dir noch etwas sagen. Du weißt ja, dass ich hin und wieder Zeit mit Willi verbracht habe. Er hat mir was erzählt. Es gab einen Grund, weshalb er die Frau, Leila, so lange festgehalten hat.«

»Und der wäre?«

»Er sagte, sie sei gefährlich.«

»Ach, Scary, Willi war ... er war dumm. Geistig nicht ganz da, weil er vor einigen Jahren einen schlimmen Unfall hatte. Du solltest nicht glauben, was er dir ...«

»Er hat mir gesagt, diese Leila habe früher eine Clique gehabt, und dass sie jahrelang ein gleichaltriges Mädchen tyrannisiert haben. Wie hieß sie noch ... Olga?«

»Olivia?«

»Genau! Das alles ging von Leila aus. Sie soll sogar gefilmt haben, wie Olivia vergewaltigt wurde und das Video anschließend herumgezeigt haben. Sie war berauscht davon, hat sich mächtig gefühlt. Willi sagte, sie hat sogar vor Mord nicht zurückgeschreckt. Und weil ihre Freunde fanden, dass sie zu weit ging, haben sie Leila schließlich eingesperrt.«

Scarlett machte eine dramatische Pause. »Diese Menschen, die in letzter Zeit verletzt worden sind oder sogar gestorben, David, *sie alle* waren Teil dieser Clique oder Verwandte von ihnen. Ist das nicht ein seltsamer Zufall?«

»Willst du etwa behaupten, Leila sei für das alles verantwortlich?«

»Das kann unmöglich sein, schließlich war sie eingesperrt. Aber als sie mich so angestarrt hat ... Ich weiß nicht, ich habe etwas in ihren Augen gesehen, das mir Angst gemacht hat. Sicher hat sie ihre Flucht schon lange geplant. Ich weiß auch nicht, wie das alles zusammenhängt. Möglicherweise gar nicht. Vielleicht war das diese Frau. Diese ... Olivia. Vielleicht ist sie wieder da, um sich an der Clique zu rächen und ... Was ist? Warum guckst du so?«

»Es ist nichts. Ich hatte nur ... Es ist nichts.«

Scarlett wartete ein paar Sekunden, dann fuhr sie fort: »Aber das ist es nicht, was ich dir erzählen wollte.« Sie machte eine dramatische Pause. »Willi hat mir erzählt, dass Leila wütend gewesen ist, weil ich sie gefunden habe. Sie sagte ihm, er solle sich von mir fernhalten oder mir etwas antun.«

MacGill überlegte. »Und wie hat Willi darauf reagiert?«

»Er hatte Angst.« Scarlett lehnte sich vor. »Sie ist gefährlich, David. Gott weiß, was jetzt passiert, wo sie auf freiem

Fuß ist. Willi wollte mir nichts antun, Leila aber schon. Keine Ahnung, wieso. Vielleicht, weil ich weggelaufen bin, statt sie zu befreien. Sie hat Willi gedroht, auch ihm wehzutun, wenn er nicht macht, was sie sagt. Jetzt habe ich Angst, denn ich glaube, sie ist in all den Jahren verrückt geworden.« Scarlett drückte Davids Hände fester, lehnte sich ein Stück weiter vor, sodass MacGill lediglich den Hals recken müsste, um sie zu küssen. Ihr Haar fiel ihr ins Gesicht, sie beließ es so. »Was hat sie bei der Befragung gesagt?«, hauchte Scarlett.

Sie konnte MacGill schlucken hören und lehnte sich wieder mehr zurück.

»Offen gesagt«, begann er, »gar nichts.«

»Was?«

»Sie kann sich wohl nicht an viel erinnern. Außer dass Willi sie oft besucht hat.«

»Sonst nichts?«

»Ich habe eine Aufnahme von unserem Gespräch und ich kann dir versichern, sie hat nichts über dich gesagt.«

Ruckartig lehnte Scarlett sich wieder vor, dabei achtete sie darauf, dass ihr Haar seine Haut berührte. »Lass sie mich anhören.«

Er schüttelte langsam den Kopf. »Ich kann nicht. Das ist gegen die Regeln.«

Scarlett fuhr mit den Fingern sanft über seine Lippen und strich anschließend so über seine Wange, dass er ihren Ehering spürte. »Sind Regeln nicht dazu da, gebrochen zu werden?«

MacGill streckte die Hand aus, um ihre Brust zu berühren, Scarlett lehnte sich zurück.

Enttäuscht nahm er seinen Kaffeebecher und trank einen großen Schluck, dabei holte er sein Smartphone aus der Hosentasche. »Also gut. Aber es muss unter uns bleiben, Scary!«

»Sicher!«

MacGill drückte auf Play.

* * *

»Bist du bereit, Leila?«

»Das bin ich.«

»Ich bin Inspector David MacGill. Hier bei mir sitzen die bis vor Kurzem vermisste Leila Griffin, ihre Mutter Elizabeth Griffin und ihr Vater Jack Griffin. Dies ist eine unautorisierte Befragung, jedoch erhielt ich das Einverständnis des Opf… von Leila.«

»Das stimmt. Ich bin Leila Griffin.«

»Erzähl uns, woran du dich erinnerst.«

»Ich erinnere mich vor allem an Willi. William Gibbs. Er hat sich in den Jahren meiner Gefangenschaft gut um mich gekümmert. Er hat mir zu essen und zu trinken gegeben und warme Decken hat er mir gebracht. Medizin hatte er auch hin und wieder dabei. Manchmal sogar Zeitschriften, Zeitungen, Bücher und allerhand Krimskrams, mit dem ich mich beschäftigen konnte. Einmal hat er mir sogar eine batteriebetriebene Lampe mitgebracht, damit ich besser lesen konnte.«

»Hast du ihn nie gebeten, dich zu befreien?«

»O doch, sehr oft. Aber Willi war nicht bei Verstand. Er hatte diesen Unfall, eine Weile, bevor ich eingesperrt wurde.«

»Er war also nicht gewillt, dich freizulassen?«

»Nein.«

»Wieso?«

»Ich glaube, er lebte in einer Art Fantasiewelt. Er dachte, wir wären ein Paar. Willi hat mir oft gesagt, dass er mich liebt. Vielleicht hatte er Verlustängste? Ich weiß es nicht.«

»Hat William Gibbs dich aus Liebe eingesperrt, Leila?«

»Ich weiß nicht, wer mich eingesperrt hat, Inspector. Als ich vierzehn war, war ich mehr auf mich fixiert als auf meine Umwelt. Jemand griff mich hinterrücks an. Ich wurde ohnmächtig und erwachte in einer dunklen Zelle.«

»Und dieser Jemand war kein einziges Mal bei dir?«

»Nein.«

»Also wäre es durchaus möglich, dass Willi dich eingesperrt hat.«

»Schon, allerdings glaube ich nicht daran. Als er mich fand, war er sehr überrascht. Er war schüchtern und sprach ständig von Olivia Lewis. Das war eine Klassenkameradin von mir. Willi war damals sehr verliebt in sie, schon vor seinem Unfall. Und dann hat er eben nach und nach Gefühle für *mich* entwickelt.«

»Was glaubst du, wieso er dich nicht befreit hat, bevor er diese Gefühle entwickelt hat?«

»Um ganz ehrlich zu sein, Inspector, ich war früher nicht sehr nett zu ihm. Ich habe ihn oft gehänselt. Er hatte Angst vor mir, denke ich. Jetzt ist er tot, nicht wahr? Das haben Sie doch vorhin gesagt. Ich hätte ihm gerne noch gedankt für alles, wissen Sie? Er ist gut zu mir gewesen, auch wenn er mich nicht befreien wollte. Ohne ihn hätte ich das bestimmt nicht überlebt.«

»Beth? Bitte holen Sie Taschentücher. Wenn du abbrechen möchtest, Leila, ist das okay. Wir können ein anderes Mal weitermachen.«

»Nein, es geht schon wieder, vielen Dank. Ich war nur kurz ... Jetzt geht es wieder.«

»In Ordnung. Putz dir erst einmal die Nase und wisch dir die Tränen weg. Ja, so ist gut. Ich muss das fragen: Bist sicher, dass du mir nicht mehr sagen kannst? Ich weiß, es muss wehtun, an diese Zeit zurückzudenken, aber ich möchte, dass du es dennoch versuchst, ja? Erinnerst du dich an sonst etwas, das wichtig sein könnte?«

»Ich fürchte, nein. Vielleicht fällt mir ja noch was ein. Vielleicht ist der Schuldige – oder die Schuldige – noch in der Stadt.«

»Danke für deine Kooperation.«

»Danke, dass Sie mich gerettet haben. Sie ... S-sie wissen gar nicht, wie viel mir das bedeutet. Danke! Vielen, vielen ...«

* * *

MacGill stoppte die Aufnahme. »Siehst du? Sie weiß gar nichts.«

»Nein«, sagte Scarlett mehr zu sich selbst. »So scheint es.«

Er rückte näher zu ihr. »Also, wir wollten noch darüber sprechen, wie du mich nennen kannst, Scary.«

Scarlett erhob sich.

»Stimmt. Ein anderes Mal. Hab noch was zu erledigen.«

»Jetzt?« Er stand ebenfalls auf.

»Glaubst du ihr, David?«

»Das weiß ich nicht. Entführungsopfer werden nicht selten selbst ein wenig manipulativ. Leila wirkt sehr gefasst, beinahe berechnend. Wahrscheinlich ist es der Schock, aber ich werde, wie du schon sagtest, ein Auge auf sie haben.«

»Danke. Ich habe Angst, dass sie etwas mit dem Tod von Willi zu tun haben könnte. Sie wirkte so voller Hass.«

»Du wolltest auch seinen Tod.«

»Das war ein dummer, dummer Fehler. Ich dachte, es sei besser so, aber ich habe mich geirrt. Ich habe dich aufgehalten, weißt du noch?«

»Ja.«

»Ich habe Willi nicht getötet. Könnte Leila es gewesen sein?«

MacGill zögerte. »Ich gebe zu, es gibt ein Zeitfenster, in dem sie es hätte tun können. Aber das heißt nicht, dass sie es auch wirklich war. Was Willi betrifft, seid ihr beide meine Hauptverdächtigen.«

Scarlett grinste. »Guter Junge. Vertraue niemandem, heißt es nicht so?«

»Ich möchte dir vertrauen. Aber ich darf meinen Job nicht vergessen. Es könnte Suizid gewesen sein. Aber vielleicht auch nicht.«

»Das ist gut. Sehr gut.« Scarlett trat noch einmal auf ihn zu, legte die Arme um ihn. »Du würdest mich beschützen, sollte Leila mir etwas tun wollen, oder?«

Er nickte. »Ich würde alles für dich tun, Scarlett.«

Sie reckte sich und erlaubte MacGill sie für den Bruchteil einer Sekunde zu schmecken, dann zog sie sich zurück.

* * *

Die Sonne knallte auf Scarlett herab. Sie hatte ihren Mantel übergezogen, aber nicht zugeknöpft.

Leila. Dieses hinterhältige Biest.

Was führte sie nur im Schilde? Wieso hatte sie die Wahrheit verschleiert? Das wäre ihre Chance gewesen, alles aufzudecken. Die Polizei hätte von Scarletts wahrer Identität erfahren, sie wäre im Gefängnis gelandet und Leila hätte gewonnen. So einfach war das.

Oder war es gar nicht das, was dieses Miststück wollte? Knast genügte ihr wohl nicht. Scarlett schnaufte. Nun, umgekehrt würde es ihr wohl auch nicht reichen.

All die Jahre weggesperrt und nutzlos vor sich hinvegetiert. All die Jahre voller Hass und Rachedurst. Das Gefängnis wäre ein Hotelaufenthalt gegen den Bunker. Leila musste etwas Großes planen.

Ihr Smartphone vibrierte.

Scarlett zog es aus der Manteltasche und betrachtete den Bildschirm. Anonymer Anrufer. Interessant. Sie nahm ab. »Hallo, hallo, wen haben wir denn da?«

»Hey, Olive«, meldete sich Leila am anderen Ende Leitung. »Freunde bis in den Tod, erinnerst du dich?«

»Bis in alle Ewigkeit, so lautete unser Spruch.«

»Oh, wirklich? Da muss ich wohl durcheinandergeraten sein. Die Zeit im Bunker hat meine Erinnerungen ein wenig durcheinandergewirbelt.«

»Oder deine Gehirnwindungen. Woher hast du meine Nummer?«

»Von Penny natürlich. Ich glaube, sie hat sie deinem Mann abgeluchst. Jedenfalls fing sie plötzlich an zu erzählen, was für ein attraktiver und sympathischer Kerl dieser Jacob doch sei. Ich habe eigentlich nur lieb um deine Nummer gebeten und sie hat sie mir ohne Murren gegeben. Sie war nicht mal neugierig, wieso ich sie haben wollte. Ich musste ihr nur versprechen, bald mal mit ihr Tee zu trinken, um über mein schreckliches Trauma zu sprechen. Sie hatte schon immer ein offenes Ohr, unsere Penny.«

»Was willst du, Liebes?«

»Ein Treffen.«

»Meinst du nicht, das viele Blut wird für Aufsehen sorgen?«

Leila kicherte. »Du bist so witzig, Olive! Warum warst du früher nicht so, dann wären wir sicherlich Freundinnen geblieben. Aber mal im Ernst, ein Blutbad habe ich nicht im Sinn. Ich möchte mich schlicht mit dir treffen.«

»Hast du keine Angst, dass ich dich töte?«

»Hast du dafür nicht deine Lakaien?«

Scarlett schnaufte. »Weißt du, meine Liebe, in Wahrheit habe ich rein gar nichts mehr zu verlieren. Ein paar Leute wissen Bescheid, wer ich bin. Es ist also nur eine Frage der Zeit, bis die ersten vermuten, dass ich was mit den jüngsten

Geschehnissen zu tun habe. Entweder ich, oder du. Taugenichts MacGill ist uns beiden auf der Spur. Aber wer würde schon ein armes, eingesperrtes Mädchen für eine Mörderin halten, nicht wahr?«

»Da hast du wohl recht.«

»Na, siehst du.« Scarlett zog die Schultern hoch. »Nichts zu verlieren. Ich kann töten, wen ich will und so richtig viel Spaß dabei haben. Kein Versteckspiel mehr, kein falsches Grinsen, ich bin ganz ich. Und? Immer noch Interesse an einem Treffen?«

»Sicher!«

»Todessehnsucht, hm?« Diese Ruhe. Wie konnte Leila nur immer so ruhig sein?

»Liebling, wer so lange in der Dunkelheit lebt, findet Gefallen an ihr. Ich habe keine Angst davor, zu ihr zurückzukehren. Aber was nicht sein muss, muss nicht sein, findest du nicht auch? Ich möchte gerne mit dir reden, das ist alles. Nur du und ich, so wie früher.«

»Meinst du den Teil von früher, als wir über dieselben Witze gelacht haben, oder den Teil, als du mir einen Hundekotbeutel ins Gesicht geworfen hast?«

Leila kicherte wieder. »Gute alte Zeit. Wir werden sehen. Treffen wir uns bei mir in ... sagen wir, dreißig Minuten?«

»Ich werde da sein.« Scarlett legte auf und eine SMS traf ein.

Ich freu mich auf dich ☺Deine Leila.

Interessant. Scarlett öffnete ihre Kontakte und scrollte bis zu MacGill, dann lächelte sie.

»Die Show kann beginnen.«

Kapitel 19 – Eine Falle

»Juhuuu, Schatz, ich bin zu Hause!« Scarlett ließ die Tür hinter sich zufallen. »Oder eher in deinem Haus.«

»Ich bin hier!«, kam es aus dem Nebenraum.

Sie durchquerte den breiten Flur, der schon fast als eigenes Zimmer durchgehen konnte, und betrat das festsaalgroße Wohnzimmer.

»Sagtest du nicht, nur du und ich?«, fragte sie erstaunt.

»Nun, die beiden können schließlich nicht sprechen, richtig?«

Leila stand neben dem Esstisch in der Mitte des Raumes. Hinter ihr waren Beth und Jack an Stühlen gefesselt und geknebelt. Sie starrten Scarlett aus großen Augen an und gaben gedämpfte Laute von sich.

»Lass mich raten«, sagte sie und vergrub die Hände in den Taschen ihres Mantels, während sie durch das Wohnzimmer auf Leila zu schlenderte. »Du hast dir auch Jacob geschnappt, rollst ihn gleich an einen Schreibtischstuhl gefesselt in den Raum und tötest ihn vor meinen Augen, damit ich so richtig leide. Stimmt's?«

Leila hob die Augenbrauen an. »Deinen Mann? Warum

in aller Welt sollte ich das tun?« Sie lachte auf. »Olive, dir bedeutet niemand etwas. Deinen Mann hier und jetzt zu töten wäre, als würde ich vor deinen Augen ein leeres Blatt Papier zerreißen. Allerdings muss ich gestehen, dass ich kurz darüber nachgedacht habe, deine Eltern abzuschlachten. Aber da haben wir es wieder – dir bedeutet niemand etwas.«

»Du hast Willi ermordet.«

Leila lachte auf. »Willst du mir weismachen, Willi wäre dir wichtig gewesen? Wem machst du etwas vor, Olive? Er war genau so ein Werkzeug für dich, wie alle anderen auch.«

»Willi war unschuldig. Er hat den Tod nicht verdient.«

»Deine moralischen Werte in allen Ehren, aber wir beide wissen doch: Niemand ist unschuldig. Meine Eltern übrigens auch nicht, wie du weißt. Mir blieb keine andere Wahl, als sie zu fesseln, sie wohnen nun mal hier und mir war danach, ein paar Zuschauer einzuladen.«

»Ah, verstehe. Und was nun? Tötest du sie und schiebst es mir in die Schuhe?«

»Olive, Olive, was sollen diese Anschuldigungen? Ich hab doch gesagt, ich will nur reden. Sobald wir fertig sind, können die beiden von mir aus verschwinden, wenn es dir so viel bedeutet.«

»Du bist verrückt, Leila. Vollkommen wahnsinnig.«

Leila breitete die Arme aus. »Sind wir nicht ein tolles Team?«

»Ich bin nicht wie du.«

»Das verletzt mich jetzt aber, wir waren immerhin mal wie Schwestern. Aber hey, ich gebe zu, dass mich die Zeit dort unten ein bisschen Banane gemacht hat. Ich soll bald einen Psychologen sehen. Ich freue mich sogar schon darauf. Bin gespannt, wer letztlich wen therapiert.«

Scarlett ignorierte das Geschwätz. Sie war ein großes Risiko eingegangen, hierherzukommen, aber alles lief ganz wunderbar. Zeit, eine weitere Bombe platzen zu lassen. »Wahrscheinlich hast du dich damals selbst in dem Bunker eingesperrt.«

»Hä?«

»Und was soll eigentlich dieses ständige ›Olive‹? Mein Name ist Scarlett. Vielleicht erinnere ich dich an diese Frau, aber ich bin nicht sie. Ich weiß nicht, warum du so fixiert auf mich bist.«

Leila stutzte. »Süße, hast du dir auf dem Weg hierher den Kopf gestoßen?«

Scarlett umfasste ihr Smartphone, zog es aus der Manteltasche und hielt es Leila vor die Nase. »Hast du alles mit angehört?«

Die Haustür öffnete sich, fiel zu, Schritte näherten sich.

»Echt jetzt?«, sagte Leila.

»Echt jetzt«, erwiderte Scarlett.

MacGill trat ins Wohnzimmer, er hatte seine Waffe gezückt und zielte damit auf Leila. »Ja, das hab ich.«

»David!«, rief sie. »Wie schön, dich zu sehen.«

»Hände dahin, wo ich sie sehen kann!«

»Bist du sicher? Meine Hände könnten so einiges anstellen, wenn du mich lässt.«

Scarlett verdrehte die Augen. »Oh, bitte!«

»Und was jetzt? Bin ich festgenommen, Officer?«

»Worauf du wetten kannst«, sagte Scarlett. Sie kam sich größer vor und der Raum schien zu erstrahlen. Hätte sie nicht gewusst, dass sie euphorisch war, hätte sie vermutet, auf einem Trip zu sein. »Ich habe David alles erzählt.«

Leila lächelte. »Alles, ja?«

»Alles, was du Willi erzählt hast.«

MacGill trat neben Scarlett. »Ich weiß, dass du Scarlett etwas antun willst, Leila.«

»Soso. Respekt, Respekt. Aber weißt du was, Olive? Du bist nicht so clever, wie du denkst.«

Ein unangenehmes Drücken breitete sich in Scarletts Magengegend aus. Leilas hämisches Grinsen gefiel ihr nicht. Ganz und gar nicht.

»Soll ich es ihr sagen oder tust du das?«, fragte Leila an MacGill gewandt.

Die Gewissheit traf Scarlett wie ein Eimer voller Eiswasser.

MacGill richtete die Waffe nun auf sie. »Wie du möchtest, Süße.«

Nein. Nein! Das war alles falsch!

»O nein«, sagte Leila. »Habe ich schon wieder einen Teil deines schönen Plans zunichtegemacht? Ich bin untröstlich. Das sind wir doch, oder, Liebling?«

»Und wie, mein Engel.«

Leila schnalzte. »Jetzt guck nicht so entsetzt, Olive. Hast du wirklich geglaubt, einen Mann wie David auf deine Seite ziehen zu können, wenn du ihn nicht vorher an deine Unterwäsche lässt? Männer wie er haben Bedürfnisse, weißt du? Du hast ihn nur heißgemacht und dann weggestoßen. Das geht doch nicht. Also habe ich ihn mal so richtig rangenommen, wenn du verstehst.« Sie zwinkerte.

Scarlett wandte sich an MacGill. »Einmal lässt sie dich an ihre Wäsche und schon bist du ihr Schoßhund? Leila weiß doch gar nicht, wie man jemanden verführt! Sie war seit ihrem vierzehnten Lebensjahr eingesperrt! Du bist erbärmlicher, als ich dachte.«

MacGill beachtete sie gar nicht. »Sie ist mein Engel. Sie war immer mein Engel. Ich habe sie geliebt, als ich sie das erste Mal gesehen habe.«

Leila ließ ihr Haar von links nach rechts schwingen. »Zu gütig, mein Schatz.«

»Was hast du mit ihm angestellt?«

»Olive, echt jetzt? Es gibt mehrere Wege, einen Mann zu befriedigen. Ich habe vielleicht nicht viel Erfahrung in sexuellen Dingen, aber ich bin mit der Anatomie des männlichen Geschlechts durchaus vertraut. Ich habe übrigens einiges dort unten gelernt. Willi hat mir immer sehr interessante Bücher mitgebracht. Physiologie, Psychologie, Linguistik. Blutige Thriller. Es gibt Bücherschränke, aus denen man sich nehmen kann, was man möchte. Wusstest du das? Eine super Erfindung!«

Scarlett beachtete sie nicht weiter. MacGill wirkte wie in Trance. Das hatte Leila so schnell geschafft? Mit Sex und Dingen, die sie ihm ins Ohr geflüstert hatte? Leila war schon immer manipulativ gewesen, aber das ...

»Süße, jetzt guck doch nicht so entsetzt. Was glaubst du, habe ich all die Jahre da unten gemacht? Mit Willi Monopoly gespielt? Ich habe mich auf den Tag vorbereitet, an dem ich dich wiedersehe.«

Scarlett schwieg.

»Ich habe all meine Tricks an Willi ausprobiert, aber leider war er zu dumm, sich richtig einlullen zu lassen. Verdammt geringe Aufmerksamkeitsspanne, das hat mich halb wahnsinnig gemacht. Ach, Moment, es hat mich *komplett* wahnsinnig gemacht. Zumindest behauptest du das. Ich würde eher sagen, mein Verstand ist so scharf und klar wie nie zuvor. Bei David … tja, was soll ich sagen. David liebt mich. War eigentlich gar nicht so schwer, ihn auf meine Seite zu ziehen.«

»Und was habt ihr jetzt mit mir vor? Mich erschießen und meine Leiche gemeinsam verschwinden lassen?«, fragte Scarlett.

»Schon wieder diese Unterstellungen. Ist das ein Zwang oder so was?«

Scarlett antwortete nicht darauf.

»Weißt du, in der langen Zeit in völliger Dunkelheit sind mir ein paar Dinge klar geworden: Du hattest alles und ich habe nichts. Als Kind sind deine Eltern deine ganze Welt. Ich habe mir immer gewünscht, meine Familie würde mich so lieben, wie deine dich geliebt hat. So oft habe ich davon geträumt, wie ich dir deine Eltern nehme. Ich wollte, dass du dich genauso einsam fühlst. Und dann erfuhr ich von deiner Rückkehr.

Die kleine Olive war wieder da, mit neuem Namen und neuem Aussehen und ich dachte: Hey, vielleicht geht es ihr endlich genauso scheiße wie mir. Vielleicht hat sie in den

Jahren ebenfalls alles verloren. Pustekuchen. Das genaue Gegenteil ist der Fall.

Du hast Eltern, die sich um dich sorgen. Meine haben nicht einmal versucht, mich zu finden.

Du hast einen Mann, der dich liebt. Ich hatte einen Willi.

Du hast in der Stadt Freunde gefunden. Ich hatte lediglich Gefolgschaft. Steve, Amelia und Ella waren nie wirklich meine Freunde, sie hatten Angst vor mir und davor, ihren Ruf zu verlieren. Mittlerweile habe ich nicht einmal mehr sie.«

Scarlett schwieg weiterhin.

»Also habe ich mich gefragt: Was könnte ich Olivia nehmen? Doch als ich genauer drüber nachdachte, mir dein Gesicht und dein neues Ich ins Gedächtnis rief, so verändert, so steinern und rachsüchtig, erkannte ich, dass du all diese Dinge schon verloren hast. Oder nicht wertschätzt, wie man's nimmt.

Nimm deinen Mann zum Beispiel. Du liebst ihn nicht, habe ich recht? Du benutzt ihn, ein Mittel zum Zweck für Scarletts großen Racheplan.«

»Ich arbeite lieber allein.«

»Das war ganz schön niederschmetternd. Was nur kann man jemandem wie dir nehmen? Dein Leben? Aber wo bliebe dann die Qual, als Ausgleich für meine? Deine Freiheit? Schon besser. Aber je detaillierter ich mir unsere Gespräche vor Augen führte, desto klarer wurde mir: Es gibt doch etwas, das dir wichtig ist: deine Rache. Und zwar vor allem an mir.«

»Also kam dir die Idee, dich mit mir hier zu treffen, mit einem sabbernden Lustmolch an deiner Seite, der rein gar nichts anderes kann, als dich anzustarren, damit ich dich abmurkse? Das ist ja mal ein vorzüglicher Plan, meine Liebe.«

Leila lächelte. »Willst du das? Hast du den Mumm, einen Menschen zu töten, Olive? Ob du es glaubst oder nicht, meine Liebe, ich kenne dich. Ich kenne dich besser als jeder andere und ich weiß, dass du keine Mörderin bist. Ich weiß, dass deine toughe Art nur Fassade ist.«

»So? Teste mich.«

»Gut.« Leila griff hinter sich und zückte ein Fleischermesser. Scarlett fuhr zusammen. »Hier. Nimm und ramm es mir in den Bauch. Oder noch besser, in die Kehle. Na?« Leila packte Scarletts Hand und legte ihr das Messer hinein. Sie führte es an ihre Halsschlagader. »Na los. Worauf wartest du, alte Freundin? Die Klinge ist scharf. Mach schon! Ein gezielter Schnitt. Los!«

Scarlett zögerte, woraufhin Leila die Schneide tiefer in ihr Fleisch bohrte. Ein feiner Tropfen Blut sammelte sich unterhalb der Klinge. Scarlett entriss ihr ihre Hand, sodass das Messer zu Boden fiel. Im hinteren Teil des Wohnzimmers schrien Beth und Jack gedämpft auf.

Leila bückte sich, um das Messer aufzuheben. »Ich wusste doch, du bist schwach, Olive. Dein Plan – ein Reinfall.«

Scarlett atmete schwer. MacGill hatte noch immer die Waffe auf sie gerichtet.

Leila machte einen Satz auf sie zu. Ihr Gesicht war nah an ihrem. »Das ist mein Sieg, Olive. Mein Triumph. Das, wonach du dich am meisten sehnst, wirst du niemals haben.« Leila führte sich die Klinge an den Hals und schnitt.

Scarlett wich erschrocken zurück.

Leila versuchte nicht einmal, die Blutung zu stillen. Sie grinste, während ihr Blut wie eine Fontäne aus dem Hals spritzte, aus dem Mundwinkeln quoll und ihr Körper gierig nach Sauerstoff rang. Dann fiel sie in sich zusammen, landete mit einem dumpfen Knall auf dem Boden und das Blut breitete sich aus wie eine albtraumhafte Sprechblase in einem Comic.

Scarlett stand wie angewurzelt da und starrte auf sie hinab. »Du kennst mich nicht«, flüsterte sie.

Beth und Jack kämpften gegen ihre Fesseln an, ihre gedämpften Schreie erfüllten den Raum.

»Und was jetzt, David?«, fragte Scarlett. »Wie geht es nun weiter?«

»Du hast sie umgebracht«, flüsterte er.

»Ähm, nein. Das hat sie selbst getan.«

»Du hast sie umgebracht!« Er umfasste seine Waffe fester, seine Hände zitterten leicht.

Scarlett wich in abwehrender Haltung zurück. »Ganz ruhig, David.«

»Geh da rüber«, sagte er und deutete auf Beth und Jack. »Mach schon. Ich rufe jetzt meine Kollegen und wehe, du rührst dich. Dann werde ich abdrücken, verstanden?«

»Ja.« Sie stellte sich vor Beth und Jack.

MacGill löste eine Hand von der Waffe und fasste in seine Jackentasche. Er zitterte so stark, dass er sie beim ersten Versuch verfehlte.

Jacob schlich ins Wohnzimmer. In der Hand hielt er einen

silbernen Kerzenständer. Er legte einen Finger an die Lippen und holte aus.

Scarlett riss die Augen auf.

Eine Diele knarrte.

MacGill fuhr herum und drückte ab. Die Kugel traf Jacob in die Brust, Scarlett schrie auf und rannte zu ihm. Sie hielt ihn fest, während sie beide zu Boden sanken.

»Das macht nichts«, sagte MacGill. Er war vollkommen außer Atem. »Ich sage einfach, es war Notwehr. Sie werden mir glauben. Ja. Ich bin ein Cop, es war Notwehr.«

»Du hast ihn umgebracht, du Drecksack!« Scarlett presste die Hand auf Jacobs Wunde. Blut quoll darunter hervor.

»Nein. *Du* hast ihn umgebracht. Warum hast du ihn auch herbestellt.« Verwirrt sah MacGill sich um. Offenbar hatte er vergessen, dass er sein Handy aus der Tasche holen wollte.

»Ich habe ihn nicht herbestellt. Er ... er ist von ganz alleine gekommen.« Jacob starrte sie an. In seinen Augen lag ein Glanz, der ihr den Atem raubte. »Du Idiot«, sagte sie leise. »Du hättest verschwinden sollen.«

Er verlor das Bewusstsein.

Sie ließ ihn los und erhob sich wieder. In ihr tobte die altbekannte Wut, doch sie fühlte sich dieses Mal anders an. Mächtiger. Sie wollte keine Vergeltung, sie wollte Gerechtigkeit.

»Ruf nur deine Kollegen«, sagte sie zu MacGill. »Du weißt, wie überzeugend ich sein kann. Ich werde ihnen verraten, was du getan hast. Was du Jacob angetan hast! Was du und Leila Willi angetan habt!«

»Halt die Klappe!« MacGill richtete erneut die Waffe auf sie. »Halt die Klappe! Klappe! Geh da rüber, los. Mach schon, geh!«

Scarlett ging wieder zu Beth und Jack, die sich mittlerweile nicht mehr wehrten. Sie wimmerten leise vor ich hin.

»Erschieß mich, David.«

»Du sollst die Schnauze halten!«

»Erschieß mich, damit alle sehen, was für ein Versager du bist. Kannst nicht mal die Kriminalität in einer winzigen Stadt wie St. Pit aufhalten. Stattdessen erschießt du einen guten Menschen.«

»Ich warne dich, sei still!«

»Drück schon ab!«

MacGill machte einen Satz auf sie zu. Er drückte ihr den Lauf der Waffe unter das Kinn.

Scarlett lächelte. »So ist es richtig.«

Plötzlich wurde er zurückgerissen.

Scarlett taumelte, konnte sich aber fangen. »Jacob!«

Jacob und MacGill rangelten. Jacobs Wunde blutete kaum noch, dafür verzog er jedoch schmerzverzerrt das Gesicht. Er bemühte sich, MacGill die Waffe aus den Händen zu reißen. Grunzend warfen sie sich von einer Seite zur anderen.

Scarlett beobachtete das Ganze eine Weile wie erstarrt. Sie hatte endgültig genug. Mit gespannten Muskeln stapfte sie zu den beiden Männern, wartete auf den passenden Moment und stellte MacGill ein Bein.

Er strauchelte. Ein Schuss löste sich.

Für eine gefühlte Ewigkeit starrten sich die beiden Männer

mit weit aufgerissenen Augen an, dann sackte MacGill zu Boden. Eine Blutlache breitete sich aus.

Scarlett machte mit ausgebreiteten Armen einen Satz auf Jacob zu, sie strahlte, dann hielt sie inne, ließ die Arme sinken und räusperte sich. »Was machst du hier, du Idiot?«

Jacob stöhnte auf und hielt sich die Brust. »Dich retten, wie es scheint.«

Sie verpasste ihm einen leichten Klaps auf den Oberarm.

»Au!«

Sie lächelte, dann stöhnte Jacob erneut auf.

»Ein Krankenwagen wäre gut?«, sagte er.

»Oh, sicher!«

Epilog

South Wales Police – Ely Police Station
3:19 PM

Chief Inspector Michael Masters hatte in seinen zwanzig Jahren bei der South Wales Police schon viel erlebt und viel gesehen. Doch die jüngsten Ereignisse in St. Pit hatten ihm schlaflose Nächte bereitet. Ein vermeintlich verschlafenes Küstenstädtchen, so klein, dass es nur schwerlich auf einer Karte zu finden war, und in dem niemand das Böse vermutete.

Geradezu ideal für den nutzlosen Inspector David MacGill, so hatte man geglaubt. Und es war ja auch jahrelang gut gegangen, bis das eben nicht mehr der Fall gewesen war.

Das Böse fand stets einen Weg, hatte Michaels Mutter früher immer gesagt und sie hatte recht behalten. Michael hatte das Böse gesehen. In vielen Formen. Gangs, prügelnde Ehemänner, Junkies, sogar Kinder. Es machte vor nichts Halt. Lauerte überall, wartete auf den passenden Moment.

In St. Pit schien es, als wären die Bewohner plötzlich durchgedreht. Als hätte eine unheilvolle Krankheit sie heimgesucht oder als wären sie tatsächlich von etwas Bösem besessen. Michael machte ein Kreuzzeichen, während er sich seinem Büro näherte. Einen Verhörraum gab es in dieser Station nicht. Personalmangel und wachsende Kriminalität sorgten dafür, dass hin und wieder auf Maßnahmen wie diese zurückgegriffen werden musste. Auch in einem einfachen Büro konnte man Menschen zum Reden bringen. Es galt nur, die richtigen Knöpfe zu drücken.

Michael öffnete die Tür und trat ein. Eine blonde Frau im roten Mantel saß mit dem Rücken zu ihm vor dem Schreibtisch. Er setzte sich ihr gegenüber. »Guten Tag, Mrs. Dyer.«

»Chief Inspector Masters«, antwortete sie und nickte grüßend.

»Sie wissen ja, das hier ist reine Routine. Ich werde Ihnen jetzt ein paar Fragen stellen und diese Unterhaltung wird aufgezeichnet. Danach sehen wir weiter.«

»Nur zu.«

Scarlett Dyer war eine attraktive Frau. Sie besaß ein regelrecht kindliches Gesicht, jedoch die Ausstrahlung einer eleganten Dame. Normalerweise hatte Michael ein Gespür für Menschen. Er konnte ihnen an der Nasenspitze ansehen, ob sie etwas zu verbergen hatten. Als er kurz nach dem Tod von David MacGill zum ersten Mal auf Scarlett getroffen war, hatte er nichts sehen können. Fast, als versuchte er, das Wesen eines Menschen durch eine Mauer hindurch zu erahnen. Diese Frau hatte ganz offensichtlich eine Menge durchgemacht und dabei gelernt, ihre Emotionen zu kontrollieren. Menschen wie Scarlett waren gefährlich. Und nicht selten bemitleidenswert. Schmerz und Leid verschlingen, was einen Menschen ausmacht, wie seine Mutter stets zu sagen gepflegt hatte.

»Kommen wir direkt zum Punkt«, begann Michael. »Ihr echter Name lautet Olivia Lewis?«

»Bitte, nennen Sie mich Scary.«

»Beantworten Sie die Frage, Ma'am.«

»Ja, das ist wahr. Ich wurde als Olivia Lewis geboren und habe meinen Namen in Scarlett Lewis geändert. Kurz darauf habe ich geheiratet und den Namen meines Mannes angenommen. Dyer.«

»Jacob Dyer, richtig?«

»So ist es.«

Michael machte sich eine Notiz. »Befindet er sich noch im Krankenhaus, äh, Scary?«

»Er wurde heute Mittag entlassen.«

»Bitte erzählen Sie kurz, wie es zu der Verletzung Ihres Mannes gekommen ist. Fürs Protokoll.«

Scarlett wechselte ihr überschlagenes Bein. »David MacGill hat eine Waffe auf mich gerichtet. Jacob schlich sich ins Zimmer, um ihn davon abzuhalten, mich zu erschießen.«

»Mhm. Wie?«

»Er hielt einen Kerzenständer in der Hand.«

»Beweisstück drei. Und weiter?«

»Eine Diele hat geknarrt. MacGill hat sich zu Jacob umgedreht und ihn angeschossen. Er traf Jacobs Brust, verfehlte jedoch lebenswichtige Organe.«

»Wieso hat Inspector MacGill Sie mit einer Waffe bedroht?«

»Weil er dachte, ich hätte Leila Griffin ermordet. Er ist davon ausgegangen, ich hätte ihr mit einem Messer die Kehle aufgeschlitzt.«

»Haben Sie?«

»Nein, das hat sie selbst getan.«

Michael machte sich erneut eine Notiz. »Wieso?«

Scarlett antwortete nicht sofort.

Michael hob den Blick. »Wieso hat sie das getan?«

»Weil sie wollte, dass alle *mich* für ihre Mörderin halten.«

Michael lehnte sich zurück und verschränkte die Hände vor der Brust. »Ich will ganz ehrlich mit Ihnen sein, Scarlett, Ihre Geschichte wirkt ein wenig an den Haaren herbeigezogen. Vielleicht gehen wir einen Schritt zurück. Sie waren einst Olivia Lewis und haben Ihre Kindheit in St. Pit verbracht, korrekt?«

»Ja.«

»Ihre Eltern sagten aus, dass Sie eine Weile im Harrison-Hill-Hospital untergebracht waren – eine psychiatrische Einrichtung. In dieser Zeit haben Sie den Kontakt abgebrochen. Nach Ihrer Entlassung haben Sie eine neue Identität angenommen, einen Mann geheiratet, den sie kaum kannten, und sind nach St. Pit zurückgekehrt. So weit korrekt?«

Scarlett lächelte. »Wo die Liebe hinfällt.«

»Mhm. Kurz nach Ihrem Einzug passierten seltsame Dinge. Menschen wurden verletzt, hier und da starb jemand. Das ist verdächtig, das müssen Sie zugeben.«

»Sie haben recht.«

»Dann tauchte auch noch Leila Griffin auf, eine Frau, die

seit mehr als zehn Jahren als vermisst galt und eine ehemalige Freundin von Ihnen war. Sie besuchten Sie kurz darauf in ihrem Haus, es kam zum Schusswechsel, bei dem Miss Griffin und ein Inspector ihr Leben ließen und Ihr Mann angeschossen wurde.«

»Ich weiß, wie das aussieht, Chief Inspector.«

»So? Und wie?«

»Als wäre ich diejenige, die hinter all dem steckt.«

»Und? Sind Sie es?«

»Ich kann Ihnen versichern, das bin ich nicht. Ich würde niemals jemanden verletzen. Ich war eine gute Nachbarin. Ich habe mich für die Obdachlosen und Kinder der Stadt eingesetzt. Niemals habe ich jemandem Leid zugefügt, das müssen Sie mir glauben.«

»Ihre Nachbarn sagten ungefähr dasselbe aus. Ebenso Ihre Eltern. Aber …«

»Aber niemand traut mir, ich weiß. Nachdem rauskam, wer ich bin, sind alle durchgedreht. Die halbe Stadt wusste es schon, bevor ich mich mit Leila getroffen habe. Dank Penny Hitchman und Inspector David MacGill.

Wissen Sie, wie es ist, vor der eigenen Identität davonzulaufen, Chief Inspector? Es ging mir endlich wieder gut und dann das. Hören Sie, in St. Pit waren die Leute seit jeher misstrauisch. Fragen Sie die Bewohner, sind sie eine eingeschworene Gemeinde, aber das stimmt nicht. Es gab schon früher Geheimnisse. Es gab Tratsch. Nachdem all diese furchtbaren Dinge passierten, wuchs die Paranoia, so groß, dass sie den rationalen Verstand überlagerte. Jeder verdächtigte jeden. Als dann auch noch meine Identität aufgedeckt wurde, hielt man natürlich sofort mich für die Übeltäterin. Es fielen Schüsse und Panik brach aus.«

»Ja, das habe ich gesehen. Als ich angekommen bin und der Krankenwagen gerade Ihren Mann abtransportiert hat, gab es mehrere lautstarke Diskussionen auf offener Straße. Manche davon endeten in Schlägereien. Ein kleines Mädchen, das ihren angesäuselten Vater davon abhalten wollte, seinen Nachbarn zu schlagen, hat dessen Bierglas ins Gesicht bekommen. Ihre Lederhaut war eingerissen, sie ist nun auf einem Auge blind.«

»Sehen Sie, Chief Inspector? Die ganze Stadt ist durchgedreht. Viele hielten mich für das Böse, andere Leila. Dann gab es diejenigen, die Inspector MacGill für einen Triebtäter hielten. Es war ein einziges Chaos. Sie wissen selbst, wie schwer es war, mich zum Polizeiwagen zu geleiten. Ich habe mich gefühlt wie bei einer Hinrichtung im Mittelalter.«

David betrachtete Scarlett eine Weile. Versuchte, die Mauer zu durchdringen. »Wieso haben Sie eine neue Identität angenommen?«

»Nehmen Sie mich jetzt fest?«

»Ich habe Ihnen lediglich eine Frage gestellt.«

»Ganz ehrlich?«

»Ich bitte darum.«

»Aus Angst. Leila Griffin hat mir das Leben zur Hölle gemacht. Sie kennen das Video, Chief Inspector.«

»Beweisstück sechs.«

»Sie hat gefilmt, wie ihr Freund mich vergewaltigen wollte,

und es hat ihr gefallen. Das war längst nicht alles. Sie und ihre Bande haben mich jahrelang tyrannisiert. Ich hatte einfach Angst. Deswegen habe ich angefangen, Lügen zu erzählen.

Ich gab beispielsweise an, meine Eltern würden mich schlagen. Damals wusste ich nicht, was das für Konsequenzen haben könnte, ich war verblendet. Es endete damit, dass ich in eine Irrenanstalt eingewiesen wurde.

Kurz zuvor verschwand Leila, aber ich dachte, es wäre irgendein Trick und ich wurde jede Nacht von Albträumen heimgesucht. Jeden Tag, jede Nacht in dieser verdammten Anstalt habe ich damit gerechnet, dass Leila plötzlich in mein Zimmer kommt, um das zu vollenden, was sie angefangen hatte. Dieses Mal ohne Steve, dafür mit einer Flasche oder einem Baseballschläger.«

»Das muss furchtbar gewesen sein.«

»Das war es. Auch am Tag meiner Entlassung war die Angst noch da, also entschied ich mich, mir eine neue Identität zuzulegen. Ich traf Jacob. Der einzige Mann seit langer Zeit, der nett zu mir war. Wir verliebten uns, wir heirateten.«

Michael nickte langsam. »Das ergibt Sinn. Aber es gibt dennoch einen Punkt in Ihrer Geschichte, den ich nicht verstehe.«

»Warum ich zurückgekehrt bin?«

»Nun, Sie müssen zugeben, das wirkt wie das Material einer *Netflix*-Serie. Was fehlt, ist ein Racheplan. Einer, bei dem einer Frau das Gesicht von Lauge zerfressen wird zum Beispiel. Kommt Ihnen das bekannt vor, Scary?«

»Leila Griffin hat mir alles genommen. Meine Freunde,

meine Familie. Ich hatte niemanden mehr. Ich wollte ein Stück davon zurück. Ich wollte die Menschen sehen, die ich liebe, auch wenn sie mich nicht erkannten. Ich wollte mich nicht länger von meiner Angst beherrschen lassen, verstehen Sie das? Es hat mich kaputtgemacht. Aber ich war zu schwach. Zu feige. Ich konnte nicht enthüllen, wer ich war. Nicht einmal vor Jacob.«

Scarletts Augen glänzten verdächtig. Ihr Kinn bebte leicht. Alles nur Show? In seiner Laufbahn als Cop hatte es nur wenige Menschen gegeben, die ihn hatten zweifeln lassen. Scarlett war einer davon. Sie klang überzeugend, und doch gab es da dieses feine Kribbeln an Michaels Hinterkopf, das ihm sagte, hier stimmte etwas nicht.

»Ich habe diese Menschen nicht verletzt, Chief Inspector, das müssen Sie mir glauben. Haben Sie irgendetwas gefunden, das gegen meine Aussage spricht? Dann sagen Sie es mir bitte gleich und quälen mich nicht länger. Wenn Sie mich für schuldig halten, legen Sie mir doch endlich die Handschellen um. Ich kann langsam einfach nicht mehr.«

»Weil Sie sich selbst für schuldig halten?«

»Weil alle anderen mich für schuldig halten! Vor allem jetzt, wo Leila und David tot sind.« Scarlett ließ den Kopf sinken.

Michael trommelte mit dem Kugelschreiber auf seinen Notizen herum. Dabei ließ er Scarlett kein einziges Mal aus den Augen. Nach einer Weile sagte er: »Sie haben mich belogen.«

Sie sah auf. Ihre Mimik zeigte keine Regung.

»Es ist vorbei. Sie sollten mir langsam die Wahrheit sagen.«

Eine weitere Pause entstand.

Scarlett blieb weiterhin ungerührt. »Das habe ich.«

»Tatsächlich?«

Sie erwiderte seinen Blick, ohne auszuweichen.

»Sie sagten mir, Sie hätten niemanden gehabt.«

Endlich huschte ein Ausdruck der Verwirrung über ihr Gesicht.

»Aussagen zufolge haben Sie sich mit William Gibbs – allgemein als Willi bekannt – angefreundet. Sie haben hin und wieder Zeit mit ihm verbracht.«

Noch immer antwortete sie nicht, aber da war etwas in ihrem Ausdruck, das Michael verriet, dass er auf der richtigen Spur war. »Sie haben ihn gemocht, nicht wahr?«

»Er wuchs einem ans Herz.«

»Viele der Leute glauben, er wäre für alles verantwortlich, was passiert ist. Ist Ihnen das bewusst, Scary?«

»Willi ist tot.«

»Willi wählte den Freitod, kurz nachdem Leila Griffin wieder aufgetaucht war.«

Erneut legte sich Schweigen über sie beide.

Plötzlich neigte Scarlett sich vor und schlug mit der Faust auf den Tisch.

Michael fuhr vor Überraschung zusammen.

»Willi war ein guter Kerl. Er war dumm, aber nur, weil er vor Jahren einen Unfall gehabt hatte. Er war ein Dummkopf, kein Mörder. Er hat sich um Leila gekümmert, während sie eingesperrt war, das hat sie mir selbst erzählt, David übrigens auch. Was Sie wissen sollten, wenn Sie sich seine Aufnahme angehört haben von dem Tag, an dem er Leila befragt hatte.

Willi war ein Opfer genau wie die anderen. Er wählte nicht den Freitod, er wurde ermordet.«

»Wieso glauben Sie das?«

»Weil Leila David ausgebüxt ist, nachdem er sie aus der Zelle entlassen hat. Haben Beth und Jack Ihnen das nicht erzählt? Was denken Sie, hat sie in der Zeit, in der David durch den Bunker geirrt ist, getan? Sie ist zu der verdammten Klippe und hat Willi umgebracht.«

Michael zögerte. Er lehnte sich wieder vor. »Das ist eine ziemliche Anschuldigung, Scarlett.«

»Es ist die Wahrheit.«

»Wir denken, William Gibbs hat Miss Griffin damals eingesperrt. Und ja, Miss Griffin war sicher nicht ganz unschuldig, sie wird ihn manipuliert haben. Sie wird ihn dazu gebracht haben, diese schrecklichen Dinge zu tun. Und ...«

Scarlett lachte auf.

Michael verstummte.

»Willi hat sie nicht eingesperrt. Willi hat immer nur das Gute im Menschen gesehen. Er war warmherzig. Der Rest, der von seinem Verstand übrig geblieben war, war zu nichts anderem fähig, denke ich. Er hat nicht einmal etwas Böses darin erkannt, Leila weiterhin in der Zelle zu lassen. Alles, was er wollte, war eine Freundin.«

»Wie kommen Sie darauf? Dass er sie nicht eingesperrt hat, meine ich.«

»Wissen Sie das nicht längst, Chief Inspector? Leila war verrückt. Kann man es ihr verdenken, nach all der Zeit? Und MacGill war das auch. Er hatte eine Schwäche für Blondinen, wussten Sie das? Nun, seine Nachbarn wissen es und sie behielten es jahrelang für sich. MacGill hat sich an mehreren Frauen vergangen. Und an Kindern auch.

Er hat Leila im Bunker gefunden und er war ihr verfallen. Damals schon. Das war von vornherein ihr Plan. Und nachdem sie herausgefunden hatten, wer ich bin, wollten sie es mir in die Schuhe schieben. Mir und Willi.«

»Und das wissen Sie woher?«

»Sie haben es mir erzählt. Was denken Sie, weshalb Leila mich zu sich eingeladen hatte? Sie sagte mir, sie wolle einen Schlussstrich ziehen. Ihre alte Clique hätte bekommen, was sie verdiente, und die Tatsache, dass ich all die Jahre solche Angst vor ihr gehabt hatte, war ihr Befriedigung genug. Da hat sie mir alles erzählt.«

Michael überlegte. Er ordnete seine Gedanken.

»Willi war ein guter Mensch, das schwöre ich Ihnen. Leila und David MacGill sind die Verantwortlichen. Leider können sie nicht mehr zur Rechenschaft gezogen werden.«

»Und ihr Suizid? Wieso hat sich Leila die Kehle durchgeschnitten?«

»Sie wollte nicht erneut eingesperrt werden. Früher oder später wäre sie gefasst worden. Sie zog den Tod dem Gefängnis vor.«

Michael trommelte wieder mit dem Kugelschreiber auf seinen Notizen herum. »Also gut. Nehmen wir an, all das entspricht der Wahrheit. Offenbar haben Sie gewusst, dass es sich um eine Falle handelte, als Miss Griffin Sie zu sich rief. Was hat Sie also dazu bewogen, zu ihr zu gehen?«

Scarlett antwortete nicht sofort. »Das habe ich mich auch schon gefragt. Naivität vielleicht? Der Wunsch, wirklich einen Schlussstrich zu ziehen? Ich wollte, dass alles endet. Dass ich nicht länger Angst haben muss. Ich denke, ich habe einfach gehofft, dass sie es ernst meint. Und ein Teil von mir hat an die Zeit zurückgedacht, als wir noch Freundinnen waren.«

Scarlett lächelte traurig. »Wissen Sie, mir ist klar geworden, dass ich mir etwas vorgemacht habe. Ich kann nicht einfach in meine Kindheit zurückkehren. Wir sind alle älter geworden, wir sind nicht mehr dieselben Menschen. Ich weiß jetzt, dass es ein Fehler war, nach St. Pit zurückzukehren, und ich denke, ich bin bereit, endlich mit allem abzuschließen. So schrecklich die Dinge auch waren, die passiert sind, am Ende hat mir die Rückkehr Erlösung gebracht, denke ich. Ich muss keine Angst mehr haben. Aber ich werde auch nie wieder Olivia sein. Ich bin jetzt Scarlett.«

»Soll ich Ihnen etwas verraten, Scary?«

»Nur zu.«

»Ich glaube, Sie sind nicht die, die Sie vorgeben zu sein.«

Wie zuvor, sah sie ihn ausdruckslos an. »So? Und wer denken Sie, bin ich, Chief Inspector Masters?«

Er lächelte. »Geben Sie mir ein bisschen Zeit, es herauszufinden.«

* * *

»Und?«, fragte Jacob, als Scarlett sich hinter das Lenkrad setzte. Er saß leicht gekrümmt auf dem Beifahrersitz und hielt sich die Brust.

»Bist du sicher, dass du schon wieder fit genug bist, Liebling?«

»Ich stehe offensichtlich unter Drogen, wenn ich dich meinen *Iron Man* fahren lasse, also sollten wir besser aufbrechen, bevor ich wieder bei Verstand bin.«

Sie wandte sich ihm zu. »Ich verstehe immer noch nicht, wieso du wiedergekommen bist. Wieso zum Henker du bei mir bleiben möchtest.«

Jacob lächelte und drehte sich leicht in seinem Sitz. Sofort verzog er das Gesicht.

Sie wartete, bis es ihm besser ging.

»Keine Ahnung. Nenn mich naiv oder dumm oder verblendet. Du hast mich zwar belogen und bist nicht die Frau, für die ich dich gehalten habe. Aber ich bin mir fast sicher, dass nicht alles Fassade war. Ich glaube, dass ein Teil von dir ehrlich zu mir gewesen ist.

Und ich habe mich in die ganze Scarlett verliebt, nicht nur in die Oberfläche. Du hattest schon immer deine Dornen. An die fiese Scarlett werde ich mich gewöhnen müssen, aber hey, wir haben alle unsere dunklen Seiten.« Er machte eine kurze Pause. »Ich denke einfach, dass es in dir mehr Gutes gibt, als du selbst glaubst.«

Scarlett musterte ihn. »Das kaufe ich dir nicht ab. Willst du behaupten, du kämst damit klar, was ich getan habe? Du?«

Jacob erwiderte nichts.

»Du bist ein seltsamer Mann, Jacob Dyer. Wer bist du wirklich?«

Jetzt lächelte er. »Es ist wohl an der Zeit, dass wir einander richtig kennenlernen.«

»Ich kann es kaum erwarten.«

Er grinste. »Wir werden uns von Neuem ineinander verlieben!«

»Du bist ein Idiot.«

»Ich weiß.«

»Ich könnte dich hier rausschmeißen, sodass deine Wunde wieder aufbricht und dich verbluten lassen. Oder an der nächsten Tankstelle, was sicherer wäre.«

»Ich weiß.«

»Ich könnte meinen Finger in deine Wunde bohren, weil ich es lustig finde, dich schreien zu hören.«

»Ich weiß.«

Scarlett zögerte. Sie wandte sich von ihm ab und startete den Motor. »Du bist ein Idiot.«

»Ich liebe dich auch.«

Sie fuhren los. »Ha! Du bist tatsächlich verblendet, wenn du glaubst, dass du mir auch nur ein bisschen wichtig wärst, Jacob Dyer.«

»Du hast mich lieb. Das mit der Liebe schaffen wir auch noch.«

»Tss! Ich bitte dich!«

»O ja, mein Schatz.«

»Ich glaube, ich schmeiße dich doch besser hier raus und sehe zu, wie du verblutest. Scheiß auf den Knast.«

»Ich habe deinen Blick gesehen, als du dachtest, ich sterbe. Du magst mich.«

»Das war ... die Überraschung.«

»Da war eine Träne.«

»Da war keine Träne!«

»Im rechten Augenwinkel. Hab's genau gesehen.«

»Da war keine Träne, verdammt!«

Jacob lachte. »Also, wo fahren wir hin?«

Jetzt lächelte auch Scarlett. »Ein Abschiedskonzert gibt es noch.«

Als sie den Ortseingang von St. Pit passierte, drosselte sie die Geschwindigkeit.

»Hältst du das für eine gute Idee?«, fragte Jacob.

»Nein, ich finde das urkomisch.«

Einige Bewohner drehten sich zu ihnen um. Sie starrten sie an, als wären sie in einem Ufo unterwegs anstelle eines rot lackierten Wagens mit *Iron-Man*-Maske auf der Kühlerhaube. Scarlett näherte sich ihrer alten Straße. Auf St. Pit war Verlass.

»Woah«, sagte Jacob. »Ich habe ein Déjà-vu.«

Nach und nach traten alle aus ihren Häusern.

An Steve kamen sie zuerst vorbei. Er rollte in seinem Rollstuhl die Straße hinab und wandte sich nicht einmal zu ihnen um.

»Rollt der etwa seine alte Joggingstrecke entlang?«, fragte Scarlett mehr sich selbst. Sie suchte in ihrem Inneren nach dem altbekannten Zorn. Nach dem Drang, ihn hier und jetzt überfahren zu wollen. Doch sie fand nichts. Als sie sein ausdrucksloses Gesicht sah, lächelte sie.

»Was ist?«, fragte Jacob.

Scarlett entdeckte Alex, Irene und Emilie. Sie stoppte den Wagen und ließ das Fenster runter.

»Scary!«, rief Alex und rannte zur Fahrerseite. Emilie und Irene blieben, wo sie waren.

»Wie sieht's aus?«

»Ich habe bald eine Schwester.«

»Irene adoptiert die Kleine?«

Alex nickte. Sie strahlte förmlich.

»Gut für euch, Kleines, gut für euch.«

»Sie … sie sind ein bisschen … wegen dem, was war.«

»Schon klar. Versteh ich, alles gut. Richte ihnen Grüße von mir aus, ja? Und pass auf deine Schwester auf. Nicht dass sie so eine arrogante, eitle Ziege wird wie ihre Mutter.«

Alex kicherte. »Ich passe auf.«

Scarlett ballte ihre Hand zur Faust und streckte sie durch das Fenster. Alex tat es ihr gleich und sie stießen die Fäuste gegeneinander.

»Gehst du?«, fragte das Mädchen nun weniger freudig.

»Ist besser so. Ich bin hier nicht unbedingt erwünscht.«

Alex ließ den Blick schweifen. »Ja.«

»Aber, du hast ja noch meine Nummer, richtig?«

»Stimmt!«

»Also, wenn du mich brauchst, melde dich. Egal, worum es geht. Drogen, einen Auftragsmord …«

»Scarlett!«, rief Jacob.

»War ein Scherz!« Sie zwinkerte, was Alex erneut zum Lachen brachte.

Das Mädchen trat zurück und sie fuhren weiter.

Jacob starrte sie an, er grinste.

»Was?«, fragte sie.

Er erwiderte nichts.

»Was ist?«

»Nichts, Schatz, fahr weiter.«

Joann Lewis trat aus ihrem Haus. Sie schob Robert vor sich.

»Guck, deine Eltern.«

»Ach, halt die Klappe.«

Ihre Eltern winkten.

Scarlett trat aufs Gas und fuhr an ihnen vorbei.

»Willst du dich wirklich nicht von ihnen verabschieden?«

»Nope.«

Jacob zuckte die Achseln, was er sofort bereute, als der Schmerz offenbar erneut in seiner Brust aufflammte.

Immer mehr Menschen traten auf die Straße und sahen ihnen nach.

»Hast du ihre Nummer?«, fragte Scarlett.

»Hm?«

»Die von meinen Eltern.«

»Ja, ich glaube schon.«

»Gut.«

»Du willst dich also doch bei ihnen melden? Das ist toll, Scarlett. Sie wirken wie gute Menschen.«

»Übertreib es nicht, Schatz. Vielleicht ruf ich sie bei Zeiten mal an. Und quäle sie ein bisschen.«

Jacob seufzte.

Sie kamen an Penny vorbei, die wie gewöhnlich in ihrem Vorgarten stand und vorgab, Blumen zu gießen. Sie wirkte regelrecht erstarrt.

Scarlett grinste und hob die Hand.

Penny ließ die Gießkanne fallen.

»Hach, mir wird St. Pit fehlen.«

»Wir könnten bleiben.«

»Finger in deiner Wunde, Jacob.«

Er schwieg.

Sie ließen St. Pit hinter sich. Neben Ihnen schlug der Bristolkanal hohe Wellen. Einzelne Tropfen trommelten auf die Windschutzscheibe und verwandelten sich innerhalb von Sekunden in einen wahren Sturzbach.

»Also«, sagte Jacob. »Wie geht es jetzt weiter? Schließlich haben wir all unsere Sachen im Haus gelassen.«

Der Scheibenwischer tanzte vor ihren Augen. Er gab quietschende Geräusche von sich, die sich mit dem Trommeln des Regens vermischten.

»Keine Ahnung«, sagte Scarlett. »Wir wagen einen Neuanfang. Irgendwo, wo uns niemand kennt.«

»Wir, ja? Heißt das, ich darf bleiben?« Er kicherte.

»Vorerst. Sieh dich als mein Haustier. Könnte langweilig werden, wenn ich niemanden zum Foltern habe.«

Jacob räusperte sich. »Wo fahren wir hin?«

»Da ich meinen schottischen Akzent so wunderbar gemeistert habe, dachte ich mir, wir könnten den Kiltträgern einen Besuch abstatten.«

»Klingt gut.«

»Eine neue Kleinstadt aufmischen.«
»Scarlett!«
»Nur ein Scherz, Jacob.«
Sie grinste. »Mehr oder weniger.«

Danksagung

Liebe:r Leser:in,

Autor:innen schreiben ihre Romane in der Regel allein. Doch wenn erst einmal die Rohfassung steht, wird aus dem Ich ruckzuck ein Wir. Beim ersten Band der Rote-Rache-Reihe war das nicht anders. Ich hatte einige wunderbare Menschen an meiner Seite, bei denen ich mich gerne bedanken möchte.

Vielen Dank an Thomas, dem Kopf des Empire-Verlags, der nicht nur mich, sondern all seine Autor:innen unterstützt, wo er nur kann.

Ein ganz großes Danke geht an meine wunderbare Lektorin Simona, die nicht bloß auf die kleinen und großen Plotlöcher zeigt, sondern auch immer hilft, sie zu stopfen. Deine Vorschläge sind Gold wert!

Danke an das Testleser:innen-Team des Empire-Verlags! Und an Franzi fürs Korrekturlesen!

Danke an Chris Gilcher für das wunderschöne Cover, das so herrlich Scarletts Wesen widerspiegelt.

Danke an Peter für das Korrigieren der Rechtschreib- und Grammatikfehler.

Danke an meine Freunde und Familie, die mich so wunderbar unterstützt und an mich glaubt.

Auch mein Kater verdient ein dickes Dankeschön. Er erinnert mich nicht nur an meine Pausen, sondern schnurrt mich zudem regelmäßig in den Schreibflow. Hab dich lieb, mein kleiner Mops!

Und zuletzt danke ich dir, liebe:r Leser:in. Ich hoffe, der Ausflug nach St. Pit hat dir gefallen und du bist wieder mit dabei, wenn Scarlett an den Nerven einiger Schotten zerrt.

Sollte dir dieser Roman gefallen haben, würde ich mich wahnsinnig über eine Rezension freuen (Kritik ist natürlich ebenfalls willkommen) oder du besuchst mich auf meiner frisch erstellten und noch recht trostlosen Instagram-Seite:

https://www.instagram.com/gillianhobbs_autorin/

Also dann, bis bald in Schottland!

Deine Gillian